LUDWIG GANGHOFER · DER JÄGER VON FALL

LUDWIG GANGHOFER

DER JÄGER VON FALL

ROMAN

VERLEGT BEI
KAISER

Verwendet wurden mit freundlicher Genehmigung die Originaltexte der Droemerschen Verlagsanstalt, Th. Knaur Nachf., München/ Zürich

Einbandgestaltung: Volkmar Reiter u. Peter Bugge
Reproduktion: Schlick KG, Graz
Gesamtherstellung: Ueberreuter Buchproduktion, Korneuburg

VORSPIEL

Eine stille, kalte Dezembernacht lag über dem Bergdorfe Lenggries. Die beschneiten Berge schnitten scharf in das tiefe Nachtblau des Himmels, aus dem die Sterne mit ruhigem Glanz herunterblickten in das lange, schmale Tal. Dick lag der Schnee auf Flur und Weg, auf den starrenden Ästen der Bäume und auf den breiten Dächern der Häuser, hinter deren kleinen Fenstern das letzte Licht schon vor Stunden erloschen war.

Nur die Wellen der Isar, deren raschen Lauf auch die eisige Winternacht nicht zum Stocken brachte, sprachen mit ihrem eintönigen Rauschen ein Wort in die allesumfangende Stille; und zwischendrein noch klang von Zeit zu Zeit der Anschlag eines Hundes, dem die Vergeßlichkeit oder das harte Herz seines Herrn die Tür verschlossen hatte und der nun aus seiner fröstelnden Ruhe unter der Hausbank auffuhr, wenn vor dem Hofgatter die Tritte des Nachtwächters im Schnee vorüberknirschten.

Langsam machte der Mann dieses einsamen Geschäftes seine Runde im Dorf, eine hagere, noch junge Gestalt, eingehüllt in einem weitfaltigen, bis auf die Erde reichenden Mantel, dessen Pelzkragen aufgeschlagen war; eine dicke Pelzmütze war tief über den Kopf gezogen, so daß zwischen Mantel und Mütze nur der starke, eisgehauchte Schnurrbart hervorlugte. Die Hände des nächtlichen Wanderers staken in einem Schliefer aus Fuchspelz. Mit dem Quereisen in den Ellbogen eingehakt, hing unter dem rechten Arm der hellebardenähnliche ›Wachterspieß‹, dessen Holzschaft lautlos nachschleifte im fußtiefen Schnee.

Plötzlich hielt der Wächter inne in seiner Wanderung. Vor ihm stand ein kleines Haus, dessen Giebelseite bis dicht an die Straße reichte, von der es durch einen schmalen, eingezäunten Raum getrennt wurde. Wenn man sich ein wenig streckte, konnte man mit der Hand über den Zaun bis ans Fenster greifen. So tat der Einsame, und zweimal klirrte unter einem schwachen Klopfen das letzte der drei Fenster. Nach einer Minute klopfte er wieder, etwas stärker. Wieder wartete er, klopfte von neuem und immer wieder. Hinter dem eisblumenbedeckten Fenster wollte nichts lebendig werden.

»Heut hört's wieder amal gar nix, dös Teufelsmadl!« brummte der Wächter, während er zusammenschauderte und mit den Lippen schnaubte, daß ihm die Eistropfen vom Schnurrbart flogen. Eine Weile besann er sich, ob er gehen oder bleiben sollte. Dann schlug er mit der ganzen Hand an die Scheibe, die bei dieser groben Mißhandlung so heftig klirrte, daß auch ein stocktauber Schläfer hätte erwachen müssen. Und wirklich, in der Stube ließ sich ein Geräusch vernehmen, als würde ein Stuhl gerückt; gleich darauf zitterte die Fensterscheibe, öffnete sich um ein paar Fingerbreiten, und durch den Spalt fragte eine gedämpfte Mädchenstimme: »Was is denn? Was für einer is denn schon wieder da?«

»Ich bin's, der Veri!« klang leise die Stimme des Wächters. »Geh, Punkerl, mach a bißl auf! Ich muß schier sterben vor Kält und Langweil.«

»Was hast gsagt?«

Veri neigte den Oberkörper so weit wie möglich über den Zaun. »Daß ich a bißl fensterln möcht bei dir!«

»Was dir net einfallt!« lautete die unwillige Antwort des Mädels. »Es scheint, du bist noch net gscheit auf deine dreißig Jahr! Meinst, ich stell mich bei so einer Kälten im Hemmed daher ans offene Fenster?«

»Kannst ja in an Rock einischlupfen.«

»Ah na! Gut Nacht! 's warme Bett is mir lieber.« Das Fenster schloß sich, und alles war still.

»So, so? An anders Mal mag halt ich nimmer. Weißt was? Steig mir am Buckel auffi!« Diese Worte schienen den Ärger des Abgeblitzten beschwichtigt zu haben. Gleichmütig, als wäre nichts Kränkendes geschehen, schritt er wieder die Straße dahin.

Die Langeweile machte ihn gähnen. In der ersten Hälfte der Nachtwache hatte er von Stunde zu Stunde auf den Glockenschlag passen können, um seinen Wächterspruch in die Nacht hineinzusingen. Das letzte seiner Lieder war längst erledigt:

»Ös Mannder und Weibsleut, laßts enk sagen,
Die Glock am Turm hat zwei Uhr geschlagen!
Bewahrt das Feuer, bewahrt das Licht,
Daß enk an Leib und Seel kein Schaden gschiecht!«

Nun war ihm auch sein Gesangsvergnügen genommen, weil ihm von dieser Stunde an die Gemeindevorschrift das Absingen des Wächterspruches untersagte. Ein nächtliches Unheil, das um zwei Uhr morgens noch nicht geschehen ist, kann warten, bis es Tag wird und bis sich die Bauern den Schlaf aus den Augen reiben. So schritt der Wächter seines Weges, sich damit unterhaltend, daß er von den Stangen der die Straße geleitenden Zäune mit dem Schaft seines Spießes den Schnee wegstreifte. Von dem vielstündigen Umherwandern ermüdet, setzte er sich auf einen der dicken Holzpflöcke, die an Stellen, wo von der Straße ein Fußpfad durch die Gärten führt, zum leichteren Übersteigen der Zäune dienen.
Veri machte sich's bequem, scharrte von dem Fleck, wo seine Füße standen, den Schnee fort und betrachtete das ihm gegenüberliegende Gehöft des Meierbauern. Es war ein hölzernes Haus, Wohnraum, Stallung und Scheune in ein Ganzes zusammengebaut und alles überdeckt von dem langgestreckten, weit über die Holzmauern vorspringenden Schindeldach, über dem sich der Schnee mit fester Decke gelagert hatte. Es war kein großer, reicher Bauernhof, aber Veri wäre glücklich gewesen, sich im Besitz eines solchen Gütls zu wissen; vielleicht wäre dann vor einer halben Stunde das verfrorene Punkerl weniger empfindsam gegen die Kälte gewesen.
Beim Meierhof ging Veri häufig aus und ein als Freund und ›Spezi‹ des fünfundzwanzigjährigen Lenzl, der mit den Eltern und seinem dreijährigen Stiefschwesterchen Modei[1], einem Kind aus zweiter Ehe, hier wohnte. Es war ein bißchen Neid gegen Lenzl, was Veri empfand, als er sich dachte, wie hübsch es wäre, wenn er mit Punkerl, nein, mit einem anderen, mildherzigeren und warmblütigeren Mädel durch diese schmale, niedere Haustür einziehen könnte als Mann und Frau. Er dachte sich mit einem jungen, fröhlichen Weiberl in die geräumige Wohnstube, die mit der Küche den Raum zu ebener Erde einnahm; die große Bodenkammer, die über dem Stall lag, an der Langseite ein Dachfenster hatte und den beiden alten Leuten als

[1] Maria

Schlafraum diente, erschien ihm in seinen Träumen von Glück und bettwarmer Liebe als die gemütlichste Ehestube; für die kleine Kammer, deren einziges Fenster nach der vorderen Giebelseite ging und in welcher Lenzl mit dem Schwesterchen schlief, hätte sich im Lauf der Zeit wohl auch eine passende Verwendung gefunden, meinte Veri. Und nun gar der schöne Stall mit den acht Kühen! Und die große Scheune, dick vollgepfropft mit dem besten Heu!

Aber Veri war ein armer, heimatloser Bauernknecht, der, um sich ein paar Kreuzer zu verdienen, jede Nacht für irgendeinen faulen und schläfrigen Burschen die von Haus zu Haus wechselnde Nachtwache übernahm. Ein Seufzer hob seine Brust, während sein Blick über das stille Gehöft glitt. Da bemerkte er auf dem Dach eine schwarze, schneelose Fläche, die ihm früher nicht aufgefallen war. Je schärfer er hinsah, desto deutlicher kam es ihm vor, als würde dieser Fleck immer größer; nun schwand auch an anderen Stellen der Schnee, und es klang dabei wie das Klatschen fallender Tropfen.

Kam Tauwetter? Veri hauchte kräftig in die Luft. Als er im Dämmerschein des Schneelichtes den feinen Eisstaub gewahrte, zu dem sein Atem in der Kälte gerann, schüttelte er nachdenklich den Kopf und sah wieder hinauf zu den rätselhaften Flecken, die sich erweitert hatten und schon hinaufreichten bis zur Schneide des Daches. Nun war es ihm, als kräuselten sich da oben kleine, weiße Dampfwölkchen in der Luft; nun kam es dicker, nun grau, nun in schwarzen Wolken – nun barst das Dach, und eine funkensprühende Feuergarbe schoß gegen den Himmel.

»Feuerjo! Feuerjo!«

Gellend hallte der Schreckensruf in die Nacht.

Veri stürzte auf das Haus zu und sprengte das verschlossene Gartenpförtchen. In hallenden Schlägen fuhr der Schaft seines Spießes gegen die verriegelte Haustür. Nichts regte sich da drinnen; nur im Stall war es unruhig; dort rasselten die Ketten, und dumpf brüllten die Kühe durcheinander. Immer wieder schlug Veri gegen die Tür und schrie den Feuerruf. Da war es ihm, als hätte er im Haus ein Poltern und Rufen vernommen; hastig sprang er auf die Straße hinaus, und in keuchendem Laufe rannte er hinunter durch das Dorf, vorüber an den Häusern, deren Fenster sich zu erleuchten begannen.

»Feuerjo! Feuerjo!«

Die Fenster klirrten, die Türen wurden aufgerissen. »Jesus, Mar' und Joseph!« klang es. »Wo brennt's?« Und der Schreckensruf des Wäch-

ters fand in hundert Kehlen ein kreischendes Echo. Wenige Minuten, und das stille Dorf war Leben und Aufruhr. Lärmend liefen die Leute zum Unglückshaus.
Der ganze Dachstuhl war schon umwirbelt von Flammen, die das brennende Heu und Stroh in dicken Bündeln mit sich hinaufrissen in die Lüfte und einen sprühenden Funkenregen niedergossen über die Nachbarhöfe. Und immer noch standen die Türen geschlossen. Aus der Stallung klang ein Poltern, Klirren, Stampfen und Brüllen, daß es zum Erbarmen war. Und immer noch standen die Türen geschlossen.
»Wo is der Bauer, die Bäuerin? Wo is der Lenzl?« scholl es um das brennende Haus. »Heiliger Herrgott! Helfts! Um Gottes willen helfts! Schlagts alle Türen und Fenster ein!«
»Da her, Mannder, da her!« schrie im Hintergrund des Gartens eine Stimme. »Da liegen zwei Zaunpfosten, da können wir d' Haustür einschlagen!«
Wer in der Nähe stand, griff zu, die Balken wurden herbeigetragen, dröhnend schlugen sie gegen die Haustür. Einige Sekunden noch, und krachend flog die Tür in den Flur zurück. Ein paar der Mutigsten versuchten einzudringen. Eine stickende Rauchwolke schlug ihnen entgegen, und im Dunkel des Flures leuchtete das vom Luftzug ermunterte Feuer. Alles da drinnen war altes, hundertjähriges Holz, an das die Flamme nur zu rühren brauchte, um Nahrung zu finden.
Ein Jammern ging durch das Gedräng der Leute; die Weiber fingen zu beten an, und vom Kirchturm klang das schrille Wimmern der Feuerglocke.
Plötzlich hörte man laute Hilferufe von der Giebelseite des Hauses. Die Leute rannten dieser Stimme nach.
»Heilige Maria! Helfts! Helfts! Mein Vater verbrennt und d' Mutter!« An dem kleinen Fenster der Giebelkammer stand Lenzl, in den Armen das Schwesterchen, dessen herzzerreißendes Geschrei sich in die Hilferufe des Bruders mischte. Über seinem Kopfe qualmte der Rauch durch das Fenster, stieg an der Holzwand in die Höh und verschwand in den Flammen des Firstes. Eine wilde Aufregung bemächtigte sich der Leute, die zu dem grauenvollen Bild hinaufsahen. »Lenzl, spring aussi!« rief ein Bauer. »Bringts Leitern!« schrie ein zweiter. Ein dritter: »Tragts Betten her, daß er draufspringen kann!« Ein anderer wies auf einen großen, mit Brettern überdeckten Heuhaufen, der im Hof eines Nachbarn stand. Männer und Burschen

sprangen hinzu, rissen die Bretter fort und schleppten das Heu herbei, das sie unter dem Fenster auf die Erde warfen, während die anderen zu Lenzl hinaufschrien: »Spring, Bub! Jesus, Maria! Spring!«
Lenzl schien nicht zu sehen, was unten vorging. Mit erwürgter Stimme schrie er immer hinein in die Tiefe des Hauses: »Vater! Mutter! Vater! Mutter!«
Da scholl aus dem Innern des Hauses ein dumpfes Krachen. Hoch schlugen über dem Dach die Flammen auf und leckten über den First gegen die Wände des Giebels. Es war höchste Zeit für die beiden Menschen dort oben am Fenster. Der ausströmende Rauch zeigte schon eine rote Färbung, die vom Feuer im Innern herrühren mußte. Und immer noch wollte Lenzl nicht springen. Das schreiende Kind an seine Brust gedrückt, neigte er nur manchmal den Oberkörper heraus über die Fensterbrüstung, wenn der Rauch stärker anschwoll. Dann klangen wieder seine Jammerrufe: »Vater! Mutter!«
»Er springt net! Und verbrennt mitsamt dem Kind!« flüsterte einer der Bauern dem Pfarrer zu. »Ich bitt Ihnen, rufen S' auffi zu ihm, daß der Vater und d' Mutter schon heraußen sind.«
»Seid ruhig«, gebot der Pfarrer den Leuten, »damit er mich hören kann!« Dann hob er die Stimme: »Lenzl! Spring herunter! Dein Vater und deine Mutter sind nicht mehr im Haus!« Ein wilder Freudenschrei gellte droben von den Lippen des Burschen; hastig schwang er sich auf die Fensterbrüstung und sprang herunter in das aufgeschüttete Heu, das über ihm zusammenschlug. Alles drängte auf den Heuhaufen zu, aus dem sich Lenzl herauswühlte. Das Hemd und die kurze Lederhose war alles, was er am Leibe trug, und an der Brust hielt er das jammernde Kind umklammert, eingewickelt in seine Lodenjoppe.
»Wo is der Vater? Wo is d' Mutter?« fragte er mit bebender Stimme, zitternd an allen Gliedern. Er hörte keine Antwort von den Leuten, die still und bleich den Geretteten umstanden. »Wo is der Vater? Wo is d' Mutter?« schrie Lenzl wieder. Ein Schauer rieselte über seine Gestalt. Da trat der Pfarrer auf ihn zu und legte ihm die Hand auf die Schulter: »Fasse Mut! Wir alle sind sterbliche Menschen. Der Tod ist nur ein Übergang zu besserem Leben. Dort oben im Himmel wohnt ein Gott –« Er konnte seine Trostrede nicht zu Ende bringen. Mit weitgeöffneten, verglasten Augen hatte ihm Lenzl auf die Lippen gestiert. Nun fuhr er auf, stieß mit harter Faust den Tröster von sich und schrie: »Ich will kein' Herrgott jetzt! Ich will den Vater haben! Und d'

Mutter!« Scheu wichen die Leute vor ihm zurück, als er mit taumelnden Knien auf sie zuwankte. Er irrte durch Garten und Gehöft, im Kreis um das brennende Haus. Jedem Menschen spähte er ins Gesicht. »Vater! Mutter!« klang immer wieder sein Schrei. Und wenn das Kind in seinen Armen zu wimmern begann, neigte er das Gesicht zu ihm und flüsterte: »Sei stad, liebs Modei, sei stad! Ich find ihn schon, mein' Vater! Und dei' Mutter! Sei stad, sei stad!«
Er fand sie nicht.
Gewaltsam mußte man ihm den Weg zur Haustür verlegen, aus der schon die Flammen lohten. Mit geballter Faust schlug er auf die Burschen ein, die ihm den Zugang verwehrten, dann wankte er nach der Giebelseite des Hauses, trat wie ein Irrsinniger auf den Pfarrer zu und schrie ihm ins Gesicht: »Ang'logen hast mich, Pfarrer! Sag mir's, du! Was für a Herrgott is denn der deinig? Einer, der d' Leut verbrennt? Mein Vater und d' Mutter –« Seine Worte verloren sich in ein schweres Stöhnen.
Da drängte sich durch den Kreis der Leute eine alte Bäuerin und faßte den Schluchzenden am Arm. »Komm, Lenzl! Dein Schwesterl kunnt verkranken in der Kält.«
Lenzl starrte in das vom Feuerschein gerötete Gesicht der Alten. »Grüß dich, Godl! Bist auch da? Weißt es schon?« Tränen erstickten seine Stimme. »Der Vater und d' Mutter –«
Es waren nicht übermäßig kluge Worte, die das alte Weibl in Lenzls Ohr flüsterte, aber es waren Worte, die aus einem fühlenden Herzen kamen. Lenzl hörte nur den warmen Klang dieser Worte, nicht ihren Sinn. Seine Kraft war zerbrochen. Willenlos folgte er der Alten, die ihn mit sich fortzog, hinaus aus dem Hofraum, ein Stück entlang die Straße und durch die niedere Tür ihres kleinen Hauses. Als sie mit ihm in die enge, vom Abend her noch wohldurchwärmte Stube trat, die von dem durchs Fenster hereinfallenden Feuerschein und von einer kleinen, auf dem Tisch stehenden Öllampe rötlich erleuchtet war, stieg ein achtjähriger Knabe von der Fensterbank. »Grüß Gott, Ahnl«, sagte er schüchtern, »wo is denn der Vater und d' Mutter?«
»Draußen sind s' und helfen löschen. Geh zu, Friederl, hol a paar Kissen aussi aus der Kammer und warme Decken!.Geh, tummel dich!«
Der Bub warf einen scheuen Blick auf Lenzl und auf das klagende Kind, dann sprang er davon und verschwand in der Kammertür.
Nun nahm die Alte das Kind aus den Armen des Burschen, der wie geistesabwesend vor sich hinstarrte, und zog ihn zum Tisch. »Geh,

setz dich a bißl nieder!« Sie drückte ihn auf die in das Mauerwerk eingelassene Bank; willenlos ließ Lenzl alles mit sich geschehen, dann kreuzte er die Arme über dem Tisch, und stöhnend vergrub er das Gesicht. Mit zitternder Hand fuhr ihm die Alte ein paarmal über das kurze, struppige Haar.
Dann kam der kleine Bub. Er trug zwei große weiße Bettkissen und schleifte eine wollene Decke hinter sich her. Mit der freien Hand ergriff die Alte die beiden Kissen und legte sie, jedes ein wenig aufschüttelnd, über die niedere Lehne des neben dem Ofen stehenden Ledersofas. Dann wickelte sie das Kind aus der Joppe heraus, legte es in die Kissen, zog ihm das Hemdchen glatt, breitete ihm über die nackten Füße die Joppe und darüber die doppeltgefaltete Decke. Als sie das Kind noch auf dem Arm getragen, war es schon eingeschlafen, und regungslos lag nun das Köpfchen mit den heißroten Wangen in den Kissen; die halbgeöffneten Lippen zitterten unter stockenden Atemzügen, und von Zeit zu Zeit flog ein Zucken über die geschlossenen Lider.
Während die Alte sich in Sorge über das Kind beugte, fühlte sie ein leises Ziehen am Rock. Als sie aufsah, hingen die großen Augen des Buben angstvoll an ihrem Gesicht. »Ahnl, was is denn?« fragte er scheu die Großmutter. »Is denn 's kleine Maderl krank?«
»Gott soll's verhüten!« lautete die geflüsterte Antwort. »Geh, Friederl, bet a Vaterunser! Dem armen Kindl is der Vater und d' Mutter verbrennt!«
Die Tränen schossen dem Buben in die Augen, und erschrocken faltete er die Händchen über der Sofalehne.
Die Alte ging zum Tisch hinüber. Lenzl rührte sich nicht, als sie halblaut seinen Namen rief. Sie glaubte, daß auch ihn nach Aufregung, Schmerz und Ermattung der Schlaf überkommen hätte. Leise schlich sie durch die Stube und kauerte sich beim Ofen nieder, um das Feuer anzuschüren. Während sie langsam, jedes Geräusch vermeidend, die kurzen, dürren Holzscheite unter dem Ofen hervorzog, murmelte sie einen Feuersegen und bekreuzte sich. Von draußen leuchtete noch immer mit wechselnder Helle die Lohe des brennenden Hauses in die Stube.
Friederl hatte, als die Großmutter hinter dem Ofen verschwunden war, die Hände unter das Kissen geschoben. Immer betrachtete er das schlafende Mädel. Jetzt kam die eine Hand wieder zum Vorschein und glitt über das Kissen, bis sie das Kind berührte. Ein Zittern über-

flog die schmächtige Gestalt des Buben; nun neigte er das Gesicht und küßte schüchtern die heiße Wange des Kindes.
Da scholl von draußen ein dumpfes Krachen, begleitet von hundertstimmigem Geschrei. In der Stube zitterte der Boden, und die Fenster klirrten.
Lenzl fuhr auf und blickte verstört um sich.
Da fiel ihm der Feuerschein in die Augen. »Heilige Maria!« schrie er. »Vater! Mutter! Es brennt!« Da sprang er zur Tür und stürzte hinaus. »Wo brennt's denn? Jesus, wo brennt's denn?« scholl von draußen seine Stimme.
»Lenzl!« jammerte die Alte, während sie sich aufrichtete und dem Burschen nachrannte. »Lenzl!« schrie sie über die Straße hinaus. »Lenzl, wo bist denn?« Sie sah und hörte nichts mehr von dem Burschen. So schnell, wie ihre alten Füße sie zu tragen vermochten, lief sie hinüber zur Brandstätte.
In sich zusammengestürzt lag das Haus; glühend, glimmend und rauchend kreuzten sich auf der Erde die eingesunkenen Balken und Sparren; nur auf der Stelle, wo der Stall gewesen, prasselte noch eine helle, gelbe Flamme, und zugleich mit ihr wehte ein dicker Dampf und ein widerlicher Fettgeruch in die Lüfte. Vor dem Gluthaufen, im Hof, stand die Feuerspritze des Dorfes und sandte stoßweise ihren dünnen Wasserstrahl zwischen das eingestürzte Gebälk. In zwei langen Reihen standen die Leute bis hinunter an die Isar, und die leeren und wiedergefüllten Wassereimer wanderten durch hundert Hände hin und zurück. Diese Arbeit ging schon träge vonstatten; das verschüttete Wasser hatte in der scharfen Kälte die Hände der Leute starr gemacht; auch sahen sie ein, daß hier nichts mehr zu retten und für die Nachbarhäuser ein Schutz nimmer nötig war. Die einen und anderen waren schon aus der Reihe getreten, die Hände reibend und behauchend oder die Arme um die Brust schlagend.
Bei allen Gruppen, überall hatte die Alte nach Lenzl gefragt; niemand konnte ihr Bescheid geben, niemand hatte den Burschen gesehen.
»Mich sollt's gar net wundern«, sagte ein Bauer, »wann der arme Kerl mitten eini gsprungen wär ins Fuier oder am End gar in d' Isar. Vater und Mutter verlieren! Und so a schöns Anwesen! Dös is kein Spaß. Mich dauert er schon recht, der Lenzl!«
»Und erst die armen Küh!« jammerte ein anderer. »Die dauern mich am meisten. So viel dumm is so a Viech. Wann's brennt und man

macht ihm d' Stalltür auf, meinst, es lauft aussi? Na! Erst recht rennt's mitten eini ins Fuier!«

»Jesus! Da is der Lenzl!« scholl die Stimme der Alten aus einer Ecke des Gartens. Die beiden Bauern und mit ihnen noch ein paar andere liefen der Stimme nach. Lang ausgestreckt, die Arme gespreizt und unbeweglich, lag Lenzl mit Brust und Gesicht im Schnee. Wie es schien, hatte er den Zaun überklettern wollen und einen bösen Sturz getan. An seiner Seite kniete die Alte, rief seinen Namen und schüttelte seine Schulter. Und bettelte: »Mannder, helfts mir doch a bißl! Und hebts ihn auf! Und tragts ihn ummi zu mir! Ich fürcht, ich fürcht –«

Vier Männer hoben den Lenzl auf und folgten mit ihrer Last der Alten. Eine Schar von Neugierigen geleitete den Zug; ein Teil von ihnen kehrte auf halbem Weg wieder um, denn die Leute mußten nun auch daran denken, die ausgefrorenen Glieder zu wärmen und an die Arbeit zu gehen, die der Morgen brachte.

Längst schon hatte sich das Dunkel des Himmels abgetönt in das fahle Grau des werdenden Wintertags, und über die Spitzen der Berge fiel das erste Frührot.

Als die Alte mit den Männern, die den Ohnmächtigen trugen, in die Stube trat, fand sie den kleinen Friedl vor dem Sofa auf den Knien liegen. Sein Kopf ruhte auf den Kissen, und schlummernd hielt er ein Händchen des Kindes an seinen Mund gehuschelt.

Das Öllicht auf dem Tisch mußte eben erst erloschen sein; von dem rußigen Docht stieg noch ein dünner Qualmfaden gegen die Stubendecke.

I

Wer von Lenggries an der Isar aufwärts wandert, um über Hinterriß und das Plumserjoch hinabzupilgern an den blaugrünen Achensee, der hat voraus zwei gute Stunden zu marschieren, um die erste Haltstation, den Weiler Fall, zu erreichen. Eng eingezwängt zwischen ragende Berge und bespült von den kalten Wassern der Isar und Dürrach, die hier zusammenfließen, liegt dieser schöne Fleck Erde in stillem Frieden. Hier ist nur wenig Platz für Sommergäste; ein kleines Bauernhaus zuvorderst an der Straße, dann das Wirtshaus, das den Köhlern und Flößern zur Herberge dient, dahinter das langgestreckte Forsthaus mit den grünen Fensterläden und dem braungemalten Altan, das neue weiß getünchte Stationshaus der Grenzwache, eine kleine rußige Schmiede und einige Köhlerhütten, das war um 1880 der ganze Häuserbestand von Fall.
Im Hochsommer, zur Zeit der Schulferien, sah man wohl von Tag zu Tag ein paar Touristen, selten einen Wagen. Die Stille des Ortes wurde nur unterbrochen durch das dumpfe Poltern der Holzstämme, die, von den Hebeln der Flößer getrieben, hinabrollten über die steilen Ufer der Lagerplätze und mit lautem Klatsch in das Wasser schlugen. Hier und da durchhallte ein krachender Schuß das kleine Tal, wenn der Förster oder einer der Jagdgehilfen seine Büchse probierte. Am lautesten war es, wenn des Abends die Schatten niederstiegen über die Berge; dann füllte sich die geräumige Gaststube des Wirtshauses mit Köhlern und Flößern, die Jagdgehilfen kamen hinzu und ebenso die Holzknechte, die in den benachbarten Bergen arbeiteten. Durch die offenen Fenster schollen dann vergnügte Lieder hinaus in die Abendluft, die Zither klang, verstärkt durch die schnarrenden Töne einer Gitarre oder einer Mundharmonika, und der Fußboden dröhnte unter dem Stampftakt des Schuhplattltanzes. Dazwischen tönte lautes Gelächter über ein gelungenes Schnaderhüpfel, über irgendeinen der-

ben Witz oder über den mißlungenen Sprung eines Tänzers, der es vergebens versuchte, im Tanz den schwerbeschuhten Fuß bis an die Stubendecke zu schlagen. Das Wirtstöchterchen und die Kellnerin hatten dann vollauf zu tun mit Tanzen und Einschenken, und erst in später Nacht endete die laute Fröhlichkeit, wenn entweder das Bier ausging oder wenn die Gäste sich daran erinnerten, daß die frühe Morgenstunde sie wieder zur Arbeit rief.

So war's im Sommer. Im Winter liegt hier alles eingeschneit; oft reicht der Schnee bis hoch an die Fenster, zum großen Leidwesen der Jagdgehilfen, die sich dann mit schwerer Müh einen gangbaren Weg bis zur Tür des Wirtshauses ausschaufeln müssen. Nur die Isar bleibt auch in solcher Zeit noch munter und lebendig. Jahraus, jahrein, durch Sommer und Winter, rauscht das eintönige Lied ihres hurtigen Wellenlaufes. Früher, vor Jahren, suchte sie nicht so gemütlich ihren Weg. Da grollte, brauste und toste sie in ihrem steinernen Bett, warf an den starrenden Felsen ihre lauten, weißen Wellen auf, mit wilder Gewalt zwängte sie ihre Wassermassen durch die einengenden Steinklötze der beiden Ufer und stürzte sie dann hinab, schäumend und wirbelnd über drei aufeinanderfolgende Fälle. Da hatten die Flößer schwere Not, wenn sie mit ihren zerbrechlichen Fahrzeugen diese Stelle passieren mußten, und mancher verlor mit seinem Floß auch das Leben. Die meisten Schiffer zogen es vor, eine Strecke oberhalb der Fälle ans Land zu steigen, die steuerlosen Flöße an den Felsen der Flußenge zerschellen zu lassen und dann weiter unten im Strom die einzeln dahertreibenden Stämme wieder aufzufangen. Die Klugheit der neuen Zeit hat sich auch hier bestätigt. Pulver und Dynamit haben die ›Steine des Anstoßes‹ zertrümmert, und ungefährdet passieren jetzt die Flöße die einst so gefürchtete Stelle der Isar.

Hier in Fall, ganz zuvorderst an der Straße, die von Lenggries einherzieht, steht ein kleines, freundliches Bauernhaus. Der ebenerdige Stock, der einen nicht übermäßig geräumigen Stall und eine Futterkammer umfaßt, ist aus Felsstücken aufgeführt und lehnt sich mit seiner Rückwand gegen einen Hügel, in den Winkel, den die Straße mit dem Strom bildet, wo sie vom Ufer sich abzweigt gegen das Wirtshaus. Über den Unterstock erhebt sich der aus Balken gefügte Oberstock, der die Wohnräume umfaßt: neben Flur und Küche eine Wohnstube und zwei Kammern. Darüber spannt sich, weit vorspringend über den Giebel, das mit schweren Steinen belegte Schindeldach. In seinem Schatten hängen drei Scheiben an der Giebelwand.

Der kleine weiße Holzzapfen, den jede in ihrem durchschossenen Zentrum trägt, verkündet, wie gut der Herr dieses Hauses die Büchse zu handhaben weiß. Unter diesen Scheiben und zwischen den beiden Fenstern des Giebels führt in das Innere des Hauses eine niedere Tür, zu der sich vom Hügel her eine kleine Holzbrücke spannt.
Es ist ein heißer Augusttag. Die Sonne brennt vom Himmel herab und zeichnet mit dunklen Schatten die Umrisse des vorspringenden Daches auf die Holzwand des Hauses.
Auf der Brücke vor der Tür steht ein schlankgewachsener Bursch in der Tracht der Jagdgehilfen: schwergenagelte Schuhe an den nackten Füßen, dickwollene weiße Wadenstrümpfe, die kurze gemslederne Hose, ein blaugestreiftes Leinenhemd, an der Brust offen und nur zusammengehalten von einem leichtgeschwungenen schwarzen Halstuch, die graue Joppe mit dem grünen Aufschlag, der als Dienstzeichen das goldgestickte Eichenlaub trägt, den Bergsack auf dem Rükken und auf dem Kopf den kleinen runden Filzhut mit dem nickenden Gemsbart. Das Gewand des Burschen ist abgetragen und verwittert; die Büchse, die er hinter dem Rücken trägt, ist neu und blank, und die Stahlläufe blitzen in der Sonne.
Die nachlässige, vornübergebeugte Haltung des Oberkörpers läßt kaum vermuten, welch kraftvolle und sehnige Gestalt in diesem verblichenen Gewande steckt. Das Gesicht ist sonnverbrannt, ist dunkler als der leichtgekrauste, rötlichblonde Bart, der es umrahmt. Es redet eine stille, gewinnende Sprache; die klaren, lichtblauen Augen sind es, die dem Gesicht diesen freundlichen Ausdruck verleihen.
In der einen Faust hält der Jäger den langen Bergstock, während er mit der anderen die Hand einer alten Frau umspannt, die unter der Türe steht. »Pfüet dich Gott, Mutter! In vierzehn Täg bin ich wieder daheim vom Berg. Und sorg dich net!«
»Pfüet Gott halt, Friedl! Und gib mir a bißl acht beim Steigen!«
»Ja, ja!«
»Und was ich noch sagen will –« Die Mutter zog ihn näher an sich. »Wann droben in d' Näh von der Modei ihrer Hütten kommst, geh lieber dran vorbei!«
»Mutter, da bin ich, wie d' Mucken sind! Allweil zieht's mich wieder eini ins Licht, und ich weiß doch, wie's brennt!« Friedls Stimme klang gedrückt, und ein Schatten von Schwermut huschte über seine Augen.
Die Mutter legte ihm die Hände auf die Schulter. »Geh! So a Manns-

bild wie du! Und so an unsinnige Narretei! Schau, ich setz den Fall, 's Madl kunnt dich gern haben, so wär's doch allweil nix mit enk zwei. Du weißt schon, wegen was! – Jetzt geh! Sonst kunnt der Herr Förster schelten, weil dich so lang verhaltst. Pfüet dich Gott, mein Bub!« Dabei schob sie ihn über die Brücke und durch die niedere Zauntür, die sie hinter ihm ins Schloß drückte.

Ohne ein Wort der Erwiderung hatte Friedl das mit sich geschehen lassen und stieg nun, den Blick zu Boden gerichtet, über den Hügel hinab zur Straße.

Er mußte sich beim Förster abmelden, bevor er auf die Berge stieg, um nach den paar Ruhetagen, die er genossen hatte, dort oben seinen vierzehntägigen Aufsichtsdienst wieder anzutreten. Der Weg zum Förster führte am Wirtshaus vorüber. Vor der Tür, auf einer erhöhten Backsteinterrasse, stand im Schatten der aus dem Giebel vorspringenden Holzaltane ein Tisch. Hier saß ein junger Mann; während er mit beiden Händen den vor ihm stehenden Bierkrug umspannte, lauschte er aufmerksam den Worten des neben ihm sitzenden Wirtes, der seine Rede mit lebhaften Armbewegungen begleitete.

Der Wirt – von allen, die bei ihm aus und ein gingen, kurzweg ›Vater Riesch‹ genannt – verkörperte mit seiner breiten, gedrungenen Gestalt und dem verschmitzten Faltengesicht, in den langen Schlotterhosen, dem weißen Hemd und der offenen Weste den landläufigen Typus der Hochlandswirte; auch der große Kropf fehlte nicht, dem ein braunseidenes Halstuch zur bequemen Schlinge diente. Sein Zuhörer trug ein Gewand, das der Tracht eines Jagdgehilfen glich; es war verwittert und abgetragen, zeigte aber doch eine bessere Art und einen feineren Schnitt. Die nackten Knie waren wohl auch gebräunt und von mancher Narbe durchrissen, aber die Stirn war weiß, und der wohlgepflegte blonde Bart wie die goldene Brille vor den blauen Augen verrieten den Städter. Der Förster und die Jagdgehilfen nannten ihn ›Herr Doktor‹. Sein Vater, der einst Oberförster gewesen, amtete seit einigen Jahren in der Residenz als Forstrat; den Sohn zog es mit jedem Sommer in die Berge, und gerne saß er mit Flößern und Holzknechten beisammen, plauderte und sang mit ihnen in ihrer Art und Sprache oder zog, das Gewehr auf dem Rücken, mit einem der Jagdgehilfen hinauf ins Gemsrevier, wo er an Ausdauer und Handhabung der Büchse keinem gelernten Hochlandsjäger nachstand, oder er saß, wie eben jetzt, mit dem Wirte hinter dem Bierkrug und ließ sich alte Geschichten von Jägern und Wildschützen erzählen.

So eifrig waren die beiden in Schwatzen und Lauschen vertieft, daß sie den Jäger nicht bemerkten, bevor er nicht dem Doktor auf die Schulter klopfte mit den Worten: »Sie sind ja schon ganz blau! Was hat er Ihnen denn schon wieder für a grausige Gschicht aufbunden, der Vater Riesch?«

»Gehst net weiter, du Kalfakter!« schalt der Wirt. »Willst mir leicht gar mein' besten Kunden abspenstig machen? Da, trink lieber, is gscheiter!«

Friedl faßte den Krug, den der Wirt ihm geboten hatte, und tat einen festen Zug.

»Gehst du in Dienst? Wohin?« fragte der Doktor.

Friedl setzte den Krug auf den Tisch. »Zur Lärchkoglhütten muß ich heut auffi. Was is? Nix mit? Im Ludergwänd wär a guter Gamsstand. Ich mein, da schauet was aussi, wann wir morgen durchsteigen möchten.«

»Oho! Gleich bin ich fertig!« rief der Doktor erfreut, sprang auf, steckte die auf dem Tisch liegende Zigarrentasche zu sich, auf deren Leder in Silber der Name des Eigentümers, Benno Harlander, eingepreßt war, bot dem Wirt einen hastigen Gruß und rannte zum Forsthaus hinüber.

»Pressiert net so!« rief ihm Friedl nach. »Ich muß sowieso noch beim Herrn Förstner fürsprechen!«

Benno war bereits in der Tür des Forsthauses verschwunden. Den Krug, den er auf dem Tisch hatte stehenlassen, zog der Wirt an sich und untersuchte ihn auf seinen Inhalt. »Hat wirklich wieder 's ganze Bier vergessen!« brummte er. »Is dös a Herr! Grad reden därfst von eim Gams, nacher is er schon in der Höh. Geh zu, Friedl, trink's aus, wär schad um dös gute Bier.«

»Muß net so arg gut sein, sonst tätst es selber abischlücken.«

»Red net lang, trink!«

Friedl leerte den Krug und setzte ihn auf den Tisch, daß der Deckel klappte. »So! Vergelts Gott! Und pfüet dich Gott!«

»Halt a bißl!« rief der Wirt und faßte den Jäger an der Joppe. »Was ich sagen will – a Neuigkeit, ja! Weißt es schon? Der Huisenblasi is dagwesen, a Stündl mag's her sein.«

Friedls Gesicht wurde hart. »So? Ich hätt gemeint, der Weg nach Fall wär ihm a bißl verleidet worden, seit er Isarwasser hat schlucken müssen, der Lump!«

Der Wirt zuckte die Achseln. »So einer vergißt leicht! Er wird sich halt denken, daß daheraußen im Fall die Hirschen und die Gams a bißl gar z'viel geschont werden, und da meint er wohl, er kunnt dem abhelfen, daß in der nächsten Brunft die Hirschen wieder dutzendweis auf meiner Wiesen schreien.«

Friedl lachte kurz und rückte den Hut aufs Ohr. »Es scheint, der Blasi hat Langweil nach seim Bruder, der in Fall den letzten Schnaufer gmacht hat? Wann er wieder zuspricht, der Blasi, kannst ihm ausrichten, daß ihm z'helfen wär. Adjes!« Kurz wandte Friedl sich ab und ging auf das Forsthaus zu.

»Oho, oho!« brummte der Wirt. »Meintwegen derschieß ihn heut oder morgen! Is grad a reicher Tagdieb weniger auf der Welt.«

Als Friedl in den Flur des Forsthauses trat, kam ihm Benno bereits entgegen, Rucksack und Büchse hinter den Schultern und den Bergstock in der Hand. Noch ein kurzer Plausch mit dem Förster. Dann wanderten die beiden über die Wiesen hinaus.

Durch junge Pflanzungen zog der schmale Weg, näherte sich der zur Isar hinabrauschenden Dürrach und führte über den langgezogenen Rammsteg, an dem zur Zeit des Tauwassers und der Regengüsse das vom Berge niedergeflößte Scheitholz aufgefangen wird. Enge und hohe Stufen leiten von hier aus hinauf über die Höhe, die zur linken Seite der Dürrach steil emporsteigt; droben führt ein bequemes Sträßchen bergan, immer die vielzerrissene Schlucht begleitend, in deren dunkler Tiefe das Bergwasser rauscht.

»Gelt, Friedl, der große, saubere Bursch, der vorhin drunten im Wirtshaus war, das ist der Blasi?«

Friedl nickte.

»Was ist denn das mit dem Blasi eigentlich?«

»A Lump is er, a gottvergessener! A Lump, der mir alles gstohlen hat, was –« Mitten im Worte brach Friedl ab, und als Benno zu ihm aufsah, flog eine dunkle Röte über das Gesicht des Jägers, der die gesprochenen Worte zu bereuen schien. Benno merkte, daß er mit jenem Namen eine wunde Stelle im Herzen des Jägers berührt hatte, und schwieg, so gern er auch weiter gefragt hätte. Wortlos schritten die beiden eine Weile nebeneinander her. Dann sagte Friedl: »A Wildschütz is er, der Blasi! Oder is wenigstens einer gwesen, bis ihn's End von seim Bruder abgeschreckt hat.«

»Wieso das?«

Der Jäger streifte mit forschendem Blick das Gesicht seines Begleiters.

»Geh, Friedl, wirst dich doch vor mir nicht scheuen!« mahnte Benno. »Ich bin selber ein halber Jäger, in meinem Herzen ein ganzer.«
»Ich war net dabei bei der selbigen Geschicht«, begann Friedl nach kurzem Zögern, wobei er seine Stimme zum Flüstern dämpfte, »und weiß halt alles bloß vom Erzählen her. Zu der Zeit, wo der Vater Riesch, der jetzt drunten 's Wirtshaus hat, noch der Förstner war, da is in Lenggries a Bauer gwesen, ›beim Huisen‹ heißt man's auf seim Haus. Der Bauer is noch allweil draußt – aber selbigsmal hat er zwei Söhn ghabt, den Toni und den Blasi. Der Toni war a Wildschütz, der's grob trieben hat. Glauben S', der wär zfrieden gwesen, wann er für sich allein an Gamsbock hätt stehlen können? Ah na, gleich fünf oder sechs Burschen hat er noch mitgenommen, und auch sein' jüngern Bruder, den Blasi, hat er verführt. Und da haben s' ganze Treibjagden angstellt auf die Berg droben, heut im Bayrischen und morgen im Tirolerischen, und alle Revier haben s' unsicher gemacht auf zehn Stund in der Gegend, und schockweis haben dö Lumpen 's Wild auf die Flöß abigführt nach Tölz und München. Amal, da hat's ihnen fehlgschlagen. Da is dem Förstner gsteckt worden, daß die Huisenbuben drüben im Tirolerischen jagern und wahrscheinlich am andern Tag auf der Isar daherkommen mit'm Floß. Und am andern Tag auf d' Nacht war an der gfahrlichsten Stell von der Isar und handbreit unter'm Wasser a Drahtseil gspannt, und in die Stauden drin sind d' Jager gstanden auf der Paß! A Nacht war's, so stockfinster, daß man kaum drei Schritt weit sehen hat können. Bis lang nach Mitternacht haben d' Jager paßt. Da hat's Käuzl grufen. Einer von die Jager war weiter oben auf der Paß, und wann er ebbes hört am Wasser, so war's verabredet, nacher sollt er den Käuzlruf nachmachen. Der tut's – a paar Augenblick dauert's – nacher macht's im Wasser an Krach, wie wann a Floß anrennt und auseinandreißt. D' Jager pulvern eini in d' Nacht, a paar Schrei werden laut, und alles war stad, mäuserlstad. Grad 's Wasser hast noch rauschen hören.«
»Und?« fragte Benno, als Friedl keine Miene machte, weiterzusprechen.
»Wer außer die Huisenbuben dabei war, hat man nie erfahren. Abgangen is keiner von die Burschen, und daß einer krank gwesen wär von dem Tag an, da hat man nix ghört davon. Der Huisenblasi aber, so haben d' Leut verzählt, wär in derselben Nacht zum Rauchentaler kommen, der a Stund unterhalb Fall an der Isar sein Haus hat, und hätt bei ihm Einlaß begehrt, weil er nimmer weiter kunnt. Tropfnaß

wär er gwesen am ganzen Leib, hat's gheißen. Er selber hat nacher überall rumgredt, als hätt er an Kuhhandel in Tirol drin ghabt, und am Heimweg wär er so viel müd gwesen, hätt beim Marschieren allweil halber gschlafen und wär über die Böschung abikugelt ins Wasser. Glaubt hat ihm dö Gschicht freilich keiner, um so weniger, als man zwei Tag später bei der Sägmühl unterhalb Lenggries sein' Brudern, den Toni, tot aus'm Wasser zogen hat, und an drei Zentner schweren Hirsch dazu, der mit'm Gweih im Toni seim Janker einghakelt war.«

»Und du? Warst du damals schon in Fall?«

»Ah na! Ich war zur selben Zeit Jager beim Herzog von Nassau, der hinter Lenggries dös schöne Schloß hat. Aber wissen S', die Burschen vom Ort haben damals an argen Haß auf alles gworfen, was Jager gheißen hat. Drum war für mich kein Bleiben nimmer in Lenggries. Da is noch dazu kommen, daß im selben Jahr mein Ahnl und mein Vater gstorben sind. So hat d' Mutter unser Häusl in Lenggries verkauft und hat sich nach Fall verzogen, weil mein Herzog so gnädig war und hat mir's erwirkt, daß ich in' königlichen Dienst hab eintreten därfen. Ja, und so bin ich halt jetzt in Fall.«

Die beiden hatten während dieses Gesprächs die Stelle erreicht, an welcher rechts vom Sträßchen der Fußweg abzweigt, der hinabführt zum Dürrachsteg und drüben hinauf zu den Almen und zur Jagdhütte. Stufen leiten hinunter über eine kleine Lichtung, von der aus man ein gutes Stück des gegenüberliegenden Berghanges überschauen kann. Hoch oben auf dem Berge sah Benno eine breite Almfläche liegen, in deren Mitte das sonnbeglänzte Dach einer Sennhütte blinkte.

»Was ist das für eine Hütte?« fragte er.

»Dö Hütten da droben? – Dös is d' Hütten von der Modei!« Friedl machte flinkere Schritte.

»Die Modei? Das ist doch das hübsche junge Mädel, bei dem wir neulich einkehrten? Ich hätte die Alm von hier aus nicht erkannt, weil wir neulich auf der anderen Seite gegen den Grottenbach zu abgestiegen sind.« Benno hatte den Steg erreicht. Mit einem lauten Ausruf der Überraschung blieb er stehen und schaute, über das Geländer gebeugt, hinunter in die Tiefe der Schlucht. Ihre Ränder waren breit auseinandergespannt, und auf vorgeschobenen Erdpolstern schwankte in dicken und langen Bündeln das Berggras über den steil abfallenden Wänden. Die am Saum des Absturzes aufragenden Fich-

ten waren aus ihrer senkrechten Stellung geraten und neigten ihre Wipfel der Schlucht entgegen, als wollten auch sie neugierig hinunterblicken in die Tiefe. Je mehr die Schlucht sich senkte, um so näher traten die Wände zueinander, und weil von beiden Seiten massige Felsklötze nach der Mitte zu hervorsprangen, bildete die Schlucht ein zerklüftetes Zickzack. Überall sah man Reste von geflößtem Holz; in den Felsspalten lagen Scheitstücke eingeklemmt, und dicke, rindenlose Baumstämme kreuzten sich zwischen den Wänden. Unter ihnen floß das Wasser der Dürrach, bald niederrauschend über kleine Fälle, bald tiefe, stille Kessel bildend, bald wieder hinplätschernd über leicht geneigte Kiesgründe. Im Schatten der Felswände lag das Wasser mit smaragdgrüner Farbe; an eine Stelle nur, wo bei einer Wendung der Schlucht das Sonnenlicht hell hereinbrach, war das Wasser durchsichtig wie Glas, und da sah man auf dem Grund die Forellen spielen, die manchmal nach einer Mücke heraussprangen über den glatten Spiegel.
Friedl war schon ein Stück voraus den Berg hinaufgestiegen; Benno konnte sich nicht losreißen von dem schönen Bild, in dessen Betrachtung er versunken war.
»Herr Doktor!« mahnte die Stimme des Jägers. »Wir haben noch an weiten Weg, und der Tag dauert net ewig.«
Einen Blick noch warf Benno in die Tiefe, dann folgte er dem Jäger. Eine gute Stunde stiegen sie empor mit gleichmäßigem Schritt. Kein Wort wurde gesprochen, und außer dem eintönigen Klappen der Schuhe, dem Einsetzen der Bergstöcke an beschwerlichen Stellen und dem Kollern der kleinen Steine, die sich unter ihren Tritten lösten, hörte man nur die tiefen Atemzüge der beiden Steiger.
Sie hatten eine jener weit ausbiegenden Felskanten umgangen, die von der Höhe des Grates niederliefen über den ganzen Berg, als Friedl plötzlich innehielt und die Büchse von der Schulter riß. »Wer da? Reden, oder –«
»Oho!« klang eine tiefe Baßstimme, und lachend, so daß man trotz der Entfernung die weißen Zähne unter dem schwarzen Schnurrbart blinken sah, trat Hies, der zweite Jagdgehilf der Wartei, aus dem Dikkicht heraus. »Ich glaub, du wärst imstand und tätst mich als Wildschütz niederpulvern?« Während er seine Büchse, die er in der Hand getragen, über die Schulter hängte, stieg er den Hang herunter, eine hagere, knochige, nicht übergroße Gestalt in einem Gewand, dessen Farben durch Zeit, Wetter und Felsen in ein gleichmäßiges Grau zusammengestimmt waren. Der schwarze, buschige Vollbart, der ihm

bis über die Mitte der Brust herunterhing, ließ ihn älter aussehen, als er war; auf vierzig Jahre hätte man ihn schätzen können, und doch stand er fast im gleichen Alter mit Friedl.
Überall war Hies beliebt als lustiger Sänger und Zitherschläger, und gerne saß alt und jung an seiner Seite, wenn er vom Kriege gegen Frankreich erzählte, den er als junger Bursch mitgemacht hatte.
Nun trat er zu den beiden auf den Steig. »Grüß Gott, Herr Dokter! Und grüß dich, Friedl! Wann mir jetzt der Schrecken d' Stimm verschlagen hätt, ich glaub, du hättst mir eins auffibrennt auf'n Pelz, daß ich an Purzlbaum hätt machen können wie a Schneehas. Aber hast schon recht, daß a bißl scharf aufmerkst. Heut hab ich den Neunnägel wieder gspürt.«
Friedl hob den Kopf.
»Ja! Drüben wieder, am alten Fleck! Es waren bloß drei oder vier Trittspuren, aber ganz gnau hab ich's gmerkt, daß er's gwesen sein muß und kein anderer. Weißt was! Es ist noch Zeit bis auf d' Nacht, machst halt den kleinen Umweg über der Modei ihr Hütten und fragst so nebenbei, ob 's Madel kein' gsehen hat. Vielleicht kannst ebbes erfahren.«
Friedl rückte den Hut in den Nacken und fuhr sich mit der Hand über die Stirne. »No ja, muß ich halt auffi und nachschauen! Da bleibt nix anders übrig.« Er wandte sich an Benno. »Herr Dokter, jetzt müssen S' Ihnen den Umweg gfallen lassen.«
»Macht nichts!« Benno lachte. »Bei der Modei haben wir ein gutes Einkehren. Pfüet dich, Hies! Mach nur, daß du flink hinunterkommst. Drunten haben sie frisch angezapft.«
»Dös is recht! Da leg ich mich eini mit alle zwei Knie!«
Benno und Friedl stiegen weiter bergan. Hies stand noch, und während er den Schuhriemen, der sich gelockert hatte, fester band, hörte er Benno fragen: »Du, Friedl, wer ist denn der Neunnägel?«
Hies lachte vor sich hin. »Da wird er umsonst fragen, der Herr Dokter! Dös möcht ich auch schon lang wissen, wer der Neunnägel is!«
Nun folgte er dem Pfade bergabwärts und sang im Niedersteigen mit halblauter Stimme:

»Da drunten im Tal,
Wo d' Isar tut gehn,
Da weiß ich a Häusl,
Im Garten tut's stehn.

Und drin in dem Häusl,
Mein Eid, es is wahr,
Da haust a jungs Madl
Mit schwarzbraune Haar.

Und d' Sonn, dö geht unter,
Und d' Stern, dö gehn auf,
Da klopf ich ans Fensterl:
Liebs Herzl, mach auf!«

2

»Zu was brauchst denn du dös viele Wasser? He, Punkl! Hörst heut schon wieder nix?« rief auf der Grottenalm die Modei durch das kleine Hüttenfenster einer alten Sennerin zu, die am Brunnen stand und Wasser schöpfte. Mit der Schulter lehnte das junge Mädel am Fensterrahmen, während es sich mit der blauen, groben Leinenschürze die Hände trocknete. Es war eine schlanke, schmuck gewachsene Gestalt in ärmlicher, aber sauber gehaltener Kleidung; der dunkelbraune Rock reichte kaum handbreit über das Knie und ließ noch die grünen Wadenstrümpfe sehen; ein schwarzes Tuchleibchen umspannte die Brust; das Hemd von ungebleichter Leinwand reichte hoch an den Hals und ließ nur die Arme nackt. Das Gesicht hatte wenig Farbe; wie Schwermut lag es in den großen, dunklen Augen, und ein schmerzlicher Zug war um den Mund geschnitten; die Stirn war hoch, und darüber lagen, schwer und schwarz, drei durcheinandergewundene dikke Flechten.

»Punkl! Punkl!« rief Modei wieder. »Hörst denn heut gar nix?«

»Ah, Modei, du bist's!« klang es von draußen mit einer heiseren Altstimme. »Machst schon bald Feierabend?«

»Ja! Geh, kehr a bißl zu, eh nach deiner Hütten auffisteigst!«

Ein tiefer, mehr drollig als schmerzhaft klingender Seufzer. »Heut hab ich wieder an schiechen Tag. Alls tut mir weh, der Kopf und der Buckl und d' Füß und alls. Aber was ich sagen will –« die Stimme kam näher, »weißt es schon! Der alte Veri, mit dem ich vor a zwanzg a dreißg Jahr schiergar a kleins Liebschaftl angfangt hätt, der is jetzt in der Monika ihrer Hütten droben als Hüter eingstanden. So viel hat er mir zugsetzt! Vor a zwanzg a dreißg Jahr. So viel zugsetzt. Aber net an einzigs Ruckerl hat mei' Unschuld gmacht. Fest bin ich blieben. Fest wie an Eisenstangerl. Und jetzt kommt er als Hüter da auffi. Sag mir nur grad, was sagst jetzt du zu so einer Neuigkeit? Ja, ja, schau, so

kommt man halt wieder zamm.« Die Alte trat an das offene Fenster heran und reichte Modei die Hand.
Ein müdes Lächeln kräuselte die Lippen des Mädels. »No, da wirst dich aber gwiß recht freuen drüber! Ob man früher oder spater zammkommt – wann nur überhaupt amal –«
»Was?« Punkl hob die hohle Hand hinter das linke Ohr. »Was hast gsagt?«
»Daß dich freuen wirst!«
»Heuen? Ah na, drunten sind s' schon lang fertig mit'm Heuen.« Die Alte verschwand vom Fenster und erschien auf der Türschwelle, eine kleine, komisch unförmliche Gestalt, weiblich nur in der oberen Hälfte, in der tieferen Halbscheid ein sonderbares Mannsbild. Die Röcke waren wulstig in die blauzwilchene Arbeitshose hineingestopft, so daß die Punkl um die Mitte herum aussah wie ein nach abwärts gerutschter Riesenkropf. Nach unten hin wurde sie in den trichterförmigen Hosenschäften immer mägerer. Fromm bekreuzte sie das braune, von wunderlichen Fältchen durchschnittene Spitzmausgesicht. »Lieber, gnädiger Vater im Himmel droben, segne meinen Eingang!«
»Du? Punkl?« sagte Modei, seltsam erregt. »Tut's dich net reuen?«
»Wie? Wo? Wer?« fragte die Alte flink, mit dem mißtrauischen Blick der Schwerhörigen.
»Ob's dich net reuen tut?« schrie ihr Modei ins Ohr.
»Reuen? Was?«
»Daß fest blieben bist? Vor a zwanzg a dreißg Jahr.«
Nachdenklich studierte die Alte und fing zu nicken an. »Jaja, a bißl tut's mich schon reuen, ja! Aber 's Frieren hab ich halt net derlitten. Dös Luder, dös damische, is allweil bei der Nachtwachterei zu mir ans Fenster kommen, im Winter, weißt, wann's a söllene Kälten ghabt hat, daß man scheppern hat müssen im Hemmed. Ah na, ah na! Da is mir 's warme Bett allweil lieber gwesen. No ja, und spaternaus, wie's a bißl gwarmelet hat, da hat sich gar kei' Glegenheit nimmer geben.« Ein meckerndes Lachen. »Jetzt daucht mir, 's alte Sprüchel kunnt wahr sein: Nimmt er ihm nix, der Mensch, so hat er nix.« Gähnend guckte die Alte in der Sennstube herum.
Modei war zum Herd getreten. Verloren sagte sie vor sich hin: »Und nimmst dir ebbes, so wird's a Gwicht und du mußt tragen dran, bis d' müd bist an Leib und Seel.« Sie begann mit einer Sandbürste die hölzernen Milchgeschirre zu säubern, umfunkelt von der roten Abendsonne, die einen Strahl hereinwarf durch das kleine Fenster.

Die Stirn in Falten ziehend, guckte Punkl um sich her, als hätte sie ein geheimnisvolles Rätsel dieser Stube zu lösen. »Ich weiß net, wie dös kummt, bei dir in der Stuben schaut's allweil nett und freundlich aus. Und bei mir droben in der Hütten is allweil a Saustall, daß eim grausen kunnt. Oft muß ich selber sagen: Pfui Teufel!«
Das schien die junge Sennerin nicht gehört zu haben. Zerstreut und müde redete sie bei rastloser Arbeit: »Heut is er hart gwesen, der Tag. Die Blässin, unser beste Kuh, is a bißl marod. Ich hab schon Botschaft abisagen lassen, daß der Doktormartl auffikommt. Und unser Geißbock, der Muckerl, muß sich verstiegen haben. Der Lenzl sucht ihn schon den dritten Tag. Allweil hat man a Sorg auf der Seel, bald mit eim Menschen und bald mit'm Viech. 's Leben is hart.«
Wieder gähnte die Alte und trommelte mit der Hand auf ihren kreisrund geöffneten Schnabel. »Jetzt hab ich gmeint, bei dir gibt's an Unterhaltung. Derzeit wurstelst du am Herd umanand und redst kein Wörtl!«
»Was?« Modei mußte lachen, trat auf Punkl zu und rief ihr ins Ohr: »Ich hab ja die ganze Zeit allweil gredt!«
Verwundert sah die Alte drein. »Ah geh! Kein Wörtl net hab ich ghört. Es is mir bloß allweil so gwesen, wie wann a Brünndl rauscht.«
»Heut hast wieder an schlechten Tag mit die Ohrwascheln.«
Draußen ein schwerer Schritt. Friedl trat in die Stube. »Grüß Gott beinand! Is verlaubt, daß man zukehrt?«
»Nur eini, nur eini!« kicherte Punkl. »Wo Weiberleut schnaufen, is a Jager a lieber Gast. Und gar a söllener, wie du einer bist.« Sie hatte Friedl am Arm gefaßt und ihn mitten in die Stube gezogen; nun hob sie sich auf die Fußspitzen, um den kleinen Strauß frischgepflückter Almrosen betrachten zu können, den Friedl auf dem Hut stecken hatte. »Du! Den Buschen, den d' auf deim Hütl hast, den mußt der Sennerin schenken! Dös is Brauch auf der Alm.«
»Gern auch noch!« Friedl nahm den Strauß vom Hut. »Da hast ihn, Modei!«
Die Alte schnitt ein langes Gesicht und brummte mißmutig: »No also! Alt sein heißt allweil, hint dran sein.«
Modei, ohne die Blumen zu nehmen, wandte sich zum Herd. »Ich dank dir schön für den guten Willen. Aber da heroben in der Einöd kunnt ich mit deim Sträußl kein' Staat machen.«
»Wie? Was? Nimmst es ebba gar net?« zeterte Punkl. »O du Schlauche du! Gelt, ja? An eim Buschen, den a Jager tragt, is allweil a bißl a

Wildblut dran. Und 's Blut hat a sintipadetische Kraft. 's Blut, sagen s', hat Einwirkung auf d' Herzmuschkelatur. Gelt, tust Angst haben vor der Einwirkung?«
»Ah na!« sagte Modei ruhig. »Vor so was fürcht ich mich net. Da is ebbes gut dafür. Gib her!« Sie nahm die roten Blumen aus Friedls Hand und steckte sie an die Brust.
Mit schwermütigem Blick hing Friedl an der Gestalt des Mädels. Dann ging er schweigend zur Tür, wo er das Gewehr an einen Holznagel hängte und den Bergstock in die Ecke stellte. »Was is denn«, sprach er die Alte an, als er zum Herd zurückkehrte, »warum bist denn auf amal so stad? Was hat dir denn d' Red verschlagen?«
»Was hast gsagt? Wen hab ich gschlagen?«
Friedl, ein Lachen erzwingend, ließ sich auf eine Bank nieder. »Hörst heut schon wieder nix? Mit dir is a Kreuz.«
»Kein Wunder, wann eim 's Kreuz weh tut. A Sennerin hat a schlechte Liegerstatt. Dös schlagt sich aufs Kreuz. Jaaa! Aber allweil kann man von Glück sagen, solang man noch eins hat, a Kreuz. Sunst müßt der Mensch sei' Schattenseiten in der Schling tragen.«
Wieder lachte Friedl und streckte die Beine. »Heut tut mir 's Rasten gut!«
»Hast schon an weiten Weg gmacht?« fragte Modei.
»Ah na, grad a paar Stund bin ich auf die Füß.«
»Dank schön«, fiel Punkl ein, »mit meine Füß geht's gottlob noch allweil gut!«
»Aber mit'm Ghör«, schrie Friedl, »gelt, da laßt's a bißl aus!«
»Ah bewahr! Hören tu ich ganz gut, aber halt bloß auf einer Seit. Auf der anderen muß mir ebbes zugwachsen sein!«
»Da bist net amal schlecht dran! Wann man dir zu eim Ohr ebbes einischreit, kann's zum andern nimmer aussi.«
Modei war hinter der niederen Kammertür verschwunden; nun kam sie mit einer Schüssel voll Milch und reichte sie dem Jäger. »Mußt halt verliebnehmen mit dem, was ich hab!«
Mit bitterem Lächeln hob er das Gesicht zu ihr. »Ich bin keiner von die Ungnügsamen.« Er sah in ihre Augen und erschrak. »Madl?« fragte er in Sorge. »A bißl blasselen tust. Was hast denn?«
»Ich? Nix.« Modei ging zum Herd und nahm die Arbeit wieder auf.
Lachend puffte Punkl den Jäger mit dem Ellbogen an die Schulter. »Wärst bei mir einkehrt, da hättst an Schmarren kriegt. Schwimmen hätt er müssen in Schmalz.«

»Da herinn' gefallt's mir auch bei der magern Milli.« Friedl zog seinen Blechlöffel aus der Tasche und begann zu essen. »So a Hüttl! So ebbes Liebs und Saubers!« Lachend sah er auf. »Is schon wahr, in dö alte Hütten bin ich ganz verliebt.«
Über das Gesicht der Alten huschte das Grinsen einer holden Freude. Verschämt begann sie mit der Schürze zu spielen. »Geh weiter! Jesses! Freilich ja, dreißg Jahrln wann ich jünger wär!« Sie guckte an sich hinunter. »Und ausschauen tu ich, o mein, o mein!« In dem Bestreben, etwas weiblicher zu erscheinen, streifte sie flink die blaue Zwilchhose hinunter und schüttelte die Röcke. »Ja, a fünfazwanzg, bloß a zwanzg Jahrln jünger! Und a gute Glegenheit! Da kunnt ich net einstehn dafür, ob ich festbleiben tät. Freilich, 's Unschuldskranzerl is ebbes wert. Aber du gfallst mir! An Burschen, wie du einer bist, gibt's kein' zweiten nimmer. So viel gute Eigenschäften hast, daß ich vierazwanzg Finger haben müßt zum Aufzählen.«
Ein kurzes Lachen kam vom Herd herüber. »Geh, lob ihn net gar a so! Andere Buben sind auch noch ebbes wert.«
»Waaaas hast gsagt?« fuhr die Alte wütend auf. »Ah na, so ebbes därfst fein von mir net glauben! A bißl alt bin ich freilich. Aber sittenbestrebsam bin ich leider Gottes noch allweil gwesen.«
»Drah dich um, Punkl!« rief Friedl lachend. »Dösmal hast auf der falschen Seiten ghört!«
»Was hast gsagt? Ah na! So ebbes laß ich mir net gfallen!«
Friedl zog sie am Arm zu sich herunter und schrie ihr ins Ohr: »D' Modei hat 's Allerbeste gredt von dir. An Ausbund von aller Tugend hat s' dich gheißen. Is schon wahr! Dir hat's der Landrichter zuprotokolliert, daß d' amal von sechs weiße Jungfern tragen wirst, wann d' auffifluderst ins Himmelreich.«
Die Alte wurde dunkelrot vor Ärger. »So? So?« schrie sie auf die junge Sennerin ein. »Freilich, wann du amal stirbst, da mußt d' dich z'erst für dein Kind um an Vatern umschauen. Damit d' ein' hast, der dir's letzte Hemmed zahlt!« Sie fuhr zur Tür hinaus, und eine Weile noch klang ihre scheltende Stimme herein in die Stube.
Bleich, an allen Gliedern zitternd, lehnte Modei an der Herdwand. Und als das Schelten und Kreischen da draußen verhallte, schlug sie den Arm vor die Augen, und ein krampfhaftes Schluchzen erschütterte ihre Brust.
Auch aus Friedls Gesicht wich alle Farbe, als er die Folgen seines harmlos gemeinten Spaßes erkannte. »Himmel Hergott –« knirschte

er vor sich hin. Ratlos stellte er die Milchschüssel fort, ging auf Modei zu und versuchte ihr den Arm vom Gesicht zu ziehen. »Geh, tu dich net kränken, weil die narrische Nocken im Zorn ebbes Unguts daherplauscht hat! Schau, in eim Viertelstündl weiß dö alte Hex ja nimmer, was ihr übers Radl glaufen is.«
Ruhig befreite Modei ihren Arm. Dann sagte sie, schon wieder bei der Arbeit: »Was hast aber auch mit so einer unsinnigen Red daherkommen müssen!«
»Ich hab mir nix Unrechts denkt dabei.« Friedl setzte sich wieder auf die Bank, hob die Milchschüssel auf die Knie, zog ein Stück Brot aus der Joppentasche und brach es in kleine Stücke, die er in die Milch warf und mit dem Löffel herausaß. Es schien ihm zu schmecken. Und das Essen mußte für ihn eine harte Arbeit sein. Ein ums andre Mal fuhr er sich mit dem Ärmel über die Stirn. Dabei spähte er immer zu Modei hinüber, die zwischen Herd und Kammer hin und her ging, um die gespülten Milchgeschirre zu verwahren. Und plötzlich fragte er: »Wie geht's denn deim Büberl?«
»Ich danke schön, gut!«
»Is a liebs Kindl! Wie ich 's letztmal draußen war in Lenggries, hab ich's gsehen. Gsund und rund wie an Apfel. Und 's ganze Köpfl voll braune Schneckerln. Wie alt wird's denn schon sein?«
»Auf d' Fasnacht wird's zwei Jahr.«
Friedl nickte. »D' Almkinder kommen allweil um d' Fasnacht rum auf d' Welt. 's Fruhjahr auf der Alm hat halt so ebbes. Da muß der Mensch nachgeben.« Eine Weile schwieg er. »'s Büberl wird wohl gut aufghoben sei bei dö Leut, die's in Pfleg haben?«
»Da muß ich glauben dran.« Das war ein schwerer Seufzer. »Viel zahlen kann ich net. Vater und Mutter hab ich nimmer. Heimat hab ich auch keine. Bei der Arbeit auf der Alm kann ich 's Kind net haben. Was will ich denn machen?« Müder Kummer sprach aus ihren Augen, als sie nun schweigend stand und zum Fenster hinausblickte.
Friedl erhob sich. »Madl! Schau, mei' Mutter hat drunt in Fall ihr kleins Häusl, in dem s' allein umanandwurstelt. Viel Plag macht ihr dös bißl Hauswesen net. Und da hat s' allweil Zeitlang. Wie wär's, Modei, wann ihr dein Büberl in Pfleg geben tätst? D' Mutter hätt a damische Freud damit.«
Schwer atmend ließ Modei die Hände fallen und stand unbeweglich.
Mit zerdrückter Stimme sagte Friedl: »Was die Kösten anbelangt –

mein, was braucht denn so a Schnaberl, so a kleins? D' Mutter tät's wegen der Freud. A Kindl is allweil 's Liebste, was man haben kann. – Modei? Was meinst?«
Langsam hatte Modei das Gesicht gewandt und sah dem Jäger lang in die Augen. Ein leichtes Rot stieg ihr in die Wangen. Dann schüttelte sie den Kopf mit dem leisen Wort: »Ich danke schön!«
Er bettelte: »Geh, Modei, gib ihr's!«
»Na, Friedl! Dös geht net.«
»Schau, gar so kurz sollst mich net anlassen! Daß ich dir's gut mein', dös weißt doch net erst seit gestern. Denk zruck an die alten Zeiten, wie ich zu dir als a kleiner Bub schon allweil –«
»Sei stad!« fuhr Modei auf. »Es kommt wer!« Bleich werdend, lauschte sie auf den Schritt, der sich der Hüttentür näherte.
»Dös is bloß der Herr Dokter, weißt, der junge Herr, der 's letztmal dagwesen is mit mir. Ich hab ihm gsagt, er soll sich vom Almspitz d' Aussicht anschaun. Hab denkt, er verhalt sich länger. Schad drum, daß er schon kommt!«
»Oder besser – wer weiß!« flüsterte Modei.
Benno trat ein. Mit herzlichem Gruß drückte er Modeis Hand und floß über vom Lob der schönen Fernsicht, die er genossen hatte. Als er sich setzen wollte, mahnte Friedl zum Aufbruch, weil die Dunkelheit käme, ehe sie die Jagdhütte erreichen könnten. Benno hatte keine Lust zum Weiterwandern; es gefiel ihm in der Hütte. Er stellte Gewehr und Bergstock in die Ecke, warf den Rucksack ab, zog die Joppe aus und machte sich's am Herd bequem.
»Wissen S' was, Herr Doktor«, sagte Friedl, »bleiben S' da über Nacht! Morgen in der Fruh hol ich Ihnen nacher ab. Wir haben von da aus a leichters Steigen zum Gamsberg auffi, und der Weg zur Jagdhütten und zruck is Ihnen verspart.«
Benno war einverstanden. »Modei? Willst du mich behalten?«
»Ja, schon, warum net? Zum Heustadl müssen S' halt auffisteigen! Da haben S' a ganz a guts Liegen droben. Herin in der Hütten können S' net bleiben. Im Kreister is grad Platz für mich und mein' Brudern.« Sie deutete nach einer Brettertruhe, die in Mannshöhe vom Boden die ganze Breite der hintern Stubenwand einnahm und quer durch die Mitte von einem bis an die Decke reichenden Verschlage abgeteilt war; die eine Hälfte, mit getrocknetem Berggras angefüllt, diente als Schlafstätte für Modeis Bruder; in der für die Sennerin bestimmten Hälfte war über das aufgeschüttete Heu ein grobes Leintuch gebrei-

tet, und darüber lagen noch ein bauschiges, blau überzogenes Kissen und eine wollene Decke. Unter dem Kreister, den drei plumpe, in den Lehmboden eingerammte Pfähle stützten, lag dürres Scheitholz aufgebeugt; die vorstehenden Scheite wurden beim Aufsteigen zum Bett als Trittsprossen benützt.

Benno betrachtete den Kreister; diese Brettertruhe kam ihm vor wie ein an die Wand genagelter Sarg, den der Herr der Gräber seinem Zwillingsbruder, dem Schlaf, zur Benützung überlassen hatte. Nein! Lieber ins Heu!

An den Kohlen, die auf dem Herde glühten, steckte er einen Holzspan in Brand und zündete sich eine Zigarre an. Dann trat er hinaus ins Freie.

»Soll ich dem Herrn noch ebbes kochen?« wandte sich Modei an Friedl.

»Ah na! Für'n Abend hat er schon selber ebbes im Rucksack. Aber morgen in der Fruh kunnt ihm ebbes Warms net schaden.«

Friedl hatte noch nicht ausgesprochen, da schrie im Freien draußen eine zerbrochene Stimme: »Modei, Modei, ich hab ihn gfunden!« Hastig schlorpende Tritte näherten sich der Hütte, und in der Tür erschien ein weißhaariger Mensch: Lenzl, der Bruder Modeis. Ein zerrissener Strohhut, dicht besteckt mit Alpenblumen, bedeckte den Kopf und überschattete das von einem struppigen Weißbart umrahmte Gesicht. Eine verwetzte Lederhose umhüllte die mageren Beine bis zu den Knöcheln, um Brust und Arme hing in Falten ein grobes Hemd, und darüber trug der Alte eine kurze Jacke, die weder Knöpfe noch Ärmel hatte. Keuchend lallte er auf der Schwelle: »Ich hab ihn gfunden!« Dann preßte er die Fäuste auf die arbeitende Brust.

»Is wahr?« rief Modei vor Freude.

»Ja! Ja!«

»Wen hast gfunden?« fragte der Jäger.

Lenzl blickte auf. »Je, du bist da!« Er legte die Hände auf Friedls Schultern. »Ich freu mich jedsmal, so oft als kommst. Bist a guter Mensch, und ich hab dich gern.«

Friedl zog den Alten an sich. »Und mir geht's grad so mit dir! Hab allweil mei' Freud, wann ich a Stündl plauschen kann mit dir.«

»Ich weiß schon, ja!« murmelte Lenzl und sah mit irrendem Blick an Friedl vorüber. »Völlig anders bist als wie die anderen, die allweil spötteln und ihren Narren haben mit mir. Aber wart nur –« Der Alte schien sich in ein anderes Geschöpf zu verwandeln. Das Gesicht erstarrte, die Augen erweiterten sich, und seine Stimme, die tief geklungen hatte, bekam einen hohen, fast knabenhaften Klang. »Es gibt an Zahltag, wie's an Gott im Himmel gibt. Der hockt da droben und paßt, bis 's richtige Stündl schlagt! Nacher – nacher –« In wortlosem Brüten sank ihm der Kopf auf die Brust. Dann sah er verwundert auf, strich langsam mit dem Daumen über die Augenbrauen, war der gleiche wie früher, hatte wieder die tiefklingende Stimme und rief seiner Schwester lachend zu: »Weißt, wo ich ihn gfunden hab?«

»Wen denn?« fragte der Jäger.

»Den Muckerl, unsern Geißbock! Zwei Tag is er uns abgangen, und d' Modei hat sich schier d' Augen ausgweint. Drum bin ich heut den ganzen Tag umanandgstiegen. A Stündl kann's her sein, daß ich ihn gfunden hab, droben im Ludererrgwänd, auf eim Steinspitzl, wo er sich nimmer rühren hat können, der arme Teufel!«

Modei war näher getreten und sah nun erst, daß Lenzls Ärmel zerrissen und die Hose an Hüfte und Schenkel zerschunden war. »Jesus, wie schaust denn aus!«

»Wie ich den Muckerl aussitragen hab, da hat's a kleine Schlittenfahrt geben. Macht nix, macht nix! Ich stirb net im Gwänd.« Wieder verwandelte sich sein Gesicht, seine Stimme. »Für mich gibt's kein Sterben. Ich muß warten bis zum Jüngsten Tag. Wann nachher mei Lisei aufsteht aus'm Grab, nacher wird Hochzeit gmacht, juhu!« Lenzl schnalzte mit den Fingern und bewegte die Arme wie zum Tanz. Dann hatte er die Augen eines Erwachsenden, warf den blumenbesteckten Hut auf die Bank, und während er zum Herd ging, strich er mit zitternden Händen die langen, weißen Haare glatt, die ihm bis auf die Schultern hingen.

Modei setzte sich an seine Seite, und während sie ihn liebkoste gleich einem Kind, fragte sie in Sorge: »Tut dir auch gewiß nix weh? Hast dich net aufgrissen an eim Felsen oder an die Latschen?«

»Na, Modei, gwiß net! So a kleins Rutscherl is lustig. Dös tut eim nix.« Er schloß die Augen und lehnte den Kopf an die Brust der Schwester. Still war's in der Hütte. In Lenzls tiefe, wohlige Atemzüge mischte sich nur das leise Knistern der auf dem Herde glimmenden Kohlen, und von draußen klang das Läuten der Schellen und das Gemurmel des Brunnens.

Friedl saß auf der Bank. Er hatte die Pfeife angezündet und blies den Rauch vor sich hin. Die blauen Fäden schlangen sich in den roten Sonnenglanz, der durch Tür und Fenster hereinfiel in das Halbdunkel der

Hütte. Da sagte Lenzl mit der hohen Knabenstimme: »Grad so wie d' Schwester hat mein Lisei allweil schmeicheln können.« Ein schrilles Lachen. »Wie, Jager? Kann's ebba dein Schatz auch so gut?«
»Schatz? Ich hab kein'!« sagte Friedl ruhig und griff nach Lenzls Hut, um die aufgesteckten Blumen zu betrachten.
»Gelt! Schöne Blümeln!« kicherte Lenzl und richtete sich auf. »So a Blümel is ebbes Liebs! Und a jeds verzählt, wie viel der Herrgott kann! Dö saubern Farben, dö s' haben! So rot und so frisch wie 's Almröserl, so rot und so frisch war meim Lisei sein Göscherl! Und Äugerln hat s' ghabt, so sammetbraun wie's Gamsrogerl. Und so fein und so schlingig wie d' Fäden von der Steinrauten sind ihre Haar gwesen. Aber auf der Welt, da gibt's kein Blüml, dös so falsch sein kunnt, als wie mei Lisei war!« Mit zitternden Händen zerknüllte Lenzl den Hut, riß die Blumen aus dem Band, zerrupfte die Blüten, warf sie zur Erde und trat sie mit Füßen. »Weißt, Jager, da is amal a Sonntag gwesen. Und beim Wirt, da haben s' a Musi ghabt. Und ich kein' lucketen Kreuzer im Sack. Drum is mein Lisei mit'm Grubertoni tanzen gangen. Und gsungen haben s' und gjuchezt. Und tanzt haben s' allweil –« Lenzl klatschte in die Hände und stampfte im Tanztakt mit den Füßen. »Grad zittert hat alles. Und auf amal, da kracht's. Und der ganze Tanzboden bricht ein. Und sechs junge Leut hat's derschlagen. Und den Grubertoni!« Ein gellendes Lachen. Weiß traten dem Alten die Augen aus den Höhlen. »Alle hat's derschlagen – den Grubertoni – und 's Lisei –« Das Lachen verstummte. Nun ein leises, klagendes Weinen.
Da klang von ferne der langgezogene Juhschrei einer Sennerin. Lenzl fuhr lauschend auf. »'s Lisei kommt!« Er sprang zur Tür und taumelte ins Freie. »Lisei! Lisei!« hörte man ihn schreien. Dann wieder sein Wimmern: »A Narr – ich bin a Narr, a verruckter – alle hat's derschlagen –«
Schweigend saß Modei auf dem Herd, das Gesicht in die Hände gedrückt. Friedl nagte stumm an der kalt gewordenen Pfeife, bis ein Geräusch ihn aufblicken machte. Benno stand bei der Tür und winkte ihm. Der Jäger stand auf. Als er vor die Tür trat, faßte ihn Benno am Arm und zog ihn zu einem Grashang, von dem man hinuntersah nach Fall und in das weite, von den Schatten des Abends umflossene Tal.
Durch das Fenster hatte Benno das Gebaren des Alten mit angesehen und wollte wissen, was die Worte des Irrsinnigen zu bedeuten hätten.

Friedl seufzte. »Man kann net sagen, daß er verruckt wär. Und kann net sagen, daß bei ihm unterm Hirnkastl alles in Ordnung is. Die meiste Zeit is er ganz beinand, und da redt er gscheiter als mancher andre. Aber diemal kommt's halt so über ihn. Verargen kann man's ihm net, dem armen Teufel! Was der schon durchgmacht hat im Leben! Über die zwanzg Jahr mag's her sein – d' Modei war selbigsmal noch a Kind und der Lenzl a Bursch in die besten Jahr –«
»Ist das möglich?« unterbrach ihn Benno. »Ich hätte den Alten auf siebzig und darüber geschätzt.«
»So schaut er aus. Und is noch net amal in die Fufzg. Und selbigsmal is dem Lenzl sein Haus niederbrennt. 's ganze Anwesen und 's Vieh, alles war hin. Und Vater und Mutter sind ihm verbronnen. 's kleine Modei hat a Bauer in Pfleg gnommen, der keine Kinder ghabt hat. Dös wär a guts Platzl gwesen, wann net der Bauer a bißl gar z'fruh gstorben wär. Wie d' Verwandten den Hof übernommen haben, war's für d' Modei aus mit der guten Zeit. Kaum fufzehn Jahr war s' alt und hat sich als Hütermadl verdingen müssen. Herr, dös is a sauers Brot. No, wenigstens hat s' nacher keine Schläg und schiechen Reden mehr leiden müssen. Und den Bruder hat s' bei ihr haben können und hat den Burgermeister net allweil jammern hören, was der Lenzl der Gmeind für Unkösten macht. Wissen S', der Lenzl is selbigsmal nach der Brandnacht in a schwere Krankheit verfallen. Ich weiß net, wie s' der Dokter gheißen hat. Lang hat's dauert. Z'erst is der Lenzl bei meim Vater im Haus glegen. Aber wie's allweil ärger worden ist, hat er nach Tölz ins Krankenhaus müssen. Wie er aufgstanden is, hat er ganz weiße Haar ghabt. Und alls, was früher gwesen is, war ihm aussigfallen aus'm Köpfl. Erst nach und nach is ihm diemal wieder ebbes eigfallen.«
Friedl klopfte an einem Stein die erloschene Pfeife aus und steckte sie in die Joppentasche.
»In die ersten Jahr hat's mit'm Lenzl so ausgschaut, als ob's aus und gar wär mit seim bißl Verstand. Und wie ihm 's Köpfl halb wieder licht war, is dös ander Elend kommen. Sie wissen ja, wie d' Leut oft sind – schlechter als schlecht oder dümmer als dumm. Die Burschen und Madln haben allweil ihren unguten Gspaß mit'm Lenzl trieben und haben ihn zum Narren ghalten. Am ärgsten hat's dem Rudhammer sein Madl mit ihm gmacht. Dö hat Lisei gheißen und war der Schatz vom Grubertoni. 's Madl is sauber gwesen, aber böshäftig wie drei Katzen. Sooft d' Lisei den Lenzl gsehen hat, hat s' ihre Dummheiten

mit ihm trieben und hat ihm fürplauscht, wie arg er ihr gfallen tät. Und schön hat s' ihm tan, wie wann er richtig ihr Gspusi wär. Daß dem Lenzl dös gfallen hat, können S' Ihnen denken! So ebbes glaubt man leicht.«

Die ernsten Augen glitten hinüber zu Modeis Hütte.

»Alls hat der Lenzl für Ernst gnommen und hat von der Lisei gredt und träumt bei Tag und Nacht. Die andern haben ihn aufzogen und gspöttelt. Und d' Lisei selber am allerärgsten. Unser Herrgott hat s' aber auch gstraft dafür. Amal, wie Kirta war und Musi beim Wirt, da is d' Lisei mit'm Grubertoni zum Tanz gangen. Dös hat er gmerkt, der Lenzl. Auf der Straßen vor'm Wirtshaus hat er s' gstellt. Da hat ihn d' Lisei an Narren gheißen, an verruckten Deppen und hat ihm ins Gsicht gspieben. Und der Grubertoni hat ihn packt und hat den krankhaften Menschen so verdroschen, daß der Lenzl schier liegenblieben is am Platz. Wie für die andern zwei dö Lustbarkeit ausgfallen is, dös haben S' ja grad vom Lenzl selber ghört. Wort für Wort is alles wahr!«

»Armer Kerl! Schau, da drüben steht er!« flüsterte Benno und deutete nach einer Felsplatte, die frei hinausragte über den waldigen Hang. Regungslos stand der Alte da drüben. Im ziehenden Bergwind flatterten seine langen weißen Haare und die Fetzen des zerrissenen Ärmels.

Friedl blickte sinnend hinunter ins dunkel gewordene Tal und sagte langsam: »A bißl hart zum verstehn is so a Herrgottstraf. A Menschenunsinn, dümmer als boshaft! Und deswegen gleich auf'm Tanzboden sechs junge Leut derschlagen und vier Unschuldige mit einireißen? Wann einer weiß, wie gut unser Herrgott is, möcht man gar net glauben, wie grob als er sein kann.«

»Der Herrgott?« Benno lächelte. »Ob man das nicht dem Maurer und Zimmermeister auf die Rechnung schreiben muß? Hoffentlich ist das Dach, unter dem ich jetzt schlafen will, besser gebaut als der gottsträfliche Tanzboden von Lenggries.«

3

Als Friedl vom Heustadl zurückkehrte, in dem er Benno untergebracht hatte, und wieder zu Modei in die Hütte trat, war's in der niederen Stube schon dunkel geworden. Das Mädel hatte die Bank ans Fenster gezogen, durch das die letzte Helle des Abends hereinfiel, und war damit beschäftigt, in einem Holzgeschirr die kleinen Flanelltücher zu waschen, die zum Läutern der frischgemolkenen Milch dienen.

»Bist noch allweil bei der Arbeit?« fragte Friedl. »Siehst ja nix mehr.«

»Grad tut's noch.«

»Wann amal gstorben bist, ich glaub, da muß man deine fleißigen Händ extra totschlagen, damit s' endlich amal zur Ruh kommen.«

»Es is net so arg.«

»Dein Almbauer hat's neulich selber gsagt, wie er seim Herrgott net gnug danken kunnt, daß er dich zur Sennerin hat. Schaffen und arbeiten tätst für zwei.«

»Wird wohl so sein müssen, weil da heroben auch zwei vom Bauern seim Sach essen. Und wann auf der Alm net die richtig Freud zur Arbeit hast von fruh bis auf d' Nacht, nacher bringt dich d' Langweil um.«

»Zeitweis spricht doch a Bauer oder an Almer zu. Oder a Bursch?«

Modei schüttelte den Kopf. »Ich kann schon gar nimmer denken, daß wer heroben gwesen is. Du halt! Und der Hies.«

In scheinbarer Ruhe guckte Friedl zum Fenster hinaus. »Grad heut, hätt ich gmeint, wär einer dagwesen. Drunt am Steig hab ich frische Trittspuren gmerkt. Hab mir halt denkt, es war dein Bauer.«

»Ah na! Bei mir is kei' Menschenseel net gwesen. Und ich will dir's frei raus sagen, froh bin ich, wann niemand auffikommt zu mir. Wann eins so dran is wie ich, muß man allweil ebbes hören, was eim weh tut.«

»So a schiechs Wörtl muß man halt abischlucken und nacher fest zuhalten, daß's nimmer in d' Höh kann.«
Modei seufzte. »Du tust dir bei so was leichter, weil kei' stille Arbeit net hast, wo allweil sinnieren mußt und wo so a harts Wörtl Zeit hat zum Drucken und Nachwurmen. Du steigst umanand im Wald, allbot siehst ebbes anders, und allweil ebbes Schöns, dös gar kein' schwarzen Gedanken aufkommen laßt. Ich sag's, a Jager hat a nobels Leben!«
»A ja – wann d' Lumpen net wären!« Ein harter Zug senkte sich in die Stirn des Jägers. «Kei' Stündl bist sicher, daß dir net einer a Kügerl auffibrennt auf'n Buckel, so a Spitzbub, so a verfluchter!«
»Schimpfst halt, weil a Jager bist! A jeds Gschäft hat sein' neidischen Unverstand. Der Schmied schimpft auf'n Schlosser und der Pfarr auf die Luthrischen. Deswegen kann a Wildschütz a ganz an ehrenhafter Bursch sein, der halt's Jagern net lassen kann, weil er d' Leidenschäftlichkeit im Blut hat. Und weil's ihm in die Finger juckt, wann er an Wald sieht und an Berg anschaut.«
Langsam hatte Friedl den Kopf gehoben und blickte forschend in Modeis erregtes Gesicht. »Du? Was für ein' meinst denn du?«
Jähe Röte flog über die Wangen des Mädels. »Kein' Bsondern. Ich hab mir's halt grad so denkt.«
»So? Aber ich sag dir, net wahr is, daß's an söllenen Burschen gibt. So einer möcht weidgrecht jagen und net niederschießen, was Haar am Leib hat. Freilich, ich weiß, wie d' Leut oft reden. Daheim hab ich a Büchl, so a dumms. Da stehen sollene Gschichten drinn von die heiligen Wilderer. Und allweil is a schlechter Jager dabei, so einer, wie s' der Teufel braucht ins unterste Schubladl. Der miserablige Kerl von eim Jager schießt von hinterrucks den heiligen Wildschützen abi über d' Wand. Hunderttausend Fuß fallt er über d' Felsen in die grausige Tief und bleibt am Leben, bis ihn sein treus Daxhundl findt und auffitragt im Maul, gradhin vor d' Sennhütten von seim gottsfürchtigen Madl. Dö pflegt ihn nacher. Und wann er gsund is, macht ihn der König zum Förstner und gibt ihm a Gnadenzulag. Den Jager holt der Teufel. Ja, ja! So steht's drin. Derlebt hab ich's noch nie. D' Wahrheit is anders. Einer, der's im Blut hat, findt allweil sein' richtigen Posten als Jager. Aber da heißt's eiserne Knochen haben. Wer kein Richtiger is, der plagt sich net gern. Und jede Woche amal a Gamsgeiß stehlen, dös is allweil noch leichter, als sechs Tag lang in der Werkstatt schwitzen. Und gar so a nixnutziger Bauernbursch! Der wildert am Werktag, daß er am Sonntag mehr Geld hat zum Verspielen und Versaufen.

Und gwildert, meint er, is allweil nobliger als gradweg gstohlen. So a Tropf, so an eiskalter!«
Modei war auf einen Stuhl gestiegen, um die Milchtücher zum Trocknen über die Herdstangen zu hängen. Eben wollte sie die Arme heben, ließ sie aber wieder sinken und wandte das Gesicht: »Du? Wen meinst denn du jetzt?«
»Ein', den ich öfters spüren muß, als mir lieb is. Den wann ich amal derwisch, dem gnad unser Herrgott! So an Haderlumpen gibt's kein' zweiten nimmer. Ich und der ander Jagdgehilf, wir heißen ihn allweil den Neunnägel.«
Die Milchtücher hingen über den Stangen, und Modei trat vom Stuhl herunter. »A gspaßiger Nam!«
»Der kommt von seiner Fährten. Jeder von seine Schuh is in der Mitten mit neun Nägel bschlagen. Wo dö Fährten hinführt, möcht's eim grausen. Alles bringt er um, jahrige Gamskitzeln, Rehgeißen, Hirschkälber. Und an neumodischen Hinterlader hat er, daß er sich beim Stehlen leichter tut. Fünf abgschossene Patronen hab ich schon gfunden.«
»Gelt, mit so eim Hinterlader schießt man gschwinder?« fragte Modei, während sie mit der abgebundenen Schürze die Wasserflecken von der Bank wischte.
»No freilich«, lachte Friedl, »weil man halt gschwinder laden kann! Jetzt hab ich mir auch so an Leffoschee kaufen müssen, daß ich als Jager net schlechter dran bin als der Lump.« Er nahm sein Gewehr vom Haken, hielt es dem Mädel hin und zog den Verschlußhebel auf, so daß der Lauf sich öffnete. »Schau, da mußt grad so a Druckerl machen. Nacher kannst die verschossene Patron aussiziehen und die ander dafür einischieben.«
Modei war nähergetreten und beugte aufmerksam das Gesicht. Als Friedl den Lauf wieder einschnappen ließ, erschrak sie ein bißchen. »Geh, fuchtl net so umanand mit'm Gwehr! Wann ebbes passiert!«
»Ah na! Was ich in der Hand hab, macht kein' Schaden. Da geht schon ehnder dein Millikübel los als mir mei' Büchs!« Friedl ging zur Tür, um das Gewehr wieder an den Holznagel zu hängen. Da sprang der Lenzl in die Stube und tuschelte aufgeregt der Schwester was ins Ohr.
»Is wahr?« fuhr Modei auf. »Hast ihn du –« Sie verstummte, die Augen auf Friedl gerichtet, der neben der Tür stand. Lenzl flüsterte immer weiter. »Sei stad!« raunte ihm die Schwester zu und umklam-

merte mit zitternden Händen seinen Arm. Wär' es nicht so dunkel gewesen in der Hüttenstube, so hätte sie sehen müssen, wie bleich der Jäger geworden war. Ein bitteres Lächeln zuckte um seinen Mund, als er das Gewehr über die Schulter warf. Dann griff er nach dem Bergstock. Seine Stimme klang rauh: »Pfüe Gott, Sennerin!«
»Was is denn?« stammelte Modei. »Warum willst denn auf amal so gschwind davon?«
»Finster wird's!« klang Friedls Antwort von der Tür. »Ich hab noch an weiten Weg bis ins Pirschhäusl.«
Mühsam rang das Mädel nach einem Wort. »Gelt, gib fein acht – kunntst leicht fehltreten bei der Finstern.«
Mit erzwungenem Lachen sagte der Jäger: »Du brauchst dich net sorgen! Ich schau fest hin auf'n Weg, kein' Blick nach rechts oder links – verstehst?« Das war wunderlich betont. »Und somit gut Nacht!«
Modei brachte keinen Gruß heraus. Und plötzlich huschte Lenzl dem Jäger nach, drängte sich an seine Schulter und flüsterte: »Du! Ich kunnt dir an Wildschützen verraten!«
Forschend spähte Friedl in das Gesicht des Alten, der mit lauerndem Blick an seinen Augen hing. »Ich dank dir schön! Dös braucht's net.« Er drückte Lenzls Hand und schritt hinaus in die Nacht.
Noch waren Friedls Schritte nicht verklungen, als Modei in Zorn und Sorge auf ihren Bruder zusprang. »Lenzl? Was hast du dem Friedl gsagt?«
Unwillig riß der Alte seinen Arm aus Modeis Händen. Seine Stimme klang gereizt: »Was ich ihm gsagt hab? Daß er mir besser gfallt als der ander!« Er spähte hinaus in die Nacht. Es war schon zu dunkel, als daß er Friedls Gestalt noch hätte unterscheiden können. Die Tritte des Jägers klangen noch vom Steig herüber, wenn auch kaum vernehmbar. Als sie ganz verhallten, tat Lenzl einen kurzen Pfiff, trat zurück in die Stube und ging zum Herd, an Modei vorüber, die auf der Bank saß, mit den zitternden Händen im Schoß.
Auf dem Herd blies Lenzl die Asche von den Kohlen, legte kurze Späne über die glimmenden Reste und fächelte mit einem Rabenflügel Luft in die Glut. Knisternd züngelte ein Flämmchen auf, an dem der Alte eine Kienfackel entzündete. Als sie brannte, steckte er sie in den eisernen Ring, der neben dem Herd in der Holzwand befestigt war.

4

Eine Weile war Stille. Draußen ein leises Klirren. Modei sprang auf. In die Stube trat ein hochgewachsener, bildschöner Bursch und drehte auf der Schwelle lachend das Gesicht über die Schulter, um dem Jäger nachzuspähen. Nun sah er das Mädel an, mißtrauisch und dennoch heiter. »Lang hab ich stehn müssen da draußen, in der Finstern und in der Kält.«
»Heut? Und kalt?« fragte Modei tonlos.
»Schauern tut's mich wie an Hund, und müd bin ich wie a Mühlesel!« Er warf den Rucksack in den Winkel, Bergstock und Hut dazu, stieß mit dem Fuß die Tür ins Schloß, und während er zum Fenster ging und den Laden zuzog, lachte er: »Du hast freilich net Zeitlang ghabt. Was hast denn so Wichtigs verhandeln müssen mit dem jagerischen Windbeutel?«
Ein Zug von Zorn und Stolz legte sich über Modeis Stirn. Dennoch klang ihre Stimme ruhig. »Blasi? Meinst net, du hättst mir nach so langer Zeit an anders Grüßgott sagen müssen? Ich hätt mir denkt –«
»Ah, da schau!« wurde sie von Blasi unterbrochen. »Wie 's Maderl aufputzt is! Wo hast denn du den Buschen her? Leicht vom Jager? So was verbitt ich mir!« Er riß ihr die Blumen vom Mieder und schleuderte sie ins Herdfeuer. »So! Jetzt möcht ich ebbes z'essen haben. Und bald!«
»D' Hauptsach kommt bei dir allweil z'letzt!« höhnte Lenzl, der mit aufgezogenen Beinen auf dem Herd hockte.
Im Modeis Augen hatte etwas aufgeleuchtet wie hoffende Freude. »Blasi? Tust eifern?« Wo Eifersucht brennt, ist immer noch Liebe.
Er hatte sich auf die Bank gesetzt und machte verdutzte Augen. »Ich? Und eifern? Geh, so ebbes Dumms!« Das Wort war lachend gesagt und wirkte doch wie ein Messerstoß. Das schien er zu merken, wollte ein Pflaster legen und gab seiner Stimme einen Klang von Zärtlich-

keit. »Du bist du. Ich weiß doch, was ich hab an dir. Und wann ebbes mein ghört, bin ich noch allweil sicher gwesen, daß mir kein andrer net drantappt.«
Modei blieb stumm. Ihr Bruder, der mit einem Scheit in den Kohlen stocherte, sah zu ihr hinüber und sagte gallig: »Schwester! A bißl gar viel tust dir gfallen lassen!«
»Du?« Blasi erhob sich. »Fangst schon wieder zum hetzen an?«
»Sei halt du der Gscheiter!« sagte Modei mit erwürgtem Klang. »Vier Wochen lang hab ich dich nimmer gsehen. Und eini in d' Hütten, und gleich muß der Unfried wieder da sein!«
»Hätt er net angfangt, der! Und was muß er denn allweil den Jager einizügeln in d' Hütten?«
»Höi, höi!« kicherte Lenzl. »Wann net eifern tust, da kann's dir ja gleich sein, wer einikommt.«
»D' Hütten kann ich ihm net verbieten«, sagte Modei müd, »er kommt halt, und a Hüttentür is allweil offen.«
»Nò ja, meintwegen!« brummte Blasi. »Schau, daß ich ebbes z'essen krieg. Hungern tut mich, daß mir der Magen springt.«
Ein schrilles Lachen im Herdwinkel. »Gschwind, Schwester, tummel dich, der Herr Baron will's haben. Hungern tut ihn, da muß er essen. Dürsten tut ihn, da muß er trinken. A Fuierl mach auf, a warms! Und nacher spring eini ins Bett. So taugt's ihm. Alle vier Wochen amal!« Wieder das grelle Lachen. »Schwester! Du bist gnügsam!«
»Himmel Herrgott Sakrament noch amal –« Wütend sprang Blasi auf den Alten zu.
Modei lief ihm den Weg ab. »Blasi! Um Gotts willen!«
Er wurde ruhig. »Hast recht!« Und lachte. »Was willst denn von so eim Narren?«
Lenzls Augen funkelten. Er warf das Scheit auf die qualmenden Kohlen. »Narr? So? Narr? Für dich bin ich allweil noch gscheiter, als dir lieb is.«
Modei, als sie den Burschen wehrend aus der Nähe des Bruders fortschob, fühlte, daß seine Kleider durchnäßt waren wie nach schwerem Regen. Erschrocken sagte sie: »Jesus, Bub, du bist ja tropfnaß am ganzen Leib! So zieh doch d' Joppen aus und d' Schuh! Und red a Wörtl! Es hat doch net gregnet. Wie kommst denn a so daher?«
Mißmutig zerrte Blasi die Joppe herunter und begann auf der Bank die Schuhriemen zu lösen. »No ja – weil mich doch keiner net ausspionieren soll – wann ich auffikomm zu dir.«

»Von mir aus kannst dich anschaun lassen vor jedem.« Sie stieg auf den Herd, um die nasse Joppe über die Stange zu hängen. »Dös wird nimmer offenbarer, als wie's eh schon is.«
»Freilich, ja! Bei dir is schon a bißl ebbes an d' Sonn kommen.« Blasi lachte über seinen Spaß. »Deswegen muß unsereiner allweil an Aug auf sein' Leumund haben. Da such ich mir gern an Weg aus, wo mir keiner begegnet. Heut hab ich mir denkt, ich steig durchs Grottenbachklamml auffi.«
»A sichers Platzl!« höhnte der Alte im Herdwinkel. »Da därf kein Senn und kein Holzknecht einisteigen. Weil's der beste Gamsstand is. Gelt ja?«
Mit rascher Bewegung wandte Modei das blasse Gesicht.
Der Zorn brannte in Blasis Augen. Ohne zu antworten, streifte er die Schuhe von den Füßen. »Hast keine Schlorpen, Madl? Ich kann net barfuß laufen.«
»Da hast die meinigen!« Lenzl schleuderte die Pantoffeln von seinen Füßen. »Du Prinz, du verzartelter!«
Noch immer schweigsam, Kummer und Sorge in den erweiterten Augen, stellte Modei hinter dem auflebenden Feuer die nassen Schuhe des Burschen zum Trocknen an die Wand. Sie wusch die Hände und begann den Teig zu einem Eierschmarren einzurühren.
In den klappernden Pantoffeln trat Blasi zum Herd und drehte sich vor dem Feuer hin und her, um trocken zu werden und sich zu wärmen. »No, und da bin ich halt so durchigstiegen durchs Klamml, wo 's Wasser vom Grottenbach haushoch abifallt.« Das erzählte er gemütlich und heiter. »Aber grad, wie ich ums Eck ummi will, da scheppert a Bergstecken. Weißt, der Hies war's, der ander Jagdghilf. Füß muß er haben wie an Olifant. Auf a halbe Stund weit hörst ihn schon allweil. Bis der amal an heimlichen Schützen derwischt, da springt noch leichter a Floh auf'n Kirchturm auffi.« Ein munteres Lachen. »Ja, freilich, denk ich mir, du kommst mir lang schon z'spat! Und mach an Satz über'n Bach und stell mich eini untern Fall, daß 's Wasser wie a Dach über mich hergschossen is. Da drin is fein schön gwesen. Hinterm Wasser hat d' Welt ausgschaut wie a buckleter Regenbogen. A gute Stund bin ich so gstanden und hab allweil gschaut. Und bin auf und davon, wie d' Luft wieder sauber war.« Er lachte wieder. »Und jetzt bin ich da, hab an damischen Hunger und krieg nix z'essen.»
»Mußt halt Geduld haben an Schnaufer lang!« Modeis Stimme hatte einen fremden Klang. »Oder 's nächstemal mußt an Fürreiter schik-

ken, daß der Schmarren schon fertig auf der Bank steht, wann den Fuß einistellst in d' Hütten.«

Verwundert sah Blasi auf und musterte das Mädel von oben bis unten, während er die Spitzen seines schwarzen Schnurrbarts drehte. Daß Modei ärgerlich wurde und diesem Ärger in Worten Luft machte, das war für ihn etwas Neues. Es erschien ihm so sonderbar, daß er nicht wußte, was er sagen sollte. Er behalf sich mit einem spöttischen Lächeln und folgte mit den Augen jeder Bewegung Modeis. Sie goß den Schmarrenteig in die eiserne Pfanne, in der das heiße Schmalz mit Gebrodel zischte.

Da klang es dünn aus dem Herdwinkel: »Du, Blasi? Hast ebba d' Joppen um dei' Büxen ummigwickelt? Oder hat ihr's Wasser an Schaden gebracht?«

Blasi fuhr auf. »Geht's dich was an, du verruckter Tuifi?« Er warf einen scheuen Blick auf Modei. »Für was soll ich denn a Büxen bei mir ghabt haben?« Seine Stimme bekam einen zärtlichen Schmeichelton. »Wann ich zu meim Schatzel auffisteig, da bring ich a warms Herzl mit. Sonst nix.«

»So?« spottete Lenzl. »Meinst, ich hätt's net gsehen, wie draußen dein' Stutzen versteckt hast hinter'm Scheiterhaufen?«

Modei trat auf den Burschen zu und fragte ernst: »Blasi? Is dös wahr?«

»Ah was, woher denn!« Blasi lachte. »Täuscht hat er sich im Zwielicht. Auf Ehr und Seligkeit.«

»Ja, glaub's ihm wieder!« klang es schrill über die Herdflamme. »Glaub's ihm wieder! Wie d' ihm allweil glaubt hast!«

»Geh, laß ihn reden, Schatzl!« Kosend legte Blasi den Arm um das Mädel. »Schau lieber, daß dein Bub a Bröserl zum Schlucken kriegt, dös ihm Kraft macht. Geh, sei gscheit, und tu a bißl Pfeffer in' Schmarren eini! Pfeffer macht Blut!«

»Na, Blasi!« Ihre Stimme war schwer. »Mit so ebbes kommst mir heut net aus. Heut mußt mir d' Wahrheit sagen.«

Er rüttelte sie munter und scherzte: »Wie denn? Was denn? Warum denn? Du, Weiberl, willst mir ebba heut a kleine Predigt halten? Mir scheint, an dir is a Kapuziner verlorengangen. Bloß der Bart hätt dir noch wachsen müssen. Jöises, Jöises, und dreinschauen tust! Wie der Kaplan beim heiligen Grab! Ui jegerl! Da muß ich schon Reu und Leid machen.» Er faltete auf kindliche Art die Hände. »Heilige, gute Jungfrau Maria, bitt für mich!«

»Höi, Schwester«, warnte Lenzl, »heut hat er ebbes Heimlichs auf der Muck! Weil er sich gar so schmalzfreundlich aufspielt. Heut treibt er's wie der Fuchs, der vor'm Hehndl seine lustigen Unschuldshupferln macht.«
Blasi wollte auffahren, bezwang sich und lachte gemütlich.
Schweigend sah ihn das Mädel an. Dann sagte sie unmutig über die Schulter: »Gib a Ruh, Lenzl! Es is schon wahr, allweil tust hetzen!«
Im Herdwinkel ein leises Kichern.
Blasi atmete erleichtert auf. »Gelt, Schatzl, wir zwei für uns allein, wir täten so viel gut mitanand auskommen. Aber allweil muß sich der ander zwischeneini schieben. Und da kriegt der gute Hamur allweil wieder an Riß.« Er ging zur Bank hinüber, gähnte melodisch und lümmelte sich nieder.
Eine Weile blieb Modei bei der Pfanne beschäftigt. Dann trat sie auf den Burschen zu und legte ihm die Hand auf die Schulter. »Schau, Blasi«, ihre Stimme hatte warmen und herzlichen Klang, »daß diemal a bißl jagern gehst, dös weiß ich doch. Aber ich hab mir allweil denkt, wenn's amal sein därf, daß d' mich heiretst, und wann ich dein Weib bin – da wirst wohl a bißl hören auf mich, wann ich dir so ebbes ausreden muß in Güt –«
»Freilich, ja!« nickte er belustigt. »Ich folg dir amal wie's Vögerl der Vogelmutter!«
Sie mußte lächeln über dieses drollige Wort. »Versprich net z'viel. Ich bin schon zfrieden mit der Halbscheid.«
Ein kurzes Auflachen neben der qualmenden Pfanne. »Schwester! Allweil sagen d' Leut, daß d' Welt a runde Kugel is.«
Sie drehte verwundert das Gesicht. »Dös wird schon wahr sein.«
»Na, Schwester!« Galliger Zorn war in der Stimme des Alten. »D' Welt is a schiecher, ecketer Kasten. Aber für deine Augen wird's Eckete allweil kugelrund.«
Unwillig schalt sie zum Bruder hinüber: »Geh, fang net schon wieder an! Wie soll denn a Fried sein!« Sie schien nach einem Wort zu suchen und fand es nicht, ging seufzend auf das Herdfeuer zu und warf mit dem eisernen Löffel die dampfende Speise in der Pfanne durcheinander. Lächelnd und mit kleingemachten Augen sah Blasi dem Mädel zu. Und Lenzl im Herdwinkel hielt die Knie mit den Armen umklammert, guckte in die züngelnden Flammen und pfiff mit leisem Gezwitscher einen Ländler vor sich hin. Die Nagelschuhe, die zum Trocknen an der Herdmauer standen, begannen in der Hitze fein zu rauchen.

Da sagte Modei: »Ich hätt kein Wörtl net gredt. 's Predigen magst net, dös weiß ich. Aber der Jager hat mir heut so viel Angst gmacht.«
Blasi wurde neugierig. »Was für einer?«
»Der Friedl.«
»Der? Ui Jesses! Den fürcht ich bei der Nacht net, viel weniger am Tag. Bei dem wiegt 's Herz an Zentner und der Verstand a Quentl. So a Millisuppen von einem Mannsbild!«
»Gib acht, du«, spottete Lenzl, »daß dir d' Millisuppen net amal über d' Nasen tröpfelt!«
Das überhörte Blasi. Lustig fragte er: »No, was hat er denn gsagt, der Jager?«
»Gredt hat er von eim. Aber so einer, wie der is, kannst doch du net sein! Dös kunnt ich net glauben.« Sie ging auf den Verdutzten zu und strich ihm mit der Hand übers Haar. »Gelt, es macht dir halt a Freud, daß dir diemal a Spielhahnfederl oder a Gamsbartl abiholst?«
»No ja, freilich, weiter is nix dran.«
»Aber schau, kunntst ja doch amal mit'm Jager überzwerch graten. Jesus, Jesus, ich kann mir gar net denken, was ich anfanget, wann's da an Unglück gäb.«
Immer heiterer wurde Blasi. »Ah was! Um mich brauchst kei' Sorg net haben. Da käm's halt drauf an, wer den flinkern Finger hat. Den gschwindern hab ich. Allweil. Und überall.«
»Blasi!« stammelte Modei erbleichend. »Mar' und Joseph!«
Schnuppernd hob er die Nase und sagte sorgenvoll: »Du, mir scheint, der Schmarren brennt an.«
Wortlos nahm sie einen Teller aus der Schüsselrahme und ging zum Herd.
Lenzl kicherte und rief zu dem Burschen hinüber: »Du! Laß dir 's kostspielige Leder net verbrennen! Deine Schuh fangen zum dämpfen an.« Er griff nach einem der beiden Schuhe, die dunstend an der Mauer standen. »Aaaah! So ebbes von Schuhwerk! Wie a Fürst! Eiserne Greifer um und um! Daß er nur ja net ausrutscht! Und z'mittelst in der Sohlen hat er auch noch an Haufen Nägel drin!« Immer kichernd, zählte er mit tippendem Finger: »Eins, zwei, drei, viere, fünfe, sechse, siebne, achte, neune!« Die letzte Ziffer klang wie ein lustiger Schrei. Nun ein boshaftes Lachen. »Schwester? Merkst es bald, wie ecket dei' runde Welt is?«
Zu Tode erschrocken, riß Modei dem Bruder den Schuh aus der Hand, betrachtete ihn, griff nach dem andern, verglich die Sohlen,

drehte das aschfarbene Gesicht gegen den Burschen hin und ließ die Schuhe zu Boden fallen.
Blasi war so verblüfft wie ein Kind vor dem ersten Gewitter. »Was hast denn auf amal?« Langsam erhob er sich.
Die Hände der Sennerin zitterten, während sie die rauchende Speise aus der Pfanne auf den Teller schöpfte. »Blasi?« Ihre Stimme war tonlos. »Hast schon amal ebbes von eim Wildschützen ghört, den d' Jager den Neunnägel heißen?«
Er guckte mißmutig drein. Dann lachte er. »Ah, geh, was redst denn jetzt da!« Hastig griff er nach seinem Schuhwerk, ging zur Bank und schleuderte die Pantoffeln von den Füßen. »Soll's am End gar ich sein? Weil zufällig meine Sohlen mit neun Nägel bschlagen sind?« Er schlüpfte flink in die Schuhe. »Dös macht der Schuster oft a so!«
»Ja, freilich, so a Schuster macht's allweil wieder, wie er's gwöhnt is.« Modei stellte den Teller mit dem Schmarren auf die Bank. »Recht gut wird er heut net graten sein.«
»Macht nix!« Blasi lachte. »Im Hunger schmeckt eim bald ebbes.«
»Schwester!« schrillte die Stimme des Alten. »Hörst, was er sagt? Da mußt a bißl drüber nachdenken!«
Zerbrochen an allen Gliedern, fiel Modei auf die Herdmauer hin. »Wie mir jetzt ums Herz is, kann ich net sagen.«
»Und herzeigen tut er sich wie der Beste!« höhnte Lenzl. »Einer, der gfallen muß! Was Weibsleut heißt, alle kann er haben.«
»Alle?« Unter gierigem Schlingen lachte Blasi. »Ah na!« Er zwinkerte zu dem Mädel hinüber. »Du bist mir die einzig. Du bist mein Glück und mei' Freud!»
»Und den ganzen Sommer bist dreimal dagwesen. Warum? Jetzt weiß ich's, Blasi! Weil dir mei' Hütten bei deine heimlichen Weg kommod zum Rasten is. Und 's ander geht drein. Zum Zeitvertreib. Und weil dir im Hunger bald ebbes schmeckt. Gelt, ja?«
»Is ja net wahr!« Er warf einen Bissen im Mund herum. »Sakra, a bißl gar schiech is er anbrennt. Da muß man 's Maul zruckziehn von die Zähn. Sonst kunnt's rußige Busseln geben.« Hurtig löffelte er weiter.
Immer ins Feuer starrend, redete sie eintönig vor sich hin: »Wann ich mir denk, wie gwesen bist! Amal! Vor ich mich rumplauschen hab lassen. Und wann ich mir fürsag, wie d' jetzt bist!» Ein wehes Lachen.
»Allweil kann man net schmeicheln!« tröstete er mit vollem Mund.

»Sei zfrieden, bist mein lieber Schatz! Und der Tuifi soll mich holen, wenn ich's net ehrlich mein' –«
»Anlügen tut er dich!« fuhr es schrillend aus dem Herdwinkel heraus. »Anlügen, daß blau wirst! Falsch is er bis in d' Seel eini!« Das Gesicht des Weißhaarigen erstarrte, und seine Augen wurden glasig. »Grad so wie der, so hat der Grubertoni allweil dreingschaut!« Jäh sich aufstreckend, hob er die zuckenden Hände mit den krallig gespreizten Fingern gegen die berußte Decke hinauf. »Höia! Tanzboden? Wo bleibst denn? Rührst dich noch allweil net?«
»Du! Stad bist!« Blasi stieß den Teller fort. »Oder ich spring amal um mit dir, daß drandenkst deiner Lebtag!«
»Zu! Nur zu!« Immer höher gellte die Stimme des Alten, den die Herdflamme mit roten Feuerlinien umzeichnete. »Für dich gibt's auch noch an Tanzboden, der dich derschlagt! Wie's den andern derschlagen hat. Allweil macht unser Herrgott sauber. Der Erdboden schamt sich deintwegen eh schon fünfazwanzg Jahr lang.«
»Sakerment und –« Den Fluch zwischen den Zähnen zerknirschend, sprang Blasi auf den Kreischenden zu. Der Alte machte einen Sprung gegen die Mitte der Stube. Da drückten ihn die Fäuste des Burschen zu Boden. »Blasi!« schrie Modei. »Den Bruder laß aus!« Ein wilder Wehschrei, und unter Blasis Fäusten weg sprang Lenzl zur Türe, riß sie auf und huschte kichernd hinaus in die Nacht.
Blasi stierte seine Hand an, von der Blut auf den Boden tröpfelte. »Da schau her! Bissen hat er mich.«
»Wart, ich hol dir a Tüchl!«
»Ah was! Dös braucht's net. Bleib da! Weil der ander draußen is, muß ich ebbes reden mit dir.« Er leckte mit der Zunge über die Wunde und wischte seine Hand an der Hose sauber. »So a Verruckter is wie a Kind. Dös beißt eini, wo's ebbes derwischt.«
»So? Meinst?« Modei ließ sich auf die Herdmauer hinfallen. »Hat dich unser Kindl schon amal bissen?«
Mit großen Augen sah er sie an. Was sie da gesagt hatte, ging ihm über den Verstand. »Wie? Was?« Er lachte dumm. »Hat dich ebba der Lenzl schon angesteckt mit der Narretei?«
»No also, red! Verzähl a bißl ebbes – vom Kindl!«
»Was soll ich denn da verzählen?« In Unbehagen rührte er die Schultern und leckte wieder an der roten Hand. »A Wochen a drei oder viere hab ich's nimmer gsehen. Der Zufall hat's halt amal so bracht.«

Modei hob den Kopf und suchte seine Augen. »Zufall? So? Und bist mit ihm beieinander im gleichen Ort!«
»Aber geh, du Narrenhaferl!« Blasi rückte an Modeis Seite und legte den Arm um ihre Schultern. »Jetzt laß amal gscheit mit dir reden!«
»Alles will ich mir sagen lassen. Aber dös –«
»No schau, wann ich allweil nach'm Kindl umfragen tät, da müßten doch d' Leut amal draufkommen, daß ich an Grund hab dazu.« Er fand einen Ton voll biederer Herzlichkeit. »Wie gern ich dich háb, dös weißt doch, gelt?«
Sie sagte zögernd: »Allweil muß ich dir wieder glauben.«
»So, schau«, meinte er mit vergnügtem Lachen, »nacher is doch eh alles gut.«
»Lang hast braucht, am Anfang, bis mir den Glauben eingredt hast. Aber nacher is er wie Eisen gwesen in mir.«
»Du bist halt eine! Söllene gibt's net viel.«
»Und wie ich mit'm Kindl gangen bin, und du hast mir fürgredt, was für an Verdruß mit deim Vater kriegen tätst –«
Er verdrehte die Augen. »Ui Jöises! Der raucht kein' guten.«
»Schau, da hab ich dir auch wieder glaubt. Und hab kein' Vater angeben und hab gschwiegen bis zur heutigen Stund. Und wie unser Büberl da war und wie mir gsagt hast, du kannst mir nix geben fürs Kindl, weil dein Vater jeden Kreuzer weiß, den d' hast –«
»Du, dös is einer! D' Hosensäck untersucht er mir alle Täg.«
»Da hab ich mich plagt und gschunden und hab verdient für uns alle.«
»Wahr is!« Er nickte anerkennend. »Da kann man nix sagen. Die Best bist! Von alle! Und dös wirst derleben, daß ich mich dankbar aufweisen tu – amal.«
»Dank? Für was denn an Dank? Aber schau, Blasi, was d' jetzt wieder sagst –« Nach kurzem Schweigen fragte sie in Qual: »Blasi? Tust denn dein Kindl gar net a bißl mögen?«
»No freilich, Schatzl!« Er wurde zärtlicher als je. »Aber schau, du hast für söllene Sachen den richtigen Verstand net. Wie leicht kunnt ich mich da verraten. Was da für a Suppen aussikäm! Derschlagen tät mich der Vater. Schau, da heißt's halt abwarten in Geduld, bis unser Zeit kommt. Stad sein! Mäuserlstad! Und allweil a bisserl schlau! Wie schlaucher, so besser.» Hurtig zog er seine Joppe von der Herdstange herunter. »Drum hab ich mir denkt, du kunntst a bißl mithelfen und kunntst mir ebbes z'lieb tun. Magst?«

»Gern, Blasi!« sagte sie in Freude. »Fürs Kindl tu ich alles.«
»Gelt, ja! Fürs Kindl!« Er lachte. »Und a bißl für mich – daß ich mich net allweil vor'm Vater fürchten muß.« Aus der Brusttasche seiner Joppe zog er einen Bleistift hervor und ein zusammengefaltetes Papier. »Da hab ich ebbes Schriftliches mitbracht – Jesses, jetzt is dös Luderspapierl auch ganz naß worden!« Er schlug das Blatt auseinander und strich es auf seinen Knien glatt. »Macht nix, lesen kann man's schon noch! Und gelt, Schatzl, dös tust mir z'lieb und tust dich da unterschreiben. Ich hab dir an gespitzten Bleistift mitbracht.«
»Ja, komm, dös haben wir gleich.« Modei nahm das Blatt und begann zu lesen: »Erklärung. Ich Endesunterzeichnete –«
Er lachte: »Geh weiter, dös brauchst dir gar net anschaun, bloß unterschreiben mußt.« Dazu ein Kuß auf Modeis Wange.
Sie wehrte ihn lächelnd von sich ab. »Na, na, der Mensch muß allweil wissen, was er unterschreibt.« Sie las mit halblauter Stimme: »Ich Endesunterzeichnete erkläre, daß der Bauernsohn Blasius Huisen mit meinem Kind, genannt Franzerl, gar nix zum schaffen hat, indem daß er der Vater nicht ist und auch nix zum zahlen hat.« Die Hände, die das Blatt hielten, fielen ihr wie gelähmt in den Schoß. Stumm, mit ratlosen Augen sah sie ins Leere. Dann nickte sie vor sich hin. Wieder hob sie das Blatt vor die Augen. Beim Flackerschein des Kienlichtes tanzten die Buchstaben durch ihre Tränen. »Der Vater nicht ist – und auch nix zum zahlen hat.«
»Weißt, Herzerl, dös Letzte, vom Zahlen, dös steht bloß a so da. Zum bedeuten hat dös nix. Drum geh, sei gscheit und tu mir den Gfallen!« Blasi schob ihr sanft den Bleistift zwischen die Finger. »Schau, ich tu dir alles z'lieb, was d' willst. Aber gelt, dös Papierl unterschreibst mir! Ja?« Er atmete schwül und fuhr sich mit den Händen durch die schwarzkrausen Haare. So erwartungsvoll hing sein Blick an dem Gesicht des Mädels, daß er übersah, wie der Fensterladen sich um einen handbreiten Spalt öffnete, durch den ein funkelndes Auge in die Stube spähte.
Modei hob das entstellte Gesicht. »Blasi? Du willst heireten? Gelt? An andre!«
»Kreuz Teufel –« Das Blut schoß ihm in die Stirn, und wütend trommelte er mit den Fingern auf die Knie. »No ja, meintwegen – amal muß ich's allweil sagen!« Er schlüpfte in seine Joppe. »A bißl nässelen tut's noch allweil. In Gotts Namen, muß ich's halt derleiden.«
Modei stand auf und wischte mit der Schürze über das Blatt, als wären

Tränen draufgefallen. Sie wollte zur Bank hinüber. Von einer Schwäche befallen, klammerte sie sich an eine Kreistersäule.
»Was is denn?« fragte Blasius verdutzt.
»Nix! – An mein Kind hab ich denkt.«
»Allweil kommst mit söllene Wörtln, die gar net herpassen.« Blasi trat auf sie zu und legte ihr die Hand auf die Schulter. »Jetzt sei a bißl gscheit und nimm's net gar a so schiech!« Modei, zusammenschauernd, zog die Schulter von seiner Hand weg. »Es muß amal sein«, sprach Blasi weiter, »mein Vater hat's ausgmacht. Ich kann net anders. Fürs Kind sorg ich schon. Auf Ehr und Seligkeit! Wann mir der Vater amal übergeben hat, bin ich der Herr. Da kann der Alte sagen, was er mag. Aber jetzt hat er halt den Leitstrang noch allweil in der Hand. Und ich muß ducken. Dös kannst doch net verlangen, daß ich mich mit Vater und Mutter verfeind.«
»Da hast recht, dös wär z'viel verlangt.« Sie ging zum Herd und stieß ein paar Scheite ins Feuer. Die Flamme prasselte und wuchs.
»No also, schau! Da kannst mir jetzt grad amal dei' Lieb beweisen. Gelt, bist gscheit und unterschreibst? Und tust mir noch den letzten Gfallen.«
»Den letzten, ja!« Das sagte sie ruhig. Dann legte sie das Blatt auf die Randsteine des Herdes, netzte an den Lippen die Bleistiftspitze an und setzte zum Schreiben an.
»Schwester! Tu's net!« klang durch das Fenster die Stimme des Bruders.
Wütend ballte Blasi die Fäuste. »Allweil der wieder!«
Modei wandte das Gesicht zum Fenster, strich mit dem Arm das Haar aus der Stirne, senkte den Kopf und schrieb mit fester Hand unter die letzte Zeile ihren Namen: Maria Meier. Tief atmend richtete sie sich auf und reichte dem Burschen das Blatt und den Bleistift. »Da! Nimm!«
Hastig griff der Blasi zu. Die Freude glänzte in seinen Augen, als er das Blatt sorgsam zusammenfaltete und in die Joppentasche steckte. »Vergelts Gott, Schatz! Du bist halt die Richtige! Du bist die einzig, die mir gfallt. Und wann ich jetzt auch die ander haben muß –« Lachend umschlang er sie. »Zwischen uns zwei kann's allweil so bleiben, wie's war!«
Da stieß ihn Modei mit den Fäusten vor die Brust, daß er taumelte. »Pfui Teufel!« Aller Zorn und Ekel, den sie fühlte, war im Klang dieser beiden Worte. Dann konnte sie ruhig sagen: »Zwei lange Jahr hast

braucht, bis ich dich mögen hab. Und mit zwei kurze Wort hast es fertigbracht, daß d' mir zwider bist bis in d' Seel eini!« Ihre Stimme wurde hart. »Schau, daß d' aussikommst! Mir graust!«
Blasi lachte. »So, so? No, mir kann's recht sein! Da brauch ich mir grad kein' Fürwurf machen.« Er setzte den Hut auf, griff nach Bergstock und Rucksack, und als er auf der Schwelle stand, rief er spöttisch über die Schulter: »Pfüe Gott, du! An andersmal!« Pfeifend ging er davon.
Und Lenzl erschien in der Tür. »Schwester? Hörst es? Pfüe Gott sagt er.«
Unbeweglich stand Modei am Herd und sah in die Flamme. »Gott? – Gott? Allweil sagen s': Gott! 's erste und 's letzte Wörtl: Grüß Gott! Und Pfüe Gott! Und zwischendrei und hintnach is alles a Grausen.« Sie lachte leise. »Ob unser Herrgott weiß, was für schauderhafte Sachen sein heiliger Nam bei die Menschenleut einrahmen muß?« Auf die Herdmauer hinfallend, griff sie nach einem Scheit, mit dem sie die glühenden Kohlen aus der Asche schob und gegen die kleingewordene Flamme hinhäufelte.
Von der Schwelle schrie Lenzl in die Nacht hinaus: »Gelt, du! Vergiß dein' versteckten Hinterlader net!«
Undeutlich antwortete Blasis Stimme: »Wart, du Täpp! Wir zwei wachsen noch zamm.«
»Du und ich? Ah na! Wann der Tuifi dich amal beim Gnack derwischt, hat er kei' Zeit mehr für an andern. Da hat er Arbeit gnug mit dir allein!«
Draußen ein fideler Juhschrei und ein vergnügtes Gedudel, das sich entfernte.
In der Hütte begann das niedergebrannte Kienlicht müd zu flakkern.
Lenzl ging auf die Schwester zu, beugte sich zu ihr hinunter und sagte mit einem plumpen Versuch, zu scherzen: »Um so ein' mußt dich net kränken. Den schlechten Nußkern speit einer aus und sucht sich an süßen. Sei froh, daß d' a Witib bist! Jetzt nimmst dir an andern.«
Sie schob ihn mit dem Ellbogen von sich. »Geh schlafen! Jeds Wörtl is mir wie a Nadel im Ohr.«
Lenzl schlurfte zum Kreister hinüber. Auf halbem Wege blieb er stehen. »Hab gmeint, ich müßt a bißl Spaßetteln machen. Jetzt merk ich, dös war ebbes Gscheits. Is einer gwöhnt ans Zwieschichtige, so derleidt er's in der Einschicht nimmer. Da kunntst ebba dursten müssen

an Seel und Blut. Wann 's Viecherl Hunger hat, muß 's Viecherl Futter kriegen. Bloß ich kann 's Hungerleiden. Ich muß warten, allweil warten –«

In der Nachtferne ein dumpfes Rollen und Gerassel.

Das Gesicht des Weißhaarigen erstarrte. »Hörst es?« Seine Stimme war schrill und knabenhaft dünn. »Du? Hörst es?«

Ohne aufzublicken, sagte Modei: »Steiner sind gangen in der Wand.«

»Hörst es? Der Tanzboden rumpelt. Der lauft ihm nach. Dem kommt er net aus.« Ein grelles Lachen. »Hörst es? Alle hat's derschlagen. Den Grubertoni! Und 's Lisei – mein Lisei –« Mit einem Kichern, das sich wie ein Kinderweinen anhörte, kletterte Lenzl über die Scheiterbeige zum Kreister hinauf und wühlte sich ins Heu.

Die Kienfackel erlosch.

Modei erhob den Kopf, sah verloren in den rötlichen Zwieschein der Sennstube, ließ das Holzscheit fallen und preßte das Gesicht in die Hände.

5

Das Grau der ersten Dämmerung lag noch über den Bergen, als Benno am anderen Morgen von Friedl geweckt wurde. Rasch war er auf den Beinen und schüttelte das Heu von sich. Am Brunnen wusch er Gesicht und Hände.

Friedl war ihm vorausgegangen und fand an Modeis Hüttenstube die Tür schon offen. Als er mit freundlichem Gruß in den Kaser trat, sah er Lenzl und seine Schwester am Herd sitzen, auf dem schon ein Feuer flackerte.

»Was is denn, Modei? Hast du's mit der Arbeit so nötig, daß du schon vor'm Tag auf die Füß bist?«

In Lenzls Augen hatte es wie Freude geblitzt, als er den Jäger eintreten sah. Er wollte aufspringen. Ein Blick der Schwester hielt ihn am Herde fest. Sie ging auf Friedl zu und reichte ihm die Hand. »Ich bin net schlafen gangen. Seit a paar Tag is a Stückl Vieh net gut. Heut in der Nacht war's schlecht mit ihm. Drum hab ich mich heut net niederlegen können.«

Friedl erschrak. Modei hatte nie viel Farbe gehabt: Jetzt schien auch der letzte Tropfen Blut aus ihren Wangen verschwunden zu sein. Dazu lag die Müdigkeit einer in Schmerzen durchwachten Nacht in ihren bleichen Zügen. Einen Blick nur brauchte Friedl auf ihr abgehärmtes Gesicht zu werfen, um zu wissen, daß Modei, wenn auch keine Lüge, doch auch die Wahrheit nicht gesagt hatte. Was war geschehen? Es legte sich ihm bei dieser Frage wie eine eiserne Klammer um das Herz. Wußte er doch allzu gut, wer gestern noch gekommen war!

Modei hatte keine Ahnung, daß der Jäger ihr gehütetes Geheimnis kannte. Was Friedl nicht durch eigene Beobachtung erkundet hatte, erfuhr er aus dem für ihn immer mitteilsamen Mund des Alten, der ihn bei allen Sorgen um die Schwester zum Vertrauten gewählt hat-

te, gerade ihn, der am allerwenigsten dazu paßte. Wie hatten Zorn und Eifersucht im Herzen des Jägers oft getobt bei allem, was er da hören mußte! Seine tiefe, treue Neigung hatte immer wieder die Oberhand gewonnen über jedes erbitterte Gefühl.
Dieses Treue und Heiße lag auch jetzt in seinem Blick. Es war gut, daß Benno in die Hüttenstube trat. Sonst hätte Friedl wohl kaum die Frage zurückgehalten, die sich aus seinem gepreßten Herzen herausdrängte.
Während Benno sich auf die Bank setzte, nahm Friedl seinen Platz auf dem Herdrand neben Lenzl. Modei ging hin und her, um zu holen, was sie für Benno brauchte. Während sie still am Herd stand, um das Sieden des Wassers abzuwarten, plauderten Friedl und Lenzl von allerlei Dingen: ob wohl am Tage, der schön zu werden versprach, das gute Wetter anhalten würde – daß ein baldiger Regen nottäte, weil das Quellwasser zu versiegen beginne – und von anderem mehr.
Dann trank Benno seinen Kaffee, lobte ihn redlich und machte Modei um ihrer Kochkunst willen Komplimente; schließlich bat er noch um ein Glas Wasser. Kaum war Modei zur Türe draußen, als Friedl schon einen stummen, bang fragenden Blick auf Lenzl warf. Der Alte flüsterte in Friedls Ohr: »Am Abend wart ich beim Heustadl auf dich.«
Ein paar Minuten später machte Benno sich mit dem Jäger auf den Weg. Als Friedl der Sennerin die Hand reichte, klang seine Stimme so warm und herzlich, daß das Mädel betroffen zu ihm aufsah.
Eine gute Stunde hatten die beiden Jäger zu steigen, bis sie den Grat des Berges erreichten. Droben machten sie Rast, um der aufgehenden Sonne zuzuschauen, wie sie erst mit zarten Farben die langgezogenen Wolken säumte und dann mit leuchtendem Rot die felsigen Höhen übergoß. Dort unten auf weiter Alm lagen Punkls und Modeis Hütten und in ferner Tiefe das kleine Tal von Fall, über dem noch die Nebel und Schatten des frühen Morgens schwebten.
Friedl nahm sein Fernrohr aus dem Rucksack und richtete das Glas auf eine der Hütten da drunten. Er sah die Sennerin – sie saß auf der Steinbank vor der Tür, hielt die Hände hinter dem Nacken verschlungen und lehnte den Kopf an die Hüttenwand, regungslos aufblickend zum lichten Morgenhimmel.
Benno mußte zum Aufbruch mahnen. Der Jagdeifer zuckte ihm in allen Gliedern.

Während die beiden über den Grat hinaufstiegen, der die Landesgrenze zwischen Bayern und Tirol bildete, war Friedl wortkarg und zerstreut. Sonst, wenn Benno mit ihm ausgezogen, hatte Friedl ihn auf alles Sehenswerte aufmerksam gemacht, hatte ihm jede Wildfährte, jeden Wechsel und jeden Steig gezeigt. Heute war er schweigsam. Freilich verlor sich seine Zerstreutheit ein wenig, als sie in Wildnähe kamen; gesprächiger wurde er nicht, eher noch stiller; aber das war jetzt jene vorsichtige Stille des Jägers, die das Geräusch eines rollenden Kiesels scheut, das Knarren der Schuhe und das Klirren des Bergstockes.
Mühsam waren sie den steilen Pfad zur Höhe des Stierjoches emporgeklettert. Von hier aus bis hinüber zum Torjoch zieht sich das Luderergewänd, dessen zerrissener Gurt gegen Fall in nackten steilen Felsen abfällt. Diese Wände sind im heißen Sommer ein Lieblingsaufenthalt der Gemsen, die vor der brennenden Sonnenhitze Kühlung finden auf den Schneeresten in den schattigen Klüften.
Langsam pirschten die beiden den Grat entlang, lautlos auf- und niedersteigend über seine Buckel und Risse. Manchmal legten sie sich an gedeckten Stellen nieder auf die Erde und spähten über die Wände hinunter in die Gräben und Felslöcher. Da sahen sie bald ein größeres Rudel, bald wieder einzelne Gemsen auf den Sandreisen und Latschenhängen äsen. Wenn Friedl einen Bock erkannte, lagen sie auf langer Paß, ob sich das Wild nicht an den Wänden auf Schußweite nähern würde. Diese Hoffnung wurde immer getäuscht; es war noch früh am Tag, die Sonne brannte nicht allzu heiß, und so ästen die Gemsen zwischen den Latschen oder taten sich auf freiem Gehäng zur Ruhe nieder.
Benno begann verdrießlich zu werden, aber Friedl vertröstete ihn auf den heißeren Mittag.
Stunde um Stunde hatten sie mit Passen und Pirschen verbracht, als Friedl, der über eine Felswand hinuntergeblickt hatte, hastig zurückfuhr, sich auf die Erde warf und Benno zuwinkte, ein Gleiches zu tun. Vorsichtig schoben sie den Kopf bis zu den Augen über die Felskante hinaus. »Sehen S' ihn, Herr Doktor?« flüsterte Friedl. Benno nickte; gleich auf den ersten Blick hatte er den Gemsbock erspäht, der am Fuß der Wand auf einem schmutzigen Schneefleck ruhte. Hastig griff Benno nach seiner Büchse; Friedl flüsterte: »Nur langsam! Lassen S' Ihnen Zeit und verschnaufen S' z'erst a bißl!« Bennos

Gesicht glühte vor Erregung, als er an seiner Büchsflinte den Hahn des Kugellaufes spannte. »Schauen S' ihn nur recht schön sauber zamm«, mahnte Friedl, »am Platz muß er liegenbleiben. Wir haben kein' Hund net bei uns.«

Da krachte der Schuß. Das Wild sprang auf, und in wilder Flucht ging's dahin, ein Stück die Wand entlang, dann hinunter über Geröll und Latschen.

»Auweh, Herr Doktor! Den haben S' aber sauber gfehlt!« brummte Friedl.

Benno schüttelte den Kopf. »Das ist nicht möglich! Der Bock ist getroffen, gut getroffen!«

»Wann Sie's glauben! Steigen wir halt abi zum Schußplatz, damit S' Ihnen überzeugen können.«

Wäre Friedl allein gewesen, er wäre gleich an Ort und Stelle hinuntergestiegen; Bennos Mut und Gewandtheit wollte er ohne Zwang nicht auf die Probe stellen. Sie schritten den Grat entlang einer Stelle zu, wo der Abstieg weniger mühsam und gefährlich war.

Als sie den Schneefleck erreichten, auf dem der Bock gelegen, untersuchte Friedl auf das genaueste die Lagerstatt und die Fährte, konnte aber weder ein abgeschossenes Haar entdecken noch eine Spur von Schweiß. »Schauen S' selber, Herr Doktor! Nix is!« brummte er. »Jetzt schamen S' Ihnen aber! Der is daglegen – mit'm Hut hätt man ihn umwerfen können!«

Benno wollte nicht glauben, daß er einen so schlechten Schuß getan. Ärgerlich glitt sein Blick über Schnee und Geröll, und langsam stieg er am Fuß der Felswand den Weg entlang, den der Bock auf seiner Flucht genommen hatte. Plötzlich neigte er sich gegen einen vorspringenden Felsen und stieß einen Juhschrei aus. »Friedl! Da ist Schweiß! Ein Tropfen! Ganz frisch!«

Flink sprang der Jäger herbei und sah in halber Mannshöhe vom Boden einen roten Tropfen am Felsen hängen. »Was dös für a Schuß is, dös kann ich bei Gott net begreifen. Wann's a Streifschuß auf der Seiten wär, hätten wir am Schnee ebbes finden müssen. Also müssen S' ihn am Kreuz troffen haben. Sonst kunnt auch der Schweißtropfen net so weit in der Höh sein. Aber nacher wär der Bock am Platz blieben, oder ich hätt sehen müssen, daß ihm ebbes fehlt. Freilich, so a Bock hat oft a Leben, zaacher als a Katz. Sakra, sakra! Wie sollen wir jetzt den Bock finden?«

Da klang eine lachende Stimme über die Felswand herunter: »Friedl,

was machst denn da?« Ein braunes, bärtiges Gesicht neigte sich über den Absturz heraus.
»Jeh, Anderl! Grüß dich Gott! Wie kommst denn du daher?« rief Friedl hinauf.
»Den Schuß hab ich ghört und bin drauf zugangen. Es kunnt ja sein, daß wer andrer gschossen hätt.«
»Wer ist das?« fragte Benno.
»A Jagdghilf von der Hinterriß, der Anderl!« erwiderte Friedl. Dann rief er in die Höhe: »Hast dein' Hund bei dir?«
»Ja!«
»Dös is gscheit! Da kannst uns an Gamsbock suchen helfen. A paar hundert Schritt weiter vorn is a guter Abstieg.«
»Ah was!« klang es von droben. »Ich steig gleich da übers Wandl abi! Komm her, Bürschl!« Das braune Gesicht dort oben verschwand. Dann kam die ganze Gestalt des Jägers an einem Felseinschnitt des Grates zum Vorschein. Erst warf er seinen Bergstock herab, der unten mit der Spitze tief in den Sand fuhr. Nun betrat er selbst den steilen Weg. Die Büchse über dem Rücken und Brust und Wange eng angedrückt an die Felswand, so klomm er langsam herunter, mit den Füßen immer vorsichtig voraustastend nach einer Steinecke oder einer Wandschrunde; aus seinem Rucksack guckte dabei der weiß und schwarz gesprenkelte Kopf seines Hundes heraus, der den Hals reckte und unruhig in die Tiefe blinzelte.
Als Anderl unten anlangte, schüttelte er Bennos und Friedls Hand und zog den Bergstock aus dem Sande. »Geh, sei so gut und nimm mir den Bürschl aus'm Rucksack!« Friedl faßte den Hund an der Nackenhaut und zog ihn lachend an die Luft. »Is dir a bißl grausig z'mut worden, Bürscherl?« Er setzte den Hund auf die Erde und klopfte ihm schmeichelnd den Rücken; es war ein schönes, zierliches Tier; freudig winselnd, sprang es an Friedl hinauf und schmiegte den Kopf an seinen Schenkel; man sah es dem Hunde an, wie wohl ihm die Liebkosung tat. »Du, dein Bürschl hat's aber gern, wann einer gut mit ihm is! Mir scheint, der kriegt bei dir mehr Schläg als z'essen!«
»Da kannst recht haben! Mit Jagdhund und Weiberleut is auf d' Läng kein Auskommen, wann s' einer net durchhaut alle Täg.«
»Geh, mich dauert er, der arme Kerl! Schau, da hätt er an mir an bessern Herrn!«
»Kannst ihn gleich haben, wann d' ihn magst. Vierzg Markln, und der Handel is fertig!«

»Gilt schon!« rief Friedl und streckte dem Jäger die Hand hin.
»Und ich zahle die vierzig Mark«, fiel Benno ein, »wenn er den Bock findet. Kann er was, der Hund?«
Beleidigt fuhr Anderl auf. »A meiniger Hund? Ob der ebbes kann? Der versteht mehr von der Jagerei als wir alle drei mitanand. Da können S' an zweiten suchen, Herr! Aber wissen S', ich bin so a vergrimmts Luder, ich muß mich mit dem Hund schon ärgern, wann er nach einer Fliegen schnappt. Drum is besser, ich gib ihn weg. Ich tät ihn noch amal in der Wut derschlagen. Da wär doch schad drum.«
»Gelt, Bürscherl, wir zwei kennen uns schon!« schmeichelte Friedl, während er dem Hund die Leine um den Hals legte. Längst hatte Bürschl der Gemsfährte zugewindet, und als ihn Friedl an die Felswand führte, senkte der Hund die Nase, zog die Leine straff und spürte über das Geröll hin. Benno und Anderl stiegen hinter Friedl her, und je weiter sie die Fährte den Berg hinunter verfolgten, um so häufiger und stärker wurden die Schweißspuren, um so hitziger wurde der Hund. Endlich hielten sie vor einem wirr verwachsenen Latschendickicht, das ein weiteres Vordringen der Jäger unmöglich machte. Friedl ordnete an, daß Anderl zur Felswand zurücksteigen, Benno aber den bequemeren Weg einschlagen, das Dickicht von unten umgehen und sich dort auf einer Lichtung aufstellen sollte, die er ihm genau bezeichnete. Es dauerte eine geraume Weile, bis Friedl den Pfiff hörte, der ihm Bennos Eintreffen auf seinem Platz anzeigte. Fiebernd und winselnd hatte Bürschl an der Leine gezogen, und als er nun gelöst wurde, sprang er mit langen Sätzen in das Dickicht. Kaum eine Minute war verflossen, als der Hund schon Laut gab; dann polterten Steine, Äste knackten, ein paarmal sah Friedl den Kopf des Gemsbockes im Sprung über die schwankenden Zweige herauftauchen; dazwischen klang das helle Geläut des Hundes; jetzt krachte drunten, wo Benno stand, ein Schuß, und über die Felswand rollte das Echo her. Nun war alles still. Dann hörte Friedl das Läuten des Hundes weit da drüben, wo unter hohen Fichten die weißen Holzwände der neuen Jagdhütte herüberblinkten.
»Zum Teufel noch amal!« Friedl sprang, die Büchse in der Hand, hinunter zu Benno. »Was is denn, Herr Dokter?«
»Da vorn ist der Bock heraus!« Benno deutete mit dem Bergstock die Richtung an. »Gefehlt hab ich ihn nicht, doch muß ich in der Flucht zu kurz geschossen haben.«

Friedl legte die hohle Hand hinter das Ohr und lauschte. »Der Hund gibt Standlaut. Herr Dokter, den Bock kriegen wir! Drunt am Wasser steht er. Da muß er arg krank sein. Flink, Herr Dokter!«
»Aber der Anderl?«
»Der findt uns schon!« Friedl warf die Büchse über die Schulter und sprang der Richtung zu, aus der von Zeit zu Zeit der Standlaut des Hundes klang. Und Benno folgte.
Als sie die Jagdhütte erreichten, standen sie wieder still und horchten. »Drunt am Steig muß er sein! Dort hör ich den Hund!« sagte Friedl, und ihm voraus sprang Benno über die Stufen hinunter, die von der Hütte zum Steige führten. Je näher er dem lautgebenden Hunde kam, um so hastiger rannte er den schmalen Pfad entlang. Nun bog er um eine Felsecke, und da bannte die Überraschung seinen Fuß.
Zu einem stumpfen Winkel zusammenlaufend, stiegen da zwei Felswände in Stufen und Platten hoch hinauf; überall wucherte ein gelbgrünes Moos, das dickbuschig in allen Winkeln saß, wie ein glatter Teppich die Flächen überzog oder in langen Fäden niederhing über Vorsprünge und Kanten; aus allen Fugen und Rissen quoll ein milchweißes Wasser, tropfte in zahllosen Perlen über Stein und Moos, von Platte zu Platte, und sammelte sich zu kleinen Bächen, die plätschernd und sprühend von Stufe zu Stufe sprangen und sich zu einem kleinen Fall vereinigten, von dem aus ein leichter Nebel wieder aufwärts stäubte gegen die Wände. Dunkle Latschenbüsche und saftgrüne Almrosensträucher umrahmten dieses Bild, überleuchtet von der Nachmittagssonne, die einen feinen Farbenbogen durch die aufsteigenden Wassernebel spannte und die fallenden Tropfen funkeln, glühen und blitzen machte wie Diamanten. Dazu noch diese seltsame Staffage: auf einer der untern Stufen Bürschl, am ganzen Leibe naß und glatt wie eine Wassermaus, mit den Vorderfüßen gegen die Wand gestellt, aufbellend zu dem Gemsbock, der hoch über ihm mit enggestellten Läufen auf einer vorspringenden Felsplatte stand und mit starren Lichtern auf den kläffenden Hund herunteräugte.
Es war ein Bild, das auch den glühendsten Jagdeifer beschwichtigen konnte. Doch als der Bock eine Bewegung machte, wie um einen Fluchtweg auszuspähen, riß Benno die Büchse in Anschlag. Da faßte ihn Friedl am Arm: »Net schießen, Herr Doktor, es braucht's nimmer.«

Noch hatte der Jäger nicht ausgesprochen, als der Bock da droben schwer und müde den Hals neigte; jetzt brachen ihm die Läufe ein, und er stürzte über die Felsplatten herunter bis vor Bennos Füße.
»Da haben S' ihn!« lachte Friedl und rückte den Hut. Dann pfiff er dem Hund, strich ihm mit der Hand das Wasser vom Leib und tätschelte ihm unter schmeichelndem Lob die fiebernden Flanken. Freudig erregt und mit heißem Jägerstolz betrachtete Benno das erbeutete Wild und dachte sich dabei in seiner Studierstube schon die Stelle aus, die er nach seiner Rückkehr in die Stadt mit dem schönen schwarzen Krickl des Bockes schmücken wollte.
Friedl verschränkte dem Bock die Läufe und schwang ihn auf den Rücken. »Feist is er!« Dann stieg er mit Benno zur Jagdhütte hinauf. Es war das ein aus Baumstämmen erbautes Häuschen, das den diensttuenden Jägern bei Nacht und Unwetter Herberge bot; das Innere war in zwei Räume geteilt, von denen der eine als Küche, der andere als Schlafstube diente.
Als die beiden zur Hütte kamen, legten sie Jagdzeug und Joppe ab, und während sich Benno vor der Hütte behaglich auf eine Holzbank streckte, schickte Friedl sich an, den Bock aufzubrechen. Da fand er auch Bennos erste Kugel, die zwischen den Schultern eingedrungen und im Brustknochen steckengeblieben war. Er hatte seine rote Arbeit noch nicht vollendet, als Anderl eintraf, der nun gerechtermaßen den seltsamen Schuß, die ›Güte‹ des Bockes und seine schönen Krikkeln bestaunte. Friedl hängte das ausgeweidete Wild an einen Holznagel der Hüttenwand und schürte in der Herdstube ein Feuer an. Anderl holte Wasser von einer nahen Quelle, und bald schmorte und brodelte es in zwei eisernen Pfannen: die Leber des erlegten Wildes für die Jäger, die Lunge für den Hund.
Während Friedl gewissenhaft das werdende Mahl überwachte, saß Anderl auf einer Herdecke und rauchte aus seiner kurzen Porzellanpfeife einen Tabak von zweifelhaftem Wohlgeruch. Dabei erzählte er von seinen Jagderlebnissen in der Hinterriß, erzählte, daß ein paar Fälle von Wildseuche vorgekommen wären, daß man den Jagdherrn für einige Wochen erwarte und daß Pater Philippus, der Seelsorger von Hinterriß, einen neuen Kräuterschnaps erfunden hätte, der ganz vorzüglich munde, besonders nüchtern genommen des Morgens, mittags vor und nach dem Essen und abends beim Schlafengehen. »Und wachst in der Nacht a bißl auf, da schmeckt er am besten. So a Schnapserl! Wer's net kennt, der weiß net, was dös is! Ich sag dir's,

Friedl, es wär der Müh wert, daß d' bald amal hinter kämst in d' Riß, um dir vom Pater Philippus so a Glasl einschenken z'lassen!«
»Ich lauf doch wegen eim Glasl Schnaps net bis in d' Hinterriß. Da möcht der Förstner a schöns Gsicht machen, wann ich um Urlaub zum schnapsen einkäm.«
»So such dir an andern Fürwand! Vielleicht gehst deim verehrten Freund und Spezi auf d' Hochzeit?«
»Hochzeit? Wer macht denn Hochzeit?«
»Weißt denn du nix davon, daß der Huisenblasi in sechs Wochen dem Grenzbauern von Hinterriß sein Madl heiret, die Margaret?«
Friedl erschrak. Er dachte an Modei und an alles Leid, das diese Nachricht ausschütten mußte über ihr Leben. Er sah sie wieder, wie sie am Morgen vor ihm gestanden, bleich und stumm. Nun wußte er zu deuten, was am verwichenen Abend in Modeis Hütte geschehen war. Er sprang vom Herd auf. Ihm war, als müßte er hinausstürmen zur Tür, hinüber zu der einsamen Hütte.
Anderl guckte verdutzt an ihm hinauf. »Bub, was hast denn auf amal?«
Schweigend ließ sich Friedl auf die Herdbank nieder und hob den Hund zu sich herauf, der aufmerksam die beiden Töpfe beäugt hatte, aus denen der Dampf sich emporkräuselte zur Hüttendecke. Friedl streichelte dem Hund die glänzende Stirn, und als Bürschl unter dem Behagen dieser Liebkosung sich an ihm hinaufreckte, drückte der Jäger sein Gesicht an den Kopf des Tieres.
Anderl lachte. »Du wirst den Hund bald verzogen haben! Aber über den Huisenblasi, scheint's, is net gut reden mit dir? Hast schon recht! Wenn man auch in der letzten Zeit nix mehr ghört hat – lassen hat er's Wildern deswegen doch net. Da könnts ös in Fall enk gratulieren zu seiner Hochzeit. D' Magaretl is a Scharfe. Dö hat Haar auf die Zähn und wird ihm's Wildern schon austreiben.«
Friedl nickte, ließ den Hund zu Boden springen und rief Benno zur Mahlzeit in die Hütte.
Während die drei den bescheidenen Jägerschmaus hielten, erging sich Benno in lustigen Vermutungen, ob der bedauernswerte Gemsbock sich am Morgen wohl gedacht hätte, daß er noch vor dem Abend mit Leber und Nieren den Heißhunger seiner Mörder stillen müßte.
Bei Friedl war es freilich nicht weit her mit dem Heißhunger. Dafür ließen es sich Benno und Anderl um so besser schmecken.

Sie kamen dann überein, daß Anderl Benno auf dem Heimweg begleiten und den erlegten Bock nach Fall hinuntertragen sollte, weil Friedl, wie er vorgab, seinen Aufsichtsposten nicht verlassen durfte. Für Anderl machte es keinen Unterschied, ob er über die Berge oder durch das Tal nach Hause wanderte. Er ging um so lieber auf den Vorschlag ein, als dabei ein gutes Trinkgeld für ihn herausschaute und er sich überdies wegen der vierzig Mark für den Hund nicht auf ein späteres Zusammentreffen mit Benno vertrösten mußte. Vergnügt lud er den schweren Bock auf seinen Rücken. Friedl sperrte die Hüttentür ab und folgte den beiden. Wo vom talwärts führenden Pfad der Steig zu Modeis Hütte abzweigte, bot er ihnen die Hand zum Abschied. Dann schritten Anderl und Benno weiter. Friedl blieb zurück und lockte mit schmeichelnden Worten den Hund. Bürschl drehte den Kopf, schüttelte die Ohren und surrte, als Anderl an einer Biegung des Weges verschwand, in langen Sätzen den Steig hinunter.
»Bürschl! Bürschl! Da komm her!« lockte Friedl. Der Hund wollte nicht hören. Anderl scheuchte ihn mit Steinwürfen zurück. Bürschl war nicht zur Umkehr zu bewegen. Auch als ihm Anderl unter einem zornigen Fluch mit dem Bergstock einen derben Hieb versetzte, sprang er winselnd nur ein bißchen auf die Seite und wäre seinem groben Herrn wieder nachgelaufen, wenn ihn Friedl nicht gefangen und an die Leine gelegt hätte, um den Zerrenden mit sich fortzuführen.
»Hundsviecher und Weiberleut, da kehr ich d' Hand net um.« So hörte Friedl noch die Stimme Anderls von einer Serpentine des Steiges heraufklingen. »Schmeichelst ihnen und tust ihnen alles z'lieb, da haben s' den Kopf voller Mucken und sind allweil dabei beim Ausgrasen. Dem, der s' plagt und schlagt, dem hängen s' an wie Kletten, und grad Arbeit hast, wann d' so ebbes Unkommods abschütteln willst.«
Beim Klang dieser Worte regte sich in Friedl ein Gefühl der Bitterkeit. »Da muß man net grad a Weiberleut oder a Hundsviech sein. Was Treu heißt, scheint mir, is allweil ebbes Unkommods für die andern.« Er beugte sich zu dem winselnden Hund hinunter und streichelte ihm den Rücken, auf dem die gesträubten Haare noch die Stelle des empfangenen Schlages kennzeichneten. Tief atmend richtete er sich auf und stieg, die sinkende Sonne hinter dem Rücken, mit raschen Schritten der Richtung von Modeis Heustadel zu, wo ihn Lenzl schon seit Stunden ungeduldig erwartete.

6

Als die Sterne funkelten und der Nachtwind rauschend von den Felswänden hinunterfuhr ins finstre Tal, suchte Friedl mit kochendem Blut den Abstieg zur Jägerhütte. Schlaflos warf er sich die ganze Nacht auf seinem Heubett herum, tobenden Zorn in jedem Gedanken. Daß Blasi der von allen Jägern gehaßte und gesuchte Neunnägel wäre, daran hatte er nie im Traum gedacht. Nun er es wußte und alles andre dazu, vermeinte er kaum den Morgen erwarten zu können, um hinauszuziehen in den Bergwald und jeden frischen Fußtritt auf der Erde zu prüfen. Keiner ehrlichen Jägerkugel hielt er diesen Menschen wert! Fangen wollte er ihn, greifen und fesseln, wie man den Dieb fesselt, der zur Nacht in die Stille der Häuser bricht. Stoß für Stoß wollte er ihn vor sich hertreiben, den ganzen Weg bis zur Schwelle des Landgerichtes zu Tölz, auf offener Straße mitten durch Lenggries hindurch, um ihn der verdienten Schande preiszugeben.

Es dauerte lang, bis in Kopf und Seele des Jägers der erste Wutsturm sich ausgetobt hatte. Als er ruhiger wurde, kam gleich der Gedanke: Da muß man helfen! Modeis Bild, ihr Kummer, ihr zerbrochenes Leben stieg vor seinen Augen auf. Und wie er sich auch wehrte dagegen, er konnte es nicht hindern, daß neben dem Willen zur Hilfe auch Träume von kommendem Glück sich rührten in seinem Herzen. Wohl sprach er sich in der finsteren Nacht mit lauten Worten vor, wie grundschlecht das wäre, bei allem Gram des armen Mädels an seine eigene Liebe, an sein eigenes Herz zu denken. Aber die heißen Wünsche, die er seit Jahren mit Gewalt in sich unterdrückt hatte – nur seiner Mutter gegenüber war ihm in einer schwachen, dürstenden Stunde das verschlossene Herz aufgesprungen –, flammten nun gegen seinen Willen auf, wie ein von der Luft abgesperrtes Feuer im leisesten Windhauch auflodert, nachdem es mit halberstickter Glut die Pfosten und Balken dörrte. Da sah er sich schon zu Hause sitzen, in der kleinen, gemütlichen Stube, an der Seite des geliebten Weibes, erfreut und erheitert durch das drollige Lachen des Kindes. – Das Kind! – Da fiel dem Jäger seine Mutter ein, die nach einem schweren, an Sorge und Mühsal reichen Leben streng über solche Dinge urteilte – und die Worte kamen ihm in den Sinn, die ihm die alte Frau zum Abschied auf der Türbrücke ins Ohr gesprochen hatte.

Und war es denn nicht das Kind des Verhaßten? Nein, nein!, Ihr Kind war es, ihr Kind allein! Das waren die gleichen dunklen, tiefen Augen, das war die Farbe ihres Haares, das war das gleiche Grübchen im Kinn, und aus dem Lallen des Kindes hörte er immer die linde Stimme der Mutter. Nur ein paarmal hatte er das kleine liebe Ding gesehen und trug es schon in seinem Herzen wie sein eigen Fleisch und Blut. Nur die Leute, die Leute – und –

Aber war er selbst denn ohne Sünde, frei von jeder Schuld gegen Gott und Menschen? Er dachte an die Kirche und sah sich im Beichtstuhl auf den Knien liegen. Immer und alles hatte ihm der Pfarrer verziehen, dieser unfreundliche Herr, der die Jäger nicht leiden konnte, weil sie ihm kein Wildbret zum Präsent machten, wie es die Raubschützen taten. Und er, er sollte nicht vergessen und nicht verzeihen können, nicht einmal dieser Einzigen, an der sein Leben hing?

Dann wieder überlief ihn kalt der Gedanke, wozu er das alles dachte und hoffte? Wie sollte denn sie ihm gut werden können, da sie ihn schon verworfen hatte durch die Wahl eines anderen, freilich ohne zu wissen, was er in seinem Herzen für sie empfand. Und jetzt sollte sie ihm gut werden, jetzt, wo die Tränen um den andern noch auf ihren Wangen brannten? Gerade jetzt sollte sie Liebe empfinden können, da Liebe sie so grausam getäuscht und verraten hatte?

Es hielt ihn nicht länger auf dem schwülen Heubett. Er sprang auf und trat ins Freie. Die Kühle der Nacht tat ihm wohl, und er setzte sich draußen auf die Holzbank, um so den Morgen heranzuwachen. Über ihm blinkten die Sterne, in der schwarzen Runde rauschten die Bäume, und drunten auf dem Jagdsteig sang das Geplätscher des kleinen Wasserfalles. Ruhelos stritten in der Seele des Jägers die springenden Gedanken. Aber hell und laut in aller kämpfenden Qual sprach immer wieder die Stimme seiner Hoffnung.

Als nach Stunden die Sterne erloschen waren und über den Felshang die ersten falben Lichter niederflossen, erhob sich Friedl. Eine bleierne Müdigkeit lag in seinen Gliedern. So matt und zerbrochen hatte er sich noch nie gefühlt, wenn er von der ersten Dämmerung bis in die sinkende Nacht umhergeklettert war in den unwegsamsten Steinwänden oder wenn er den schwersten Hirsch auf dem Rücken hinuntergetragen hatte nach Fall, um das Liefergeld zu verdienen. Langsam ging er den Steig hinunter bis zum Bach; dort legte er die Kleider ab und stellte sich unter den klatschenden Wasserfall, dessen Kälte ihn erfrischte und die Kraft seiner Knochen wieder aufrüttelte.

In die Jagdhütte zurückgekehrt, brachte er Schlafstube und Küche in Ordnung; dann zog er aus, mit dem Hund an der Leine. Als er bei hellem Morgen die Lärchkoglalm erreichte, trat er in eine der Hütten und ließ sich eine Schüssel mit frischer Milch reichen. Halb trank er sie leer und stellte den Rest für Bürschl auf die Erde. Und weiter!

Still war es im Bergwald. Unter den Bäumen lag noch der Frühschatten, der Tau noch auf den moosigen Steinen.

Wie Balsam auf brennende Wunde, so legte sich die Bergwaldstille auf Friedls heiß erregtes Gemüt. Und als er nach diesem langen, einsamen Tag unter Modeis Türe trat und dem blassen Mädel zum Grüßgott die Hand reichte, waren die Bangnisse der verflossenen Nacht von seiner Stirne gewischt. Sein Auge blickte freundlich, sein Mund konnte lächeln.

Tag um Tag verging. Und Abend um Abend kam Friedl zur Grottenhütte und brachte entweder einen Strauß frischer Blumen oder einen absonderlichen Wurzelauswuchs zum Schmuck der Hüttenwand oder sonst ein Ding, wie es die Aufmerksamkeit ihn suchen, der Zufall des Weges ihn finden ließ. Immer war er der gleiche, der gleich Freundliche. Nie kam ein Wort über seine Lippen, das Modei nur leise an die Vergangenheit erinnern oder in ihr die Ahnung hätte wecken können, daß Friedl um alles wußte. Heiter plauschend saß er am Herd und guckte zu, wie Modei still und ruhig ihre Arbeit tat, oder er lauschte den verworrenen Geschichten ihres Bruders, für den der Tag erst begann, wenn Friedl des Abends in die Hütte trat. War alles getan, was das Tagwerk der Sennerin erfordert, so saßen die drei oft stundenlang noch beisammen vor der Hüttentür. Da nahm dann Friedl Modeis Zither auf die Knie und sang von seinen kleinen Liedern eins, oder Modei spielte selbst einen Ländler, und Friedl plauderte dazu von der Zeit, da sie als Kinder auf den Straßen und Wiesen von Lenggries noch ›Blindekuh‹ und ›Fangmanndl‹ gespielt hatten. Er dachte auch daran, wie Modei in die Schule kam, während er schon in der letzten Klasse saß, und wie er sie oft vor den groben Späßen der anderen Schulbuben in Schutz genommen hatte. Davon schwatzte er aber nicht, er lächelte nur still vor sich hin, wenn ihm das einfiel.

Diese wandellose Freundlichkeit des Jägers blieb auf Modei nicht ohne Wirkung. Stille Ruhe legte sich auf ihr Herz und Denken; von Tag zu Tag milderte sich die strenge Falte zwischen ihren Brauen; und gerne lächelte sie zu einer von Friedls lustigen Geschichten. Stark, entschlossen und besonnen, wie ihr Schicksal sie gebildet hatte, war sie in einem einzigen Schmerz mit allem Vergangenen und mit allen Klagen fertig geworden und dachte jetzt nur noch an eine Zukunft notwendiger, unermüdlicher Arbeit. Freilich lag das Gefühl der Einsamkeit wie ein drückender Stein auf ihrem Leben. Lenzl war über seine Jahre gealtert, zuzeiten recht griesgrämlich und für die Schwester mehr ein Gegenstand der Sorge als ein stützender Kamerad. Und das Kind, dem nun ihr ungeteiltes Herz gehörte und für das ihre Hände rastlos arbeiteten, war weit von ihr, war fern ihrer Zärtlichkeit und ihrem Liebesbedürfnis.

Da empfand sie die freundliche Art und Weise Friedls wie einen starken und warmen Trost. Wenn er sich bei Anbruch der Nacht von der Bank erhob und dem Lenzl für den nächsten Abend das Wiederkommen versprach, hörte sie das gerne mit an. Und wenn er ging und sie sah ihm nach, dann schlichen ihr unwillkürlich vergleichende Gedanken durch den Kopf. Aber das erregte in ihr auch wieder den Ekel über das Vergangene und Unmut über alles in ihr selbst, was solch ein Vergangenes erlaubt und ermöglicht hatte. Und wenn sie zur Ruhe ging, lag sie oft lange Stunden noch schlaflos in ihrem Kreister und dachte zurück an alles Geschehene: wie sie als junges Mädel, fast noch als Kind, auf die Alm heraufgezogen, wie sie sich so unglücklich, so von Gott und Menschen verlassen gefühlt hatte und wie Blasi eines Abends, nach einem schweren Unwetter, zum erstenmal in ihre Hütte getreten war und bei ihrem Anblick gestutzt und gelächelt hatte. Nicht der schmucke Bursch mit den blitzenden Augen, nicht seine zärtliche Werbung, nicht seine kosenden Liebesworte hatten sie zu der unseligen Neigung beredet. Ihre Verführer waren die Einsamkeit und die Liebessehnsucht ihres jungen Herzens gewesen. Und lange schon, bevor sie Blasis wahre Natur in ihrer üblen Häßlichkeit erkannte, hatte sie in Schmerz die Torheit des eigenen Herzens erkennen müssen. Hätte nur Friedl mit seinem wohlmeinenden Rat ihr in jener Zeit zur Seite gestanden! Dann wär' es nicht so gekommen, alles wäre anders – und besser! Es war Modei seltsam zumut, als sie sich über diesem Gedanken ertappte; aber auch bei klarem Bewußtsein konnte sie ihm nicht unrecht geben. War Friedl nicht auch jetzt ihr guter Berater, wenn auch nur bei den kleinen Sorgen ihres Almhaushaltes? Und das wußte sie: Wenn sie jemals in ernster Sorge was zu fragen hätte, dann würde Friedl nur zu ihrem Besten raten.

So zehrte sie von seinem freundlichen Entgegenkommen, auch wenn er ihr ferne war. Und wenn sie selbst nicht an ihn dachte, plauderte Lenzl von ihm, immer wieder, mit einer Wärme und Anhänglichkeit, die Modei oft lächeln machte.

Kam der Abend und jammerte Lenzl, daß Friedl heute ›so endslang‹ ausbliebe, dann stellte sich Modei wohl unter die Hüttentür und blickte wartend hinunter nach dem Steig.

Wieder einmal ging es auf den Abend zu. Modei hatte ihre Arbeit früher als gewöhnlich beendet, und eben trug sie, vom Brunnen kommend, eine Butte mit Trinkwasser zur Hüttentür, als drunten auf dem Almsteig langsame, schwere Tritte klangen. Sie hielt inne und horchte. Friedl war das nicht, sie kannte seinen Schritt.

Aus der Tiefe tauchte die Gestalt eines älteren Mannes herauf; sein Gewand zeigte eine seltsame Mischung städtischer und bäurischer Tracht: eine lange, blau und grün karierte Hose, die Lodenjoppe und die schweren Bergschuhe, auf dem Kopf eine alte Ulanenmütze mit großem Lederschild, hinter dem Rücken den Bergsack, in der rechten Hand ein Hakenstock von spanischem Rohr und eine große blaue Brille auf der gebogenen Nase, die über struppigem Bartgewuschel glänzte wie ein nackter, im Abendschein erglühender Fels über dunklem Latschengestrüpp.

»Grüß dich Gott, Modei!«

»Jeh, der Doktermartl! Was suchst denn du heut noch bei mir daheroben?«

»Laß mich nur grad a bißl verschnaufen, nacher wird sich alles finden!« Mit blauem Taschentuch den Schweiß von der Glatze trocknend, kam der Doktermartl auf die Hütte zu und trat hinter Modei in die Stube.

Doktermartl? Vor langen Jahren, als er zu Dillingen bei den Ulanen gedient hatte, war er Gehilfe des Regimentsveterinärs gewesen. In die Heimat zurückgekehrt, versuchte er das in solcher Stellung errungene Wissen an den Pferden und Hunden von Lenggries und an den Kühen der umliegenden Almen. Er ›dokterte‹. Und diesen, frei von ihm, ohne Wissen und Zustimmung der Behörde gewählten und ausgeübten Beruf vereinigte der Volksmund mit seinem Vornamen zu dem Ehrentitel: Doktermartl.

Auf allen Almen zwischen Lenggries und Hinterriß war er bekannt und wenn auch kein ungern gesehener, doch ein ungern gerufener Gast. Auch auf der Grottenalm hatte er in den letzten vierzehn Tagen des öfteren vorgesprochen, um nach Modeis kranker Kuh zu sehen. Deshalb konnte er heut nicht kommen; die Patientin war schon wieder gesund, und eben klang der Ton ihrer Halsglocke von der Höhe her, während Lenzl die kleine Herde der Milchkühe einsammelte in den Stall.

Martl erzählte der Sennerin, er käme von der Lärchkoglalm herüber, wo es mit ein paar Kühen wieder recht schlecht stünde, und da möchte er im Vorbeispringen nur ein paar Minuten in Modeis Hütte rasten.

Dem Mädel erschien es wunderlich, daß man, um ein paar Minuten zu ruhen, einen Umweg von einer Stunde macht. Dazu kam noch, daß der Doktermartl ein bißchen konfus von fernliegenden Dingen zu schwatzen begann, das Gespräch wieder stocken ließ, verlegen wurde und von was anderem zu reden anhub. Modei trat vor den Alten hin und fragte kurzweg: »Martl, du willst was? Plag dich net lang mit Ausreden und sag's grad aussi!«

»No also, ja, der Blasi schickt mich.«

Nicht eine Miene zuckte in dem Gesicht des Mädels. »Und?«

»Ja, gfragt is gleich, aber gsagt is so ebbes net so gschwind. Schau, du mußt es ihm net verübeln, daß er mich in dö Sach hat einischauen lassen! Gwiß wahr, von mir erfahrt kein Sterbensmensch a Wörtl.«

»Meintwegen brauchst du 's Reden net verhalten. Aber ich mein', der Blasi müßt dir von eh a guts Wörtl geben haben, daß d' über ihn nix rumredst.«

Martl zuckte schmunzelnd die Achseln. »Kann leicht sein auch. Also, gestern hab ich ihn drunt in Lenggries auf der Post troffen. Da hab ich ihm so ganz zufällig verzählt, daß ich heut auf d' Lärchkoglalm auffi müßt, ja, und da hat er gmeint, ich kunnt am Heimweg wohl dös Katzensprüngl daher machen, um an dich a verschwiegene Botschaft –« Martl stockte, weil Lenzl in die Stube trat.

»Kannst unscheniert weiterreden«, sagte Modei, »vor meinem Bruder hab ich nix Heimlichs.«
»Mir kann's recht sein!« meinte der Doktermartl. »No, und da hat mir halt nacher der Blasi d' Hauptsach a bißl ausananderdeutscht. Du sollst net glauben, laßt er dir sagen, daß er auf sei' Schuldigkeit vergessen tät. Weil's halt amal sein muß, schau, da hat er gmeint, es wär doch besser, wann man in Fried und Güt ausanander käm. Du hast mit'm Kindl Sorgen und Kösten gnug, und da wär's net mehr als billig von ihm, hat er gsagt, daß er dich entschädigen tät, weißt, und da hat er selber so an zweihundert Markln denkt.«
»So? Dös laßt er uns sagen? Der Lump!« schrie Lenzl in galligem Zorn. »Was d' Schwester tut, dös weiß ich net. Aber von mir kannst dem saubern Herrn sagen, daß ich mir wohl ganz gut denken kann, woher ihm sein Gwissen druckt. Er war wohl schon beim Avakaten, der ihm gsagt hat, daß derselbig Wisch, den d' Modei unterschrieben hat, niemals a grichtliche Gültigkeit haben kann. Und da kannst ihm ausrichten von mir –«
»Sei stad, Lenzl!« unterbrach ihn die Schwester. Die Hände an der Schürze trocknend, ging sie auf den Doktermartl zu und sagte ruhig: »Ich kann mir gar net denken, wie der Blasi dazu kommt, an mich so a Botschaft ausrichten z' lassen. Er hat's ja schwarz auf weiß, daß er zu meim Kindl in keiner Verwandtschaft steht. Und ich setz den Fall, es wär anders, so hab ich's selber schon lang vergessen. Wann's auch grad kei' Ewigkeit her is, daß ich mich mit'm Vergessen abgib – du als Dokter weißt ja selber am besten, daß gewisse Medizinen a bißl arg schnell wirken. Im übrigen kannst ihm sagen, daß ich kein Geld net brauch. Und wann ich eins brauchet, käm der Blasi lang nach'm letzten, von dem ich eins haben möcht. So, jetzt wären wir mit der Botschaft fertig. Jetzt kannst mir wieder verzählen, wie's mit'm Vieh am Lärchkogel steht. Dös interessiert mich.«
Verdutzt guckte Martl in das ernste Gesicht des Mädels, ratlos, was er da erwidern sollte. Nach dem, was Blasi ihm mitgeteilt hatte, war er auf eine ganz andere Wirkung seiner Botschaft gefaßt gewesen. Den ganzen Weg über hatte er sich auf sanfte und kluge Trostworte besonnen, um sie bei einem heftigen und tränenreichen Auftritt lindernd zu verabreichen. Und nun! Schweigend saß er da, rückte verlegen die Brille und war herzlich froh, als Stimmen, die sich draußen näherten, ihm Veranlassung gaben, ins Freie zu treten. Lenzl folgte ihm, während Modei unter der Türe stehenblieb.

Über den höheren Berghang kam die alte Punkl heruntergestiegen mit Monika, ihrer Hüttennachbarin, einem drallen, runden Mädel, das lustig jodelte, wenn auch manchmal ein bißchen falsch. Lenzl schnitt dazu eine wehleidige Grimasse und schalt über den Hang hinauf: »Du! Hörst net auf, da droben! Dös fahrt eim ja wie a Stricknadel in d' Ohrwascheln eini!«
»Geh, sei net so grantig!« antwortete die gutgedrechselte Sennerin. »Mich freut halt 's Leben. Da muß ich allweil dudeln.«
»Dös glaub ich, daß d' heut gaggerst wie a Henn, wann s' glegt hat. Meinst, ich hab's net gsehen, wer heut in der Fruh aus deiner Hütten aussigschloffen is?«
Das Mädel lachte. »Verschaut hast dich!«
»Ja, lach nur, du!« Lenzl wurde ernst. »Und wart drei Vierteljahr! Da fallt dir in dei' Musi a Tröpfl Essig eini.«
»Meintwegen! Jetzt bin ich noch allweil bei der Süßigkeit.« Das Bein hebend, schrie Monika einen vergnügten Jauchzer in den schönen Abend hinaus.
Lenzl schüttelte den Kopf. »Da is eine wie die ander. Es wird halt so sein müssen. Sonst tät der Nachwuchs auslassen.« Gleich einem Betrunkenen kreischte er ins Leere: »Du, Lisei, weißt es schon –« Verstummend griff er wie ein Erwachender mit der Hand nach seiner Stirn und murmelte: »Jetzt glaub ich bald selber, daß ich a Narr bin.«
Bei der Stalltür sah der Doktermartl die gesund gewordene Blässin grasen. »No also«, rief er über die Schulter zur Modei hinüber, »gelt, ich hab dir's gsagt, dö macht sich wieder! Am Inkreisch hat's ihr halt a bißl gfehlt. Dö hat beim Grasen ebbes Scharfs derwischt. So ebbes vertragt a jeder Magen net. Es is mit'm meinigen grad so. Auf den muß ich aufpassen wie auf a kleins Kind. Bei der zehnten, zwölften Maß Bier macht er schon allweil Mannderln wie a derschrockener Kiniglhaas. Jaaa, Madl, wann sich die Blässin wieder amal überfrißt und a bißl schwermütig dreinschaut, nacher gibst ihr mein Trankl wieder und redst recht lustig mit ihr. Bei allem, was eim weh tut, Mensch oder Vieh, hat a fidels Gmüt a segensreiche Vereinflussung. Der Traurige stirbt allweil früher als wie der Lustige. Dös is a Naturgsetz.« Er schnupfte.
Mit den Gedanken bei anderen Dingen, sagte Modei: »Weil mir nur grad dös Stückl Vieh wieder gsund is.«
»Nur nie verzagen!« Martl hobelte mit dem blauen Taschentuch über die Nase hin und her. »Und allweil auf Gott vertrauen!«

»Freilich, ja! Und selber gut aufpassen.«
»Da kommt er am weitesten, der Mensch. Unser Herr Pfarr is voller Gottvertrauen. Aber wann er Hunger hat, verlaßt er sich lieber auf sei' Köchin.«
Müd lachend trat Modei in die Sennstube.
Hinter der Hütte droben, wo der Almbrunnen war, hatten Punkl und Monika ihre Wasserbutten niedergestellt. Da überholte sie ein knochiger Graukopf, dessen gedunsenes, von blauen Äderchen durchzogenes Gesicht die Diagnose auf chronischen Suff ermöglichte, ohne daß man medizinische Kenntnisse zu haben brauchte. Es war der alte Veri, der emeritierte Lenggrieser Nachtwächter, der in Monikas Hütte als Hüter eingestanden war. Auf dem Rücken trug er eine Kraxe, die mit dem Almgewinn der Woche beladen war. Der Alte mußte an den zwei Weibsleuten beim Brunnen vorüber. Dabei ging es anscheinend ganz friedlich zu. Dennoch hörte man die Punkl kreischen: »Jesses, Jesses, hörst net auf! Ich schrei, wann net aufhörst!«
»Laß mir lieber du mei' Ruh!« schimpfte Veri mit rauhem Bierbaß und wackelte über den Steig zur Hütte herunter.
»He, Mannderl, was is denn?« rief ihm der Doktermartl entgegen. »Du wirst doch net auf die alte Punkl an Husarenangriff gmacht haben?«
»Ah!« Ein Schwur empörter Verneinung lag in diesem kurzen Laut.
»Der is froh«, meinte Lenzl, »wann die Punkl ihm nix tut. Gelt, Veri?«
»Laß mir mei' Ruh!« knurrte der Alte und klapperte gegen den tieferen Steig hinüber.
»Mußt abtragen?« fragte Martl. »Oder reißt dich der Zug deines Herzens wieder ins Wirtshaus abi?«
»Ah!« Das klang wie ein hundertfaches Nein in einem einzigen Wort.
»Troffen hast es!« nickte Lenzl. »Dem sein Schutzpatron is der heilige Fasselianus, der auf'm Nabelfleck a Spundloch hat.«
»Laß mir mei Ruh, du!« gähnte Veri und tauchte über die Steigstufen hinunter.
»Soll er halt saufen!« philosophierte Martl. »Ebbes muß der Mensch allweil haben, was ihn freut. Dös is a Naturgsetz. 's Kinderglächter hört auf und d' Liebesnarretei fangt an. Hinter die süßen Seufzer

kommt 's Schwitzen bei der Arbet. D' Arbet macht Durst, und so verfallst auf'n Suff. 's Leben is allweil an Übergangl. Und allzeit brauchst a Weibsbild dazu. 's Wiegenkitterl zieht dir d' Mutter aus, 's Hochzeitshemmed spinnt dir dein Bräutl, und ins kalte Leichenfrackl hilft dir an alts Weib eini. Ohne Hilf kommt der Mensch net aus, und für a Mannsbild is d' Vielweiberei a Naturgsetz.«

Vom Almbrunnen klang die Simme der Monika: »Je, Doktermartl, du bist da!«

»Geh, komm abi, du runde Erfindung Gottes! Nach deine Küh hab ich mich schon umgschaut auf der Weid. Jetzt mußt mir noch sagen, wie's dir geht.«

»Net schlecht!« Das Mädel hopste über den buckligen Rasen herunter, wandte sich, höhlte die Hände um den Mund und rief zum Brunnen hinauf: »Höi! Punkl! Komm abi!«

Die Alte droben guckte. »Was hast gsagt?«

»Abi sollst kommen!« grillte Monika im höchsten Diskant. »Der Martl is da.«

»Jesses, ja, gleich, bloß d' Händ muß ich mir waschen.«

Lenzl gab den Ratschlag: »Da soll s' ihr Gsicht auch gleich mitspülen, daß man 's Häutl wieder amal sieht.«

»Bei mir macht s' deswegen doch kei' Eroberung!« lachte der Doktermartl.

»Im Alter täts ös zwei grad zammpassen.«

»Was? Ich bin noch in die besten Jahr. Aber die Punkl is schon älter als wie der lutherische Glauben.«

»Du, da hast sparsam grechnet!« kicherte Monika. »Die is schon älter, als Gott allmächtig is. Bei der Punkl wird d' Nasen schon grau.«

Jetzt kam die Alte. »So, da bin ich. Grad freuen tut's mich, daß da bist, Martl! Hab dich schon lang ebbes fragen wollen. Für an Menschen wirst wohl auch an Rat haben, wann auch bloß fürs Vieh gut bist.«

»Da bin ich grad der richtige für dich. No also, wo fehlt's denn? Mußt mir halt von deim Leiden a Bild machen.«

»Na, naaa –« Errötend schüttelte Punkl den grauen Zwiebelkopf. »Auf Ehr und Seligkeit, bei mir is kein Mannsbild gwesen.«

Martl brüllte ihr ins Ohr: »Wo's fehlt, hab ich gfragt.«

»Ah so? Ja, schau, mir is allweil so viel entrisch, net recht und net schlecht, ich weiß net, wie. Drucken und stechen tut's mich, allweil tut's a so wumseln in mir, und überall hab ich Kopfweh.«

»Was?« Martl machte eine allesumfassende Handbewegung. »Überall?«
»Jaaa, grad da hab ich's am allerärgsten.«
»Teifi, Teifi, Teifi! Bei dir findt halt 's Kopfweh kein' Kopf net, weißt, und verschlagt sich nach alle Windrichtungen.« Der Almhippokrates zeigte ein ernstes Gesicht. »Dös is a bedenklicher Kasus.«
»Ah naaa, Kaas hab ich heut kein' gessen. Rahmnockerln hab ich mir gmacht.«
»Mar' und Joseph! Rahmnockerln? In dem Zustand!« Martl schüttelte sorgenvoll das Haupt. »O du arme Seel! Da wirst sterben müssen.«
Während die zwei andern lachten, rundeten sich die Augen der Alten in wachsender Angst: »Herr Jöises, Jöises, Jöises!«
Mit dem Kinn in der Hand, studierte Martl das Aussehen der Patientin und brüllte: »Wie! Streck amal dein Züngl aussi!«
Punkl tat es.
»Lang gnug wär's!«
»Was hast gsagt?« Nach dieser flinken Frage puffte die Alte gleich den krebsroten Lecker wieder heraus.
»Dein Pratzl tu her! Daß ich den Geblütschlag visatieren kann.«
»O heilige Maaarja!« klagte Punkl. »Was meinst denn, daß mir fehlt?«
Er schrie ihr ins Ohr: »Jetzt drah dich um a bißl!«
Die Patientin begann obstinat zu werden. »Na, na, na, dös tu ich net. Hint aussi fehlt mir gar nix. Da bin ich gsund.«
»Umdrahn, sag ich! Der Dokter muß alles beaugenscheinigen.« Martl wirbelte die Alte energisch herum und legte das Ohr an ihren Rücken, tief unten, wo er schon anfängt, anders zu heißen. Und während die Alte sich in steigendem Schreck bekreuzte, staunte der Medikus: »Herrgottsakra, da drin rumpelt's wie in der Kaffeemühl!« Kopfschüttelnd richtete er sich auf. »Da kenn ich mich noch allweil net aus. Wärst a Kuh, so wüßt ich scho lang, wie ich dran bin mit dir. Aber's Menschliche hat seine Hakerln. Tu mir amal dein' Zustand noch a bißl diffanieren!«
»Mein, es tut mich halt gar nix freuen!« trenzte die Alte wie ein Kind, das nah am Weinen ist. »Bald tut's mich frieren, bald muß ich schwitzen. Und allweil betrüben mich so gspaßige Traurigkeiten. Allweil tu ich ebbes mängeln und weiß net, was. Und so viel harte Nächt schickt mir der liebe Gott! Ich sag dir's, Martl: Oft liegt's mir

wie a paar Zentner auf der Magengrub. Und allweil muß ich von die Mannsbilder träumen.«
»Ah sooooo?« Weil die zwei anderen lachten, zürnte der weise Mann: »Dös is fein gar nix zum Lustigsein! Dös is a gfahrlicher Zustand!«
»Jöises, Jöises, Jöises!« Unter Tränen streckte Punkl die Zunge wieder heraus.
Da sagte Lenzl mit wunderlich schrillen Lauten: »Ich kunnt dir schon sagen, was dir fehlt! Hungerleiden is hart. Bloß ich kann's. Die andern sterben dran.« Seine Augen irrten, während er mit der Hand die Stirne rieb. »Was hab ich denn sagen wollen?« Er sah die Alte an und konnte lachen.
»Ös zwei! Gehts a bißl auf d'Seiten!« befahl der Doktermartl. »Jetzt muß ich mit der Punkl medazinisch reden.«
»Ui jegerl!« Kichernd zog Monika den Lenzl zum Stall hinüber. Und Punkl fragte in Angst: »Was is denn? Was is denn? Is dös ebbes Ansteckets? Oder muß ich ebba schon bald sterben?«
Martl wollte reden, blieb stumm und besann sich. »Malifiz noch amal, wie mach ich denn jetzt dös?«
»Was hast gsagt?«
Er brüllte der Alten ins Ohr: »Mit dir laßt sich's Medazinische schwer verhandeln. Weil man schreien muß, daß d' Leut alles hören.«
»Muß ich sterben?« wimmerte Punkl. »Muß ich sterben?«
Ohne ihre Klage zu beachten, rief Martl zum Stall hinüber: »Ös zwei! Halts enk d' Ohrwascheln a bißl zu!« Gleich steckten die beiden ihre Zeigefinger als Stöpsel in die Ohren.
»Martele, liebs Martele, so sag mir doch um Gottes willen, muß ich sterben?«
»Ah nah! Du kannst hundert Jahr alt werden. Aber plagen wird's dich noch bis an dein tugendhäftiges Lebensende. Dös is a Naturgsetz.«
Um der hundert Jahre willen wagte die Alte ein bißchen aufzuatmen. »Was hab ich denn nacher für a Leiden?«
Mit Löwenstimme verkündete der Isartaler Äskulap: »D' Altjungfernkrankheit hast! Da hat sich 's verhaltene Geblüt auf d' Nerviatur gschlagen. Und dös wumselt und rumpelt a so in dir. Naturgsetz! Da kannst nix machen. D' Unschuld is ebbes Schöns. Aber wann s' gar z' lang dauert, hat s' ihre Mucken. Da säuerlt s' in eim Menschen wie 's Bier im überständigen Faßl!«

»Gelt, ja? Gelt, ja?« pflichtete Punkl in heißem Eifer bei. »Oft schon hab ich mir denkt: Ich hätt net so fest bleiben sollen vor a zwanzg a dreißg Jahr. Jetzt hab ich den Schaden. Jöises, Jöises! Aber da wird man ja doch um Gotts willen noch helfen können?«
»Bei dir?« Nach kurzer Betrachtung der Patientin erklärte Martl entschieden und in reinstem Hochdeutsch: »Nein!« Dann rief er zum Stall hinüber: »So, ös zwei, kommts wieder her da!«
Nachdenklich kraulte Punkl sich hinter den Ohren und murmelte vor sich hin: »Da muß ich mich a bißl umschaun – daß ich mei' Gsundheit wieder find.«
»Grüß Gott beieinander!« klang die Stimme Friedls, der über den Hang des Steiges heraufttauchte. Ihm voraus lief Bürschl, der winselnd in der Hüttenstube verschwand.
Von allen wurde Friedl begrüßt. »Schau, schau«, sagte Monika, als sie ihm die Hand reichte, »bist schon wieder da? Seit vierzehn Täg is ja der Modei ihr Hütten 's reine Pirschhäusl! Da geht der Jager aus und ein wie ein Pfarr in der Sakristei.«
»Sei net neidisch!« fiel der Doktermartl ein. »Du wirst auch dein' trosthaften Kapuziner haben!«
Lachend versetzte ihm das Mädel einen Puff und ging zum Brunnen.
Der Jäger stieg zur Hüttentür hinauf. Als er an Lenzl vorbeikam, fragte er leise: »Wie geht's ihr denn?«
»Gut!« flüsterte Lenzl, während Friedl sein Gewehr und seinen Bergstock neben der Tür an die Hüttenwand lehnte. »Modei, geh, komm aussi, es is wer da!«
»Ja«, klang die Stimme der Sennerin aus der Hütte, »der Bürschl hat sein' Herrn schon bei mir angmeldt.« Modei trat unter die Tür und reichte dem Jäger die Hand. »Grüß dich Gott! Wie geht's dir denn?«
Friedl lachte mit heißem Gesicht. »Gut geht's mir, jetzt schon gar!«
»Bist gestern auf d' Nacht gut heimkommen?«
»Gwiß auch noch! Wirst dich doch net gsorgt haben um mich?«
»Mein, weil's gar so finster war, wie d' fort bist. Aber jetzt mußt mich schon a paar Minuten verentschuldigen, bis ich drin vollends zammgräumt hab. Schau, hast ja derweil Gesellschaft da.« Modei nickte ihm lächelnd zu und kehrte in die Hütte zurück.
»Laß dich net aufhalten!« rief ihr Friedl nach. »Z'erst d' Arbeit und

nachher 's Vergnügen, sagt der Herr Pfarr, wann er von der Kirch ins Wirtshaus geht.« Er trat zu den andern.

»Sooo!« sagte eben der Doktermartl nach einer ausgiebigen Prise seines Schnupftabaks. »Jetzt hab ich klare Augen für'n Heimweg.«

»Aber, Martl! Du wirst doch net gehn, grad weil ich komm?«

»Ah na! Mit dir bin ich allweil gern beinand, du Seelenräuber!« Freundlich betrachtete Martl den Jäger. »Aber es tut schon bald zwielichtln, der Heimweg is weit, und müd bin ich. Der Diskurs mit die vielen Rindviecher hat a geistige Abspannung bei mir veranlaßt. Ja, mein Lieber! 's Doktern! Dös is an aufreibende Arbet. D' Viecher mach ich gsund, und ich selber geh drauf dabei. No also, pfüe Gott mitanand!«

Da erwachte die alte Punkl aus ihrer kummervollen Gedankenarbeit. Sie schien einen hoffnungsreichen Einfall zu haben. »Hö! Martl! Wart noch a bißl! Zu dir hab ich a Zutrauen.«

»Mar' und Joseph!« In drolligem Entsetzen flüchtete Martl über den Steig hinunter. »Bloß jetzt kein Naturgsetz!«

»Joises, Jöises, so laß dir doch a bißl Zeit. Ich muß dich medazinisch noch ebbes fragen.« Die Alte zappelte unter hoffnungsfreudigem Grinsen hinter dem Verschwundenen her. Und vom Brunnen rief lustig die Monika herunter: »Du, Viechdokter! Jetzt brauchst an guten Schutzengel. Sonst passiert dir ebbes.«

Verwundert fragte Friedl: »Was hat denn die Alte?«

Lenzl zuckte die Achseln. »Gsund möcht s' halt sein.«

»Was hat s' denn für a Krankheit?«

»Die gleiche wie du. Bloß a bißl anders.«

»Geh, du Narr du!« Der Jäger lachte. »Ich? Und krank? Ah na! Gsund bin ich allweil.«

»Grad von der Gsundheit kommen die ärgsten Leiden.«

»Aber Lenzl! Hat's dich heut schon wieder?«

Leise lachte der Alte. »Wie gscheiter einer wird, um so leichter glauben die andern, daß er a Narr is.« Er spähte zur Hüttentür hinüber. »Lus auf, ich weiß dir was Neues.« Unter hetzendem Geflüster erzählte er von der Botschaft, die Blasi durch den Doktermartl hatte ausrichten lassen.

In Erregung lauschte Friedl und hörte mit Freude, wie Modei den Botengänger abgefertigt hatte. Zögernd fragte er: »Hat d' Schwester gweint?«

»Net an einzigs Zahrl!« In Lenzls Augen brannte eine wilde Freude.

»Es macht sich, Friedl, es macht sich! Und alle miteinander halten wir Stuhlfest, du und d' Schwester, und ich und 's Lisei. Und Balken spreißen wir eini untern Tanzboden. Und nacher –« Sein verstörter Blick suchte im Leeren. »Was hab ich denn sagen wollen? Steh ich schon lang bei dir vor der Hütten da? Es kommt mir so für, als tät's hundert Jahr her sein, derzeit wir gredt haben mitanand!« Den Kopf schüttelnd, ging er davon und murmelte: »Gspaßig, was unserm Herrgott für Sachen einfallen!« Müd, wie ein an allen Gliedern Zerbrochener, stieg er gegen den Berghang hinauf, über den schon die ersten Schatten des Abends fielen.

7

Modei trat aus der Tür. Sie hatte die Arbeitsschürze abgelegt und eine weiße umgebunden; über dem Mieder trug sie eine kurze, offene Jacke. In der einen Hand hielt sie einen blauen Leinenrock, in der anderen ein altes Zigarrenkistchen, das angefüllt war mit allerlei Nähzeug.
»Was is denn?« fragte der Jäger. »Willst dich gar noch zur Nahterei hocken? Siehst ja fast nix mehr.«
»A halbs Stündl tut's schon noch. Untertags hab ich kei' Zeit.« Modei setzte sich auf die Steinbank, nahm den blauen Rock übers Knie, stellte das Kistchen neben sich und unterzog einen langen, klaffenden Riß einer aufmerksamen Betrachtung. »Und ich möcht mei' Sach allweil sauber beinand haben. Geh, setz dich her da! D' Nahterei macht sich leichter, wann man a bißl plauscht dazu. Heut mußt dich auch net so tummeln mit'm Fortgehn, heut hast an guten Heimweg, der Himmel is klar, und der Mond wird da sein, vor's Nacht is.«
»Ich geh heut gar nimmer ummi in d' Jagdhütten«, sagte Friedl, während er sich neben Modei auf die Bank niederließ.
»Wo gehst denn nacher hin?«
»Heim, nach Fall abi.«
»Morgen kommst aber wieder auffi?«
»Na! Von morgen an hab ich d' Aufsicht im Rauchenberg, und an andrer Jagdghilf, wahrscheinlich der Hies, kommt auf vierzehn Täg in den Bezirk da.«
Modei hob das Gesicht. »Geh! Kommst nacher du vierzehn Täg lang gar nimmer da her?«
»Der Dienst halt! Was kannst da machen!«
Modei beugte sich seufzend über ihre Arbeit; achtsam schnitt sie mit einer plumpen Schere aus dem Rock an der Stelle des Risses ein gro-

ßes Viereck heraus und säbelte ein ebenso geformtes, etwas größeres Stück aus einer alten, löcherigen Schürze, die schon öfters zu ähnlichen Reparaturen Stoff hatte hergeben müssen. Während sie das Leinenstück mit Stecknadeln über die Lücke des Rockes heftete, sprach sie vor sich hin: »Es is mir gar net recht, daß ich dich so lang nimmer sehen soll. Ich hab mich ganz gwöhnt dran, daß d' jeden Abend da bist.«

Dem Jäger fing das Herz zu hämmern an, und auf seinen Lippen lagen hundert Fragen; mit Gewalt zwang er sie zurück und hielt schweigend den Blick auf die emsigen Finger gerichtet, die in die Nadel den blauen Faden zogen, einen Knopf an das Ende flochten und dann eifrig zu sticheln begannen. So guckte er lange zu. Dann sagte er: »D' Nahterei muß a schwere Sach sein!«

»Können muß man's halt.«

»Freilich, ja. Wann ich a Nadel einfadeln will, brauch ich allweil a halbe Stund dazu. So a Nadel, so a feine, is a Ludersteuferl!« Weil Modei ein bißchen lachte, rückte er mutig näher. »Wann ich jetzt vierzehn Täg nimmer komm, tut's dir auch wirklich a bißl ahnd nach mir?«

»Gwiß, Friedl! Du bist allweil gleich gut aufglegt und unterhaltsam. So bist gegen alle Leut. Aber es kommt mir so für, als wärst du's gegen mich noch a bißl mehr wie zu die andern. Bist a guter Mensch!«

»Gut?« Er lächelte. »Ich weiß schon, d' Leut sagen so: a guter Mensch – und da meinen s': a Rindvieh.«

»Geh! Na!«

»Aber glaub mir's, Madl, 's richtige Gutsein is grad so a schwere Arbet wie d' Nahterei. Oft schon in der Nacht bin ich gsessen mit brennheiße Augen. Und hab gstritten mit'm Unmutsteufel in mir. Gut sein müssen, weil man net anders kann, dös is a Gwicht, an unkommods. Aber gut sein mögen und 's Gutsein derzwingen, dös macht eim 's Leben besser.« Friedl stellte die Nähschachtel, die zwischen ihm und Modei stand, auf die andere Seite und rückte näher. »Wann ich gut bin, weiß ich allweil, warum.«

Ein kurzes Schweigen.

»Friedl?«

»Was?«

»Bist gut zu mir? Und weißt, warum?«

»Ja. Weil d' es verdienst. Und weil ich mir denk, du kunntst a bißl Freundschäftlichkeit grad jetzt gut brauchen.«

Das Mädel hob die Augen. »Brauchen?« Das hatte strengen, fast erregten Klang. »Warum?«
Friedl hätte viel darum gegeben, wenn er das unvorsichtige Wort wieder ungesprochen hätte machen können. Verlegen sah er in Modeis Augen. »No ja –«
»Du?« Ihre Stimme zitterte. »Du weißt was?«
»Alles!«
»Von wem?«
»Augen hab ich ja selber. Und –«
»Der Lenzl? Gelt?« In Zorn war Modei aufgesprungen. Wortlos kramte sie ihr Nähzeug zusammen. Als sie sah, daß ihr Friedl den Weg zur Tür vertrat, schob sie das Kistchen wieder auf die Bank, setzte sich und nähte schweigend weiter.
»Deswegen mußt dich net alterieren!« sagte Friedl und stellte die Schachtel fort. »Ich mein' dir's gut! Und bei mir is a heimlichs Wörtl aufghoben. Da brauchst dich net fürchten.«
»Fürchten?« Sie unterbrach die Arbeit nicht. »Ah na! 's Fürchten hab ich verlernt. Glauben und Fürchten is allweil an einzigs. Verliert man 's Strumpfbandl, nacher rutscht der Strumpf halt auch. Die letzten Wochen haben fest grissen an mir. Den ganzen Tag so allein! Und alles allweil einiwürgen! Vielleicht is's grad gut für mich, daß d' alles weißt. Da hab ich doch wen, mit dem ich reden kann.« Die Stimme erlosch ihr. Sie drehte das Gesicht auf die Seite, wollte einfädeln und fragte mit erwürgtem Laut: »Wo is denn d' Schachtel schon wieder?«
Friedl machte einen flinken Griff. »Is schon da!«
Sie zog den Faden von der Spule und krümmte sich plötzlich tief hinunter, von lautlosem Schluchzen geschüttelt.
»Mar' und Joseph!« Erschrocken rüttelte Friedl sie an der Schulter, rückte näher, stieß die Schachtel fort und umschlang das Mädel. »Jesses, geh, so schaam dich doch a bißl! Hör auf, hör auf, ich kann's net vertragen. Wann ich wem gut bin, kann ich's net anschaun, daß er leiden muß!« Er versuchte sie aufzurichten. »Komm, laß dich a bißl trucken legen!« Schwer schnaufend, zerrte er sein Taschentuch heraus, trocknete ihre Wangen und fuhr sich auch flink über die eigenen Augen. »Geh, sei gscheit und nimm a bißl Verstand an! Schau, jetzt is halt amal alles a so, und da muß man sich einischicken wie der Fuchs in sein' Bau.«
»Freilich, ja!« Mit zitternden Händen begann sie die Arbeit wieder.

»Weißt, mit allem muß man fertig werden. Wann der Mensch net a bißl nachgeben kunnt, müßt er Tag und Nacht a Sauwut aufs Leben haben. Fest anschauen muß man halt die harten Sachen. Und hat man gsehen, wie s' sind, nacher muß man sagen: In Gotts Namen, wie's is, so muß man's haben.« Nachdenklich schwieg der Jäger eine Weile. »Freilich, wann's einer so nimmt, da tut er gar oft ebbes, was ander Leut für Unsinn halten. Aber z'erst muß ich mit mir zfrieden sein. Nacher kann's gehn, wie's mag. Drum schau, tu dich net kränken! A Madl wie du! Und einer wie der? Na! Der is gar net wert, daß d' a Tröpfl Wasser fallen laßt um seintwegen.«
»Wegen dem, meinst?« Sie schüttelte den Kopf. »Wegen dem lauft mir 's Brünndl nimmer über. In den hab ich einigschaut. Aber um mich allein geht's net her. 's Kindl halt!« Modei beugte sich über die Arbeit. »So an arms Häuterl!«
»Arm? Und hat a Mutter wie du!«
»A Mutter is viel. Aber net alles. Tag und Nacht muß ich drüber nachdenken. So a Kindl! Und hat kei' Schuld. Und is net gfragt worden, wie man's einigschutzt hat in d' Welt. Und muß leiden drunter. So an Ungrechtigkeit sollt unser Herrgott net zulassen.«
Sinnend guckte Friedl hinauf zum glühenden Abendhimmel. »Den da droben, den hab ich schon oft ebbes gfragt. Aber gsagt hat er mir nie was. So a ganz Gscheiter is allweil a Stader. Weil er denkt, wann ich ebbes sag, versteht mich ja doch keiner, da halt ich lieber 's Maul! Aber weißt, bei der Stang is er allweil. Da brauchst ums Kindl kei' Sorg net haben. So a Käferl, so a liebaugets! Dös findt schon sein Dach, paß auf! Und a Madl wie du, gsund, sauber, fleißig, wirtschäftlich – wirst schon bald wieder an andern Schatz finden.«
»An andern?« Sie lachte müd. »Wie der Anfang war, weiß ich. Was nachkommt, sagen d'Leut, is allweil minder.«
Friedl schnaufte schwül. »Mußt halt auch a bißl gnügsam sein! Und mußt –«
»Laß gut sein!« Ihr Nähzeug zusammenraffend, erhob sie sich.
»Aber Madl?« fragte er verdutzt. »Was is denn?«
»D' Nahterei heb ich auf. 's Licht wird a bißl schwach. Und wann mir du d' Schachtel allweil verräumst!« Sie ging zur Tür und trat in die Hütte.
In Friedls Augen brannte die Sorge. Hatte er zuviel gesprochen? Hatte sie aus seinen Worten erraten, welches Dach und welchen anderen er meinte? Und warum ging sie so schnell davon? War es Ver-

legenheit? Oder eine verblümte Warnung vor dem Weitersprechen? »Herrgott, Herrgott, wann ich nur wüßt, wie ich dran bin!« Und nun fort müssen, für vierzehn Tage, und die Ungewißheit immer mit sich herumschleppen auf Schritt und Tritt, bei Rast und Arbeit, bei Tag und Traum!

Da klang mit flüsterndem Laut sein Name aus den Latschenbüschen, die neben der Hütte standen und im Abendwind ihre Nadelfahnen bewegten. Der Jäger wandte sich rasch und sah im Grün zwei funkelnde Augen. »Lenzl? Du!? Was willst denn?«

»Kurasch, sag ich dir! Schenier dich net! Sag's ihr grad aussi!«

»Kurasch?« Ein bedrückter Atemzug. »Du hast leicht reden! Haushoch über a Wand abispringen? Da hätt ich schon Kurasch gnug. Aber da –«

Modei trat aus der Hütte, und Lenzl verschwand. Mit zwei blühenden Nelkenstöcken auf den Armen ging das Mädel zu der Scheiterbeige neben der Hüttentür.

Beklommen fragte der Jäger: »Was machst denn da?«

»Meine Nagerln stell ich in d' Nacht aussi. So a feine Nacht is gut für alles, was blüht.«

In Friedls Augen glänzte was Frohes auf. »Modei! Da hast a gescheits Wörtl gsagt.« Er machte ein paar flinke Schritte zu ihr hin, als wäre die erschütterte Hoffnung in ihm wieder fest und gläubig geworden. Zum Reden kam er nicht, weil vom Steig herauf zwei Stimmen sich hören ließen. Verdrossen murrte Friedl vor sich hin: »Wer kommt denn heut noch da auffi! Daß d' Leut aber allweil kommen, wann man s' net brauchen kann.« Nun erkannte er die lachende Mannsstimme. »Dös is ja der Hies! Was will denn der da heroben? Heut schon!«

Im gleichen Augenblick tauchte der Jagdgehilfe über die Steigstufen herauf und guckte fidel in die Tiefe hinunter. Da drunten quiekste die Stimme der noch unsichtbaren Punkl: »Geh, wart a bißl, Hieserl, wart a bißl!«

»Du narrete Urschl!« kreischte Hies über den Steig hinunter. »Ich bin ja kein Dokter net. Ich kann dir net helfen.« Als er sich kichernd wandte, sah er den Jäger, der auf ihn zukam. »Ah, da bist ja! Grüß dich, Friedl! Und gleich kannst heimgehn.«

»Gar so pressieren tut's mir net! Wie kommst denn heut noch da auffi?«

»Bloß deintwegen. Weil morgen dein Dienst da heroben aus is, hab

ich dir sagen wollen, du sollst heut noch oder morgen in aller Fruh heim und sollst dich net am End woanders verhalten. Morgen hat der Herr Dokter für uns Jager a kleins Scheibenschießen verarranschiert. Da därfst net fehlen. Eigens hat mich der Herr Dokter auffigschickt. Ich hab dich z'erst in der Jagdhütten suchen wollen, aber die Punkl hat mir gsagt, daß d' bei der Modei bist.« Er dämpfte die Stimme zu leisem Geflüster: »Hast von der Sennerin ebbes erfahren können? Ob selbigsmal einer bei ihr in der Hütten gwesen is?«
Friedl schüttelte stumm den Kopf. Dabei fuhr ihm das Blut ins Gesicht.
»Wie schaut's denn aus im Revier?«
»Net schlecht.«
»Hast den Neunnägel noch amal gspürt?«
Es dauerte eine Weile, ehe Friedl mit kaum hörbarem Laut erwiderte: »Seit vierzehn Täg nimmer.«
»Kann sein, daß er mir übern Weg läuft!« knirschte der andere zwischen den Zähnen heraus. »Da gnad ihm unser Herrgott!«
»Hies –« Rasch faßte Friedl den Arm des Kameraden und warf einen Sorgenblick zu Modei hinüber.
»Was?«
»Hieserl, Hieserl«, pfiff es atemlos aus der Steigtiefe herauf, »wo bist denn? Tu doch warten auf mich!«
Mit einer lustigen Grimasse kicherte der Hies: »Dö Alte! Mar' und Joseph! So hab ich meiner Lebtag noch net glacht.«
»Was hast denn mit ihr?«
»Haben? Naaaa Brüderl!« Hies konnte kaum reden vor Lachen. »Gsund – gsund soll ich s' machen! Ich! Und als medazinischen Taglohn hat s' mir a Nachtmahl versprochen – derspringen müßt ich, wann ich alles freß.«
Schnaufend kletterte Punkl über die Steigstufen herauf. »Da is er, da is er ja, Gott sei Lob und Dank!« Sie grinste in aller Hoffnungsfreudigkeit ihrer leidenden Jungfernseele. »Komm, Hieserl, komm! Jetzt steigen wir gleich auffi mitanand zu meiner Hütten. Gleich zünd ich 's Fuierl an. Und aufkochen tu ich für dich – so gut sollst es noch nie net ghabt haben.«
»Pressiert's denn gar a so?«
»Was hast gsagt?«
»Ob heut noch gsund werden mußt? Kannst net warten bis übermorgen?«

»Was hast gsagt?« Das Mißtrauen der Schwerhörigen funkelte in Punkls Augen. »Tust mich ebba für an Narren halten? Bist auch so a falscher Jager?«
»Öha, Alte«, mahnte Friedl, »net auf d' Jager schimpfen!«
Punkl drehte sich flink. »Was hat er gsagt?«
»Wann die noch lang so fragt«, lachte Hies, »da muß ich heut ohne Nachtmahl abschieben von der Alm.«
Unter wachsendem Ärger forschte die Alte: »Was hat er gsagt?«
Friedl schraubte die Stimme: »Daß ihm vor Hunger der Magen schreit.«
»Waaas sagen d' Leut?« Wütend schnappte Punkl nach Luft. »D' Leut sollen sagen, was s' mögen. Mei' Gsundheit is a kostbars Gut. Wann ich sterben müßt, da machen mich d' Leut nimmer lebendig. Naaa!« Mit hohem Fistelton begann sie zu heulen. »Jiiiiii –« Die Schürze vor die Augen hebend, klagte sie gegen die Hütte hinüber: »Ich sag dir's, Modei, iiiijaaa, ganz recht hast ghabt! Und schau, deswegen bist gsund blieben. Aber – aber iiiiii –« Der Strom ihrer Schmerzen ergoß sich in die blaue Schürze.
»Geh«, sagte Modei, halb erheitert und halb unwillig, »tuts doch dös gute alte Weiberl net so plagen!«
»Wann's allweil falsch versteht!« lachte Hies. »Zu der kannst Herrgott und Cherubim sagen – dö versteht allweil Mannsbild und Kindstauf.«
Punkl hob den gekränkten Zwiebelkopf aus der Schürze: »Waaaas hast gsagt?«
»Daß dir der Friedl a Ruh lassen soll!« brüllte Hies der Alten ins Ohr. »Sonst hat er's mit mir z' tun. Dich mag ich, weißt!«
In Punkls verheulten Augen ging die Sonne der Freude auf. »Bist a braver Mensch, du! Zu dir hab ich Zutrauen. Komm, Hieserl, komm!« Sie umklammerte seinen Arm. »Jetzt koch ich dir auf! An Äpfelschmarren und Dopfenknödel!« Energisch zerrte sie den Lachenden gegen den Brunnen hin. »Heut sollst es gut haben.«
Unter grotesken Tanzbewegungen schnackelte Hies mit den Fingern und sang in den leuchtenden Abend hinaus:

»Geht's auffi in Himmi,
Geht's abi in d' Höll,
Es is mir alls ein Ding,
Und sei's, wie dr wöll!

Und holt mich der Tuifi
Und sied ich und brenn,
Sei' Großmutter kocht mir
An Äpfelschmarrenn!«

Auch Modei mußte lachen.
»A lustiger Zipfel!« sagte Friedl. »Allweil einer von die Sonnseitigen!«
»Ja«, nickte Modei, »und die Gstanzeln, dö schüttelt er grad so aussi aus'm Ärmel.«
Hies wandte sich. »Da hast recht! Paß auf, bei deiner Hochzet sing ich, daß d' Fenster scheppern!«
Wie von jäher Müdigkeit befallen, ließ Modei sich auf die Steintreppe hinsinken und sah ins Leere. »Bei meiner Hochzet!«
»No ja, warum denn net?« scherzte Friedl in Sorge, während er sich auf eine der tieferen Stufen setzte. »Du wirst doch amal deine Hochzetgäst net 's Gstanzelsingen verbieten?«
»Ich? Und heireten? – Bei mir is ausgheiret. Ich hab kein' Glauben nimmer an d' Mannsbilder.«
»Madl, da übertreibst wieder a bißl. Hast ja bloß an einzigen ausprobiert. Wann's den Sonntag verregnet hat, kann d' Woch noch allweil sechs schöne Täg haben.«
»Geh, du Narr, du guter!« Modeis Brauen zogen sich hart zusammen. »Soll ich ebba ein' um den andern durchkosten, bis ich den richtigen derwisch, in dem d' Sonn scheint? Laß mir mei' Ruh, sagt der Veri. In mein' Kittel hat 's Leben an Triangel einigrissen, der nimmer zum flicken is, net mit der besten Nahterei. Wer kauft, will ebbes kriegen, was ganz is. Es mag mich schon keiner nimmer.«
Friedl wurde bleich bis in die Lippen, und ohne Besinnen fuhr's ihm heraus: »Ich nimm dich gleich.«
»Du?« Modei hob das Gesicht. Dann lachte sie kurz und gezwungen.
»Was is jetzt da zum Lachen?« fragte er mit zerdrückter Stimme. »So a ganz Sonnscheiniger bin ich freilich net. Ich bin halt einer, wie s' im Dutzend ausfallen. Aber an Antrag is allweil an Antrag. Da wirst wohl a Wörtl reden müssen.«
In die dämmernde Weite blickend, schüttelte sie stumm den Kopf.
Er mußte sich räuspern, als wäre ihm eine Mücke in den Hals geflogen. Dann suchte er mühsam einen scherzenden Ton. »Ah na! Ah

na! Gar so übers Knie reißen wir's net ab. A bißl anschaun kann man's allweil. Oder net?«

Noch immer schwieg sie.

Es hatte zu dämmern begonnen, und das letzte rötliche Zwielicht glänzte schon hinüber in den weißen Mondschein, der die Gratkanten der grauen Felswände in ein silbernes Zackenwerk verwandelte. Der Wind fuhr schärfer über das Almgehäng herunter, man hörte den Strahl des Brunnens plätschern, und die schwarz gewordenen Wedel der Latschen griffen wunderlich durcheinander wie plumpe Hände, die etwas zu haschen suchen, was sich nicht fangen läßt.

Scheu guckte Friedl zu Modei hinauf. Er konnte ihre Augen nimmer sehen, das Dunkel des Abends vertiefte noch den Schatten der gesenkten Wimpern. Hart Atem holend, nahm der Jäger den Hut herunter und kämmte mit schwerer Hand das Haar in die Stirn. »Wie a Prinzessin wirst es freilich net haben bei mir. Aber schlecht auch net. Mei Häusl hat Platz für uns sechse.«

»Sechse? Wie zählst denn da?«

»No ja – du, dein Büberl, mei' Mutter, dein Bruder, unser Kuh und ich. Und d' Mutter hat ebbes gspart. Da legen wir uns a zweits Stückl Vieh zu. Und an noblen Ghalt hab ich auch. Dreihundertzwanzg Gulden. Und in fünf, sechs Jahr bin ich Forstwart. Geh, Madl, bsinn dich a bißl!« Mahnend drückte er den Ellbogen an ihr Knie. »Schau, da brauchst dich nimmer plagen für fremde Leut, hast dein Heimatl, hast dein Büberl bei dir und kannst amal a richtigs Mannsbild aus ihm machen. Und wann ebbes nachkommt –« Er lachte unbehilflich. »Dö kleine Waar wird sich schon vertragen mitanand.«

Sie beugte das Gesicht zwischen die Hände und preßte die Ohren zu. »Hör auf! Hör auf!«

Er rückte eine Stufe höher und zog ihr die Arme herunter. »Geh, komm, laß reden mit dir! A bißl gut bist mir eh schon. Und 's ander macht sich von selber. Und wann wir uns haben und ich komm am Abend vom Berg heim und du stehst unter der Haustür und lachst mich an –«

Ruhig befreite sie ihre Hände. »Laß gut sein! Tu mich net plagen! Mach mir's Nein-Sagen net gar so schwer. Und nimm Verstand an, Bub! Um deintwegen. Du verdienst a Bessere, als ich eine bin.«

»Jetzt bist aber stad!« fuhr Friedl zornig auf. »Was ich gern hab, laß ich net beleidigen.« Er rückte wieder eine Stufe höher, an Modeis

Seite. »So sollt a verstandsams Weiberleut net daherreden! Eine, wie du bist? Was du für eine bist, dös weiß ich schon. Die Beste von alle bist mir. Dös is mir d' Hauptsach. Und –« Was er weiter noch sagen wollte, schien ihm schwer zu fallen. »Wann ebba an dös andre denkst – daß bei der Hochzet 's Kranzl nimmer tragen därfst? Ui Jöises! Da reden wir net davon. Dös! No ja, dazughören sollt's freilich. Aber für an richtigen Menschen muß d' Lieb noch ebbes anders sein. Und wann einer a Witib heiret? Is ebba dös net an ehrenvolle Sach? Und da kriegt er den Guglhupf auch net frisch vom Bäcken. Man muß net allweil so verdrahte Ansprüch machen im Leben.«

»Na, Friedl! Na, na, na! Es is kein Glück dabei.« Sie schüttelte heftig den Kopf und rückte von ihm weg.

»Nix da! Erst recht is eins dabei. Komm her! Jetzt reden wir alles aus bis aufs letzte Schnürl!« Er haschte ihre Hand. »Heut hab ich amal den richtigen Schritt, und jetzt laß ich nimmer aus.«

»Es hat kein' Verstand! Laß gut sein!« sagte sie gequält, während sie ihm ihre Hand langsam zu entwinden suchte. »Jetzt bist halt a bißl verliebt –«

»A bißl? Oho! Mein Gernhaben is net von gestern. Du selber kannst gar net zruckdenken an dö Zeit, wo ich dich schon mögen hab. Selbigsmal in der Nacht, wie s' dich von der Brandstatt weg in unser Stuben tragen haben – wie noch a kleins Kindl warst und ich noch a Büberl – selbigsmal is mir's in d' Seel einigfallen. Und nimmer hat's auslassen –«

Wieder schüttelte sie den Kopf. »Dös bildst dir halt jetzt so ein. A guter Mensch bist. Da schaust halt alles mit schöne Augen an. Und d' Welt is dir kugelrund, wie der Lenzl sagt. Aber hinther wirst dir mit'm Ellbogen 's Mäusl aussistoßen am schiechen Kasten. Der Ehestand bringt Sorgen, und Sorgen verdrießen den besten Sinn. Da kommt an unguts Stündl, und es fahrt dir an ungrechts Wörtl übers Züngl aussi – a Fürwurf wegen dem, was gwesen is – und so a Wörtl kunnt ich net vertragen. Und a Graben is da. Und alles, was Glück heißt, liegt drunt in der Tief. Und keiner holt's nimmer auffi.« Sie erhob sich. »Na, Friedl!«

»Wie, wart noch a bißl!« Er haschte sie bei einer Rockfalte und sprach erregt an ihr hinauf: »An Fürwurf hören? Du? Von mir? Dein Büberl mag ich, als ob's mein eigens wär. Und du? Geh, schau, ich kann mir's doch denken, wie's geschehen is, daß der Guglhupf a Zwibeben einbüßt hat. Ich bin doch auch kein Frischbachener nim-

mer. Was jung is, muß Purzelbäum machen. Oder man hätt mit zwanzg Jahr schon an krankhaften Zustand und 's Alter im Blut. Der Mensch is kein Heiliger. Seit der Adam 's erstmal einibissen hat in' süßen Apfel, hat's ihm a jeder nachmachen müssen. Hörst, Madl! Müssen, sag ich – net: mögen. 's Blut is a Knechtl, dös an fremden Herrn hat.« Ein paar Sekunden schwieg er, wie in Erwartung einer Antwort. »Madl? Glaubst mir noch allweil net?«
Sie hob das Gesicht. Es war bleich im Licht des Mondes, der über die östlichen Berge heraufgeschwommen war. Wie eine goldfunkelnde Scheibe hing er im Leeren und warf den Schatten der beiden Menschen lang und dunkel über die Steine.
Ohne ein Wort zu finden, zog Modei die Rockfalte aus der Faust des Jägers und ging zur Hüttentür.
Erschrocken sprang er auf, verstellte ihr den Weg und streckte die Hand. »Geh, schau – wie d' bist, so bist mir recht, und so mag ich dich. Schlag ein! A feins Pratzl hab ich freilich net. Aber Verlaß is drauf. Schlag ein!«
»Ich hab aufs Glück kein' Glauben nimmer!« sagte sie mit Überwindung. »Und daß ich dich bloß als Versorgung anschau, da bist mir z' gut dazu.« Sie wandte sich. »Reden wir nimmer davon.« Den Arm vor die Stirn pressend, trat sie auf den Schwellbalken der Sennstube und wurde grau im schwarzen Geviert der Hüttentür.
Nach kurzem Schweigen murrte Friedl vor sich hin: »Da bin ich aber schön abgfahren!« Seine Zähne knirschten. »Himmelherrgottsakra –« Er griff nach Gewehr und Bergstock und wollte gehen. Da fiel ihm Bürschl ein – der Hund lag wohl wieder in der Hütte auf dem Lager, das ihm Modei mit alten Futtersäcken neben dem Herd zurechtgemacht hatte. Friedl pfiff, und da kam der Hund wie ein Pfeil aus der Tür geschossen, schüttelte die Ohren und bellte gegen den Mondschein. »Komm, Bürschl! Jetzt können wir heimtappen.« Die Schritte des Jägers klapperten auf den Steinstufen.
Modei wandte das Gesicht. »Ohne Gruß willst fort? Bist mir jetzt harb?«
Es riß ihn herum. Dann trat er rasch zu ihr hin. »Madl? Is dir ebbes dran glegen, daß ich dir gut bleib?«
Sie sagte zögernd: »Als Kamerad – no freilich, ja.«
»Nacher mußt mir an Gfallen tun.«
»Außer dem andern – alles, was d' willst.« Dabei reichte sie ihm die Hand.

»So gib dein Büberl zu meiner Mutter ins Haus.«
Es dauerte lang, bis sie sagen konnte: »In Gotts Namen!«
Friedl lachte wie ein Berauschter. »Ja? Handschlag! Und gnagelt und gsiegelt! Und morgen in aller Fruh, da renn ich abi nach Lenggries und hol mir's Kindl auffi nach Fall. Und recht schön grüßen tu ich's von dir. Gelt, ja? Und wie wär's denn? Kunntst mir ja gleich a Bußl fürs Kindl mitgeben?« Er umschlang sie.
Erschrocken wehrte sich das Mädel, konnte sich befreien und sprang in die Sennstube. »Ah na! Wer eh schon an Rausch hat, dem därf man nimmer einschenken.«
Wie eine schwarz und weiß gesprenkelte Säule stand Lenzl im Mondschein. Er lachte leis. »Gut hast anpackt, Friedl! Aber z' fruh hast auslassen.«
»Macht nix! Morgen is auch wieder a Tag. Und wo's Kindl is, muß d' Mutter nach. Der Doktermartl tät sagen: Dös is a Naturgsetz.«
Mit einem klingenden Jauchzer sprang der Jäger zum Steig hinüber. Und der tollende Schweißhund bellte, daß von den silbernen Felsen ein vielfaches Echo kam.
Lenzl stand unbeweglich in dem weißen Licht und raunte wie ein Träumender vor sich hin: »Jetzt glaub ich, daß ich gsunden tu. 's Glück zieht alles in d' Höh. So viel licht und lustig is mir's im Hirnkastl!« Mit leisem Lachen ging er zum Steig hinüber und spähte in das Licht- und Schattengewirr der Tiefe.
Da drunten, wo sich der Pfad im Mondschein wie ein weißer Silberstreif durch den dunklen Rasen hinzog, klirrten die flinken Schuhe und der Bergstock des Jägers.
Es war eine weite Strecke bis hinunter ins Tal; nie noch war sie dem Jäger so kurz geworden wie heut. Aus der Erfüllung seiner Bitte lachte ihn die Hoffnung an mit freundlichem Gesicht, und frohe Gedanken wanderten mit ihm den stillen Weg.
Als Friedl das Tal erreichte, sah er die Fenster des Wirtshauses hell erleuchtet. Er hörte Gesang, Musik und Lachen. Von der Straße guckte er durch ein Fenster in die Stube. Da saß eine muntere Gesellschaft um einen langen Tisch versammelt, der Förster mit seiner Frau, die Jagdgehilfen, Benno Harlander und der nach Fall versetzte, schwerbäuchige Grenzaufseher Niedergstöttner mit seinem ratzenkahlen Dampfnudelkopf, der jeden Einfall, den er hatte, mit flinker Sprudelzunge mehrmals wiederholte wie nach dem mephistophelischen Rezept: ›Du mußt es dreimal sagen!‹ Vater Riesch hielt

die Geige an das Kinn gedrückt, sein Ältester klimperte auf einer Gitarre, sein schmuckes Töchterchen, das ›Wirtsannerl‹, hobelte auf einer Mundharmonika, und der lachende Hies, der dem Gesundheitsverlangen der leidenden Punkl unmedizinisch entronnen war, hatte die Zither vor sich stehen und ließ die Saiten schnurren. Da drinnen feierten sie den Vorabend des Scheibenschießens.
Bürschl, der von seinem früheren Herrn her alle Wirtshäuser weitum im Lande kannte, wollte der offenen Tür zulaufen. Friedl rief ihn zurück. Er hatte keine Lust, den fidelen Rummel mitzumachen. Sonst war ihm lustige Gesellschaft immer willkommen. Heut trieb es ihn heim – weil er noch ein Wort mit der Mutter zu reden hatte. Als er die Haustür öffnete, tat er einen schwülen Atemzug. In der Stube, durch deren Fenster nur noch dünn ein Strahl des Mondes fiel, stellte Friedl den Bergstock in eine Ecke, hängte Rucksack und Gewehr an das Zapfenbrett, schob die Schuhe unter den Ofen und richtete mit einem alten Wettermantel dem Hund eine Liegestatt. Dann ging er zur Kammertür und öffnete sie um einen schmalen Spalt. »Mutter, schlafst schon?«
»Na, Bub!« klang aus dem Dunkel die Stimme der alten Frau. »Wie soll ich denn schlafen, wann ich weiß, mein Bub kommt heim? Aber niederglegt hab ich mich halt a bißl, weil ich gar so viel müd war.«
»Schau, Mutter, du machst dir z' viel Arbet!« Friedl trat in die Kammer und setzte sich auf den Rand des Bettes, dessen weiße Leinwand in der Dunkelheit schimmerte. »Es is schon wahr!« Er suchte die Hände der Mutter. »Unser kleins Hauswesen kunntst mit weniger Müh grad so sauber imstand halten. Und schau, Mutter, du bist alt und mußt dir a bißl Ruh vergunnen.«
»Ah, geh weiter! Ich müßt ja sterben, wann ich net arbeten durft von der Fruh bis auf d' Nacht.«
»Ja, ja, schon – aber jetzt kriegen wir von morgen an noch a Dritts in unser Haus.«
Die Bäuerin richtete sich auf. »Was? Ja wen denn?«
»Der Modei ihr Büberl.«
»Jesses! Friedl!«
Sanft drückte er mit beiden Händen die Mutter auf das Kissen zurück und fing zu erzählen an, die ganze lange Geschichte der verwichenen vierzehn Tage bis zu Modeis letztem Wort. Schweigend lauschte die alte Frau. Und sie schwieg auch noch, als Friedl schon

lang geendet hatte. »Mutter?« brach der Jäger endlich mit leiser Stimme das Schweigen. »Hast jetzt gar kein Wörtl für mich?«

»Bub – du weißt, wie ich über söllene Sachen denk. Ich will dir heut net weiter fürreden, was ich oft und oft schon zu dir gsagt hab. Aber ich bin allweil a verstandsams Weiberleut gwesen, dös sich mit allem hat abfinden können, was an ausgmachte Sach war. Du mußt ja 's Madl besser kennen als ich. Unter allem, was ich von ihr ghört hab, hat mir dös am besten gfallen, daß 's Madl heut net gleich an verliebten Purzelbaum gmacht hat. Aber wie mir scheint, wird dös Na bald a richtigs Ja werden. So kann ich nur hoffen, daß sich 's Madl nach allem, was gschehen is, deiner wert halt in Ehren. Tag und Nacht will ich zu unserem Herrgott beten, daß er dir alles zum Besten auseinanderkletzelt. Was hat schließlich der Mensch auf der Welt, wann er Glück, Ruh und Fried net hat im Herzen und im Haus? Dös soll dir unser lieber Himmelvater halt geben! Nacher bin ich mit allem einverstanden. So! Und jetzt geh schlafen, Bub! Und morgen bringst mir halt unser Kindl! Gut Nacht!«

»Du liebs Mutterl du! Gut Nacht!« Friedl drückte in seiner lachenden Freude die Hände der Mutter so ausgiebig, daß die alte Frau einen Wehlaut ausstieß und ärgerlich murrte: »Hörst net auf! Du narreter Schüppel! Meinst denn, ich hab Pratzen wie a Holzknecht?«

»Mar' und Joseph!« stotterte Friedl erschrocken. »Hab ich denn gar so narret druckt?«

»An Schwachen hätt's umgworfen. Gut, daß ich im Bett glegen bin!«

»Jesses, Jesses!« Und auf den Zehen schlich Friedl aus der Kammer, während er immer die Hände schlenkerte, als könnte er den gefährlichen Überschuß an Kraft aus sich herauswerfen.

Leise zog er hinter sich die Tür ins Schloß.

8

Anderen Tages, am Sonntag, wurde es in Fall mit aller Frühe laut und lebendig. Schon um fünf Uhr morgens knallte der Wirtsknecht mit seiner Peitsche neben dem Wagen her, auf dem er in der Nacht das frische Bier von Tölz gebracht hatte; dann rasselte die Faßleiter, und dröhnend kollerten im Wirtshaus die schweren, vollen Banzen über die Flursteine. Vater Riesch, in großen Pantoffeln und mit winzigem Hauskäppl, einen kalten Zigarrenstummel zwischen den Zähnen, stand dabei, um das Abladen zu überwachen. Benno kam und erkundigte sich angelegentlich nach dem Fäßchen Hofbräu, das er von München mit nach Tölz gebracht und dort in der Post eingestellt hatte. Vater Riesch zuckte die Achseln, davon wisse er nichts, das Fäßchen müsse wohl vergessen worden sein. Benno war außer sich. Da tröstete ihn der Wirt mit Lachen: »Haben S' kei Angst, es liegt schon drunt im Keller, kalt eingschlagen in nasse Tücher!«
Flink sprang Benno die Treppe zum ersten Stock des Wirtshauses hinauf und weckte die drei Holzknechte, die der Förster herbeordert hatte, um die Schießstätte zu richten. Das kleine Sommerhaus des Wirtes, das über der Straße drüben am Ufer der Isar lag, sollte zur ›Schützenhalle‹ umgewandelt werden. Von da aus wollte man über den Fluß hinüberschießen nach einem etwa fünfhundert Schritt entfernten Felsen, der drüben am Ufer kahl aus dem Waldgehäng hervorsprang, eine leichte Aufstellung der Scheibe gestattete und dem Zieler Schutz vor den Kugeln bot. Benno wies an Ort und Stelle den Holzknechten die Arbeit an, rannte zum Forsthaus zurück, in dem er wohnte, und warf sich in festlichen Staat.
Als er wiederkam, war im Sommerhaus die Arbeit schon in vollem Gang. Die Holzknechte hatten sich noch ein paar Leute zur Aushilfe geholt; nun wurde hier gesägt und gehämmert, dort wurden Pfähle eingerammt, hier wurden aus breiten Brettern die Scheiben geschnit-

ten, dort hockte einer auf der Erde und schnitzelte aus Weidenästen kleine Holzklötzchen zum Verschließen der Schußlöcher, und vom Wirtshaus herüber kamen die einen und andern, um nach den Fortschritten der Arbeit zu sehen. Ganz Fall war Leben und Bewegung; um neun Uhr sollte ja schon das Schießen beginnen. Der Eifrigen eifrigster war Benno; er zirkelte die Scheiben aus, bemalte die Kreise mit schwarzer und weißer Leimfarbe und gab dem Sohn des Wirtes Anweisung, wie mit Tannenreis die ›Schützenhalle‹ am hübschesten zu schmücken wäre. Dann nagelte er die seidenen Fahnen, um die er eigens nach München gefahren war, an blau und weiß geringelte, goldbeknaufte Fahnenstangen und steckte sie rechts und links vom Eingang der ›Festhalle‹ in den Rasen, wo die Tücher lustig im leichten Winde flatterten und ihre Seide in der Sonne schimmern ließen.
Zwischen den klatschenden Hammerschlägen und dem Ächzen der Holzsäge schollen vom Garten des Forsthauses herüber hallende, von rollendem Echo begleitete Schüsse. Da drüben probierten der Förster und die Jagdgehilfen ihre Büchsen. Und draußen an der Scheibenstatt übte sich der Jüngste des Wirtes mit Juhschreien und Purzelbäumen in seinem Beruf als gewissenhafter Zieler.
Als auf dem Schießplatz alles fix und fertig war, ging es mit der Zeit schon knapp auf neun Uhr. Bald war auch die kleine Schützengesellschaft versammelt: der Förster, Hies und die anderen Jagdgehilfen mit ihren Pirschstutzen; Vater Riesch mit seinem Vorderlader alten Kalibers; der ›Herr Götz‹, ein Elsässer, der an der Isar zwischen Fall und Lenggries eine Papierfabrik stehen hatte, und sein auf Besuch anwesender Bruder, die zusammen mit einem funkelnagelneuen Martinigewehr zu schießen gedachten; und schließlich Benno mit seinem bewunderten Scheibenstutzen. Nur Friedl fehlte noch. Ein paarmal schon hatte Benno nach ihm gefragt; niemand wollte ihn gesehen haben. Und Friedl kam nicht, obwohl der Beginn des Schießens immer näherrückte. Punkt neun Uhr, als der Böller krachte, gab's auf der Schießstätte einen fidelen Jubel. Benno war mit einer letzten, bis zu diesem Augenblick geheimgehaltenen Überraschung herausgerückt. Während seines Aufenthaltes in München hatte er einen ihm befreundeten Maler aufgesucht, und das Ergebnis dieses Besuches war eine prächtige Ehrenscheibe, deren Bild die Schlußszene von Bennos letzter Gemsjagd darstellte. Über dem Bilde stand in fetten Buchstaben: ›Jagdschießen zu Fall, 1881.‹ Und am unteren

Rande war im Bogen auf die Scheibe geschrieben: ›Gewidmet vom freiwilligen Jagdgehilfen Benno Harlander.‹
Lang umstand man das hübsche Bild; dann wurde es, bis es seinem Zweck dienen sollte, in der ›Schützenhalle‹ aufgehängt.
Das Schießen begann. Benno als Festgeber tat den ersten Schuß, dann knallte und knallte es in ununterbrochener Folge, und das kleine Tal war angefüllt mit Donner und Echo. Doch Benno wollte, so fröhlich es um ihn her zuging, nicht in die richtige Festlaune kommen, weil Friedl noch immer fehlte. Als er wieder einmal geschossen hatte, lief er zum Haus des Jägers hinüber. Die alte Frau machte ihm die Haustür auf. »Was ist denn, Mutter? Ist der Friedl gestern nicht heimgekommen?« Zu einer Antwort blieb der alten Frau keine Zeit. Hinter den beiden knarrte das Zauntürchen, und als Benno sich umblickte, stand der Jäger vor ihm, auf den Armen ein Kind, das die kleinen Ärmchen fest um seinen Hals geschlungen hielt.
»Friedl?« fragte Benno. »Bei wem bist denn du als Kindsmädel eingestanden?«
»Seit gestern bei mir selber!« lachte Friedl.
»No, wenn auch das Kindsmädel ein bißl massiv geraten ist, so ist das Kindl um so netter und feiner! Geh, du kleines Kerlchen mit deinen Haselnußaugen, gib mir ein Patscherl!« Das Kind löste einen Arm von Friedls Hals und streckte Benno das Händchen hin. »Schau, wie schön du das kannst!« scherzte Benno, während er dem Bübchen freundlich die Wange streichelte. Dann sagte er zu Friedl: »Jetzt mach aber, daß du nüberkommst, sonst schießen dir die andern die schönsten Preise vor der Nase weg!«
»Ja, ja! Von allen Seiten hab ich's schon krachen hören. Lassen S' Ihnen net aufhalten, Herr Dokter! Ich komm gleich.«
Benno ging und hörte die alte Frau noch sagen: »Geh, komm zu mir, Schatzerl!« Sie nahm den Kleinen von Friedls Arm. »Na, so was Liebs! Gelt, Herzerl, jetzt bleibst bei uns, und so gut sollst es haben, so gut –«
Als Benno wieder in die Schützenhalle trat, klang ihm lauter Jubel entgegen. Vater Riesch hatte einen Punkt geschossen. »So an alter Kalfakter!« brummte der Förster. »Sehen und hören tut er bloß halb. Aber beim Scheibenschießen wackelt er's allweil noch eini. In seiner Schußlisten steht ein Dreier um den andern drin.«
Nun, der Förster selbst, ebenso wie jeder andere, war auch zufrieden mit seinem Erfolg. Und als Friedl kam und den ersten Schuß mitten

hinein ins Schwarze brannte, war ihm das eine gute Verheißung für den weiteren Verlauf. Nur der ›Herr Götz‹ – du mein Gott – der hatte ein Kreuz mit seinem funkelnagelneuen Martinigewehr. Bald versagte ein Schuß, dann wollten die Patronen nicht in den Lauf, dann wieder wollten sie nicht aus dem Lauf. Und krachte der Schuß, so ging das Gewehr bald zu hoch, bald zu tief, bald zuviel rechts, bald zuviel links. Der ›Herr Götz‹ wurde ärgerlich und klagte: »Heiliger Chrischtof! Jetzt macht mi aber die Sach mit dem Schtutze schon bald e bissele schtutzig!«

Die Schützen lachten, und es lachten auch die Bauern und Burschen, die den Eingang der Schützenhalle umdrängten. Da stand der Lenggrieser Bauer, der seine Alm besuchen wollte, der Flößer, der von Tölz zurückgewandert kam, nachdem er sein Floß gut an den Mann gebracht, da stand der eine und der andere Bursch, den auf die Nacht sein Schatz in der Sennhütte oder in einem fernen Dorf erwartete, da stand auch ein Tiroler Hausierer, den Warenkasten auf dem gekrümmten Rücken – und alle lachten sie. Besonders einer lachte so laut, daß man ihn aus allen heraushörte, ein rohes, hölzernes Lachen.

Hastig drehte Friedl den Kopf. Alles Blut wich ihm aus dem Gesicht – der Lacher war der Huisenblasi! Breit stand er unter der Tür, den Hut schief gesetzt, den Schnurrbart aufgedreht und die Daumen in die gestickten Hosenträger eingehakt. Den Augen Friedls begegnete ein stechender Blick, und ein spöttisches Lächeln zuckte um den Mund des Burschen.

In Friedl kochte das Blut, seine Hände zitterten und krampften sich um den Gewehrschaft. Mit Gewalt mußte er sich zur Ruhe zwingen, um nicht auf den Burschen loszustürzen. Auch in seiner glühenden Erregung sah er ein, wie widersinnig und nutzlos das wäre. Auf frischer Tat muß der Jäger den Wilddieb fassen, mit dem Gewehr in der Hand, wenn seine Anklage Wert und Kraft haben soll. Jede Unvorsichtigkeit des Jägers hätte den Blasi nur zur Vorsicht gemahnt oder ihn veranlaßt, die räuberische Büchse für lange Zeit wieder an den Nagel zu hängen, während sie wohl jetzt noch droben in der Grottenbachklamm versteckt lag unter Moos und Steinen.

Auch der Förster und die anderen Jagdgehilfen hatten Blasi bemerkt und waren von seiner Gegenwart unerquicklich berührt. Sie dachten jener Geschichte, die sich vor Jahren an der Isar abgespielt hatte. Wenn sie auch vermuteten, daß Blasi vom Wildern nicht völlig kuriert war, so hatten sie doch nicht die leiseste Ahnung von dem, was Friedl wußte, daß die beiden Füße dort in den sauberen Feiertagsschuhen auf den Bergen droben jene langen, breiten Spuren traten, jene Spuren mit den neun Nägelköpfen. Friedl hatte, was er wußte, vor dem Förster verschwiegen wie vor den anderen Jagdgehilfen. Er allein wollte mit dem Blasi Abrechnung halten. Da hatte er keinen Helfer nötig. Und als ihn am Schießstand wieder die Reihe traf, als er die Büchse zum Schuß an die Wange legte, schwamm es ihm vor den Augen – das Rauschen der Isar wurde zum Rauschen des Bergwaldes, statt der Scheibe sah er Bäume und ragende Felsen, und dort im Schatten einer überhängenden Wand lag ein verendender Hirsch. Über das Wild gebeugt, mit schiefgesetztem Hut und aufgedrehtem Schnurrbart, stand ein schwarzhaariger Bursch, der in Schreck das Gesicht hob, hineinspähte zwischen das Dunkel der Bäume, dann in langen Sätzen hinunterflüchtete über Geröll und Latschenbüsche – nun krachte Friedls Schuß –, und der Jäger sah nur noch die Scheibe da draußen und den Zielerbuben, der vergeblich den Treffer des verhallten Schusses suchte.

»Aber Friedl«, brummte der Förster, »jetzt sollst dich aber doch schamen! A Jager, und d' Scheiben fehlen!«

Friedl hörte das Gelächter nicht, das sein schlechter Schuß bei allen Schützen hervorgerufen hatte. Und als er, das rauchende Gewehr in der Hand, seinem Platz am Ladetisch zuschritt, sah er nur wieder den Huisenblasi und sein spöttisches Lächeln.

Es war ihm, als vermöchte er keinen Augenblick länger auf dem Fleck Erde auszuharren, auf dem auch jener andere stand. Verjagen konnte er den andern nicht. Drum wollte er selber gehen. Er nahm die Büchse auf den Rücken und sagte zu Benno, daß er heim müsse, um den Lauf, in dem sich, nach dem schlechten Schuß zu schließen, wohl ein ›Brand‹ angesetzt hätte, mit heißem Wasser wieder sauber zu wischen.

Als er zur Tür kam, sah er, daß Blasi verschwunden war. Und hörte noch, wie Hies dem Förster zuflüsterte: »Wann der Blasi die ganze Zeit nimmer gangen is, so geht er heut – wo er gsehen hat, daß keiner von uns im Revier is!« Dem Jäger fuhr eine Sorge durch den Kopf, doch er wurde ihrer nicht recht bewußt, weil hinter ihm ein fideles Gebrüll von der Schießstätte herüberscholl. Hier war der schwerbäuchige Grenzaufseher Niedergstöttner, der alles dreimal sagte, mit seinem ratzenkahlen Dampfnudelköpfl und seiner fiskalischen Kugelspritze als Scheibenschütz erschienen. Das weckte ein Gelächter ohne Ende. Und wenn die Zwerchfelle im Dutzend wakkeln, kann sich in einem Menschen, der das hört, eine Sorge nicht bedrohlich auswachsen.

Aufatmend, halb erlöst von einer drückenden Last, trat Friedl in den Flur seines Hauses und hängte die Büchse an das Zapfenbrett. In der Stube, vor dem blankgescheuerten Tisch, der zwischen den beiden Eckfenstern stand, kniete seine Mutter auf den Dielen. Über die eine Hand hatte sie ein weißes, an drei Enden geknüpftes Taschentuch gezogen und ahmte am Rand des Tisches die Bewegungen einer Marionette nach, während sie dazu mit tiefer Stimme eine selbsterfundene Rede sprach. Auf dem Tisch saß Modeis Bübchen und guckte auf das bewegliche Spiel der drei weißen Tuchzipfel, jauchzend vor Freude und mit den nackten Ärmchen zappelnd.

Wohltuend legte sich der Anblick des heiteren Bildes auf das erregte Gemüt des Jägers. Als er näher trat, streckte ihm das kleine Franzerl die Ärmchen entgegen und jubelte: »Atti, Atti!«* Und deutete nach dem weißleinenen Theaterhelden, als wollte es den Jäger einladen, an seiner Freude teilzunehmen.

Schon am Morgen, auf dem Heimweg von Lenggries, hatte Friedl ein frohes Staunen darüber empfunden, mit welch rascher Zärtlichkeit das Kind sich an ihn anschloß. Und da es ihm jetzt so herzlich entgegenlachte und den kindlichen Liebesnamen rief, erwachte in ihm ein warmes Gefühl. Er hob das Kind an seine Brust und küßte ihm Mund und Wangen. Doch ein Schatten fiel über seine Freude, als die Mutter sich erhob und fragte: »Was is denn, Bub, warum kommst denn heim? Bist schon fertig mit'm Schießen?«

»Es hat mich drüben nimmer glitten!« Verstummend sah er an dem Kind vorüber auf das irdene Schüsselchen, in dem ein paar Fliegen von dem spärlichen Rest einer Milchsuppe naschten. Als seine Mutter den Napf in die Küche trug, setzte Friedl sich auf die Bank. Während das Kind mit den runden, grübchenübersäten Fingerchen in seinem Bart wühlte, spähte er forschend in die von kindlicher Freude überhauchten Züge. Er mühte sich, darin eine Ähnlichkeit mit jenem anderen zu finden. Das gelang ihm nicht. Wohl war das Haar des Kindes dunkel und gelockt, aber das war nicht jene schwarze, krause Wolle, es waren die gleichen dunkelglänzenden, seidenweichen

---

* Vater

Löckchen, wie sie unter Modeis Flechten sich hervorstahlen und um ihre Schläfen ringelten. Mit linder Hand strich Friedl dem Kind über das Köpfchen und hielt das liebe, frische Gesichtl neben das Bild, das er lebendig in seinem Herzen trug. Und als ihm aus den Zügen des Kindes immer nur die Züge der Mutter entgegenblickten, stieg in seinem Herzen eine dürstende Sehnsucht nach der Geliebten auf, die er lange Tage nimmer sehen sollte. Warum nicht? Erst der kommende Morgen rief ihn wieder zu seinem Dienst. Den heutigen Tag hatte er frei. Er wollte ihn nützen.

Was kümmerte ihn da drüben die Schießstätte, von welcher Schuß um Schuß herüberhallte! Um Modei zu sehen, hätte er noch anderes geopfert als die Hoffnung auf eine seidene Fahne für einen guten Schuß.

Ob Modei sich freuen würde über seinen unerwarteten Besuch? Was hinderte ihn, sich diese Freude zu erzwingen, wenn er der Geliebten nicht nur einen Gruß von ihrem Kind – wenn er ihr das Kind selbst brachte, das sie seit Monaten nicht mehr an ihr Herz hatte drücken können!

Friedl sprang auf und rief in den Flur hinaus: »Mutter! Gschwind! Komm eini!«

»Was is denn?« Die Mutter kam gelaufen und guckte verwundert auf ihren Sohn, der in Hast seine gute Feiertagsjoppe gegen die mürbe Dienstjoppe vertauschte.

»Mutter, sei so gut und zieh dem Franzerl a bißl ebbes an!« Friedl brachte flink seinen Rucksack in Ordnung. »Ich will zur Modei auffi und will ihr 's Büberl auf a Stündl mitbringen. Jetzt geht's auf elfe, um zwei bin ich droben, und wann ich bis um fünfe abschieb von der Alm, da bin ich gut wieder herunten, eh d' Nachtkühlen da is!«

»Aber Bub! Was fallt dir denn ein! Du bist ja net gscheit!«

Friedl ließ sich sein Vorhaben nimmer ausreden. Für jede Besorgnis hatte er eine Widerlegung in Bereitschaft, so daß seine Mutter schließlich das kleine Kittelchen und die gestrickten Schuhe des Kindes holte.

Noch war Franzerl nicht völlig angekleidet, als Friedl schon wegbereit vor dem Tisch stand, Bergsack und Büchse hinter dem Rücken; den Bergstock mußte er daheim lassen, um beide Arme zum Tragen des Kindes frei zu haben. Auch Bürschl, der freudig winselnd an Friedl hinaufsprang, wurde zu Stubenarrest verurteilt. »Wann ich 's Kind hab, kann ich net auch auf den Hund noch aufpassen!«

Nun hob die Mutter selber das Kind auf den Arm ihres Buben und steckte ihm noch für den kühlen Abend ein seidenes Tuch in die Joppentasche. Und bei der Stubentür besprengte sie die beiden so ausgiebig mit Weihwasser, daß Franzerl vor diesem Getröpfel das Gesicht versteckte.

Friedl, um nicht am Wirtshaus vorüber zu müssen, machte einen Umweg, so daß er erst eine gute Wegstrecke hinter Fall auf den richtigen Fußpfad wieder einbog. Gemütlich wanderte er unter dem Schatten des Jungholzes dahin, immer mit dem Kinde schwatzend, dem er jede bunte Blume zeigte, die am Wege stand, und jeden schillernden Falter, der umhergaukelte in der sonnigen Luft. Als mit dem Weg auch die Hitze stieg, unter der das Kind schläfrig wurde, zog Friedl die Joppe aus und deckte sie zum Schutz gegen die Sonne über das Franzerl, dessen glühendes Gesicht an seiner Schulter ruhte. Vorsichtig machte er Schritt für Schritt, um den Schlummer des Kindes nicht zu stören.

Gegen zwei Uhr war die Alm erreicht. Von dem Rasenfleck, der hinter der Hütte im Schatten lag, hörte Friedl schwatzende Stimmen und Gelächter. Das vernahm er nicht gern, er hätte Modei lieber, wenigstens beim ersten Gruß, allein gefunden. Durch die offene Hüttentür sah er, daß Modei in der Almstube war. Als er zur Tür wollte, hörte er in der Stube auch die Stimme des alten Lenzl. Rasch duckte er sich hinter das aufgeklafterte Scheitholz, um zu warten, ob sich Lenzl nicht entfernen würde. Und da hörte er, was die beiden Geschwister da drinnen sprachen.

»Meinst net, heut kommt noch wer?« fragte Lenzl.

»Die da draußen sind schon alle da«, klang Modeis Antwort, »wer soll denn sonst noch kommen?«

»Ich kunnt mir schon ein' denken, der kommt.«

»Geh, du! Heut hat er ja dienstfrei und is beim Scheibenschießen.«

Dem Jäger in seinem Versteck begann das Herz zu hämmern; lauschend streckte er den Hals, um keinen Laut zu überhören.

»Was, Scheibenschießen?« staunte Lenzl. »Wen meinst denn du?«

Ein spottendes Lachen. »Ich hab den alten Veri gmeint. Höi, Schwester, was bist denn auf amal so fuirig übers ganze Gsicht? Bis in Hals eini!«

Eine Weile blieb's in der Sennstube mäuschenstill. Dann grollte Modei: »Lenzl, tu mich net plagen! So a Hitz, wie's heut hat! Da wär's

kein Wunder, wann ein 's Blut a bißl auffisteigt. Aber jetzt mach weiter und trag mir d' Schüssel mit die Schucksen aussi! Die hungrigen Gäst müssen ebbes kriegen.«
Kichernd trat Lenzl aus der Tür und ging um die Hüttenecke, ohne den Jäger zu gewahren. Rasch erhob sich Friedl und sprang über die Stufen hinauf: »Grüß dich, Modei!«
»Jesus!« klang es mit leisem Schrei vom Herd, und ein Teller klirrte. »Du bist da!«
»Ja! Und schau a bißl her, was ich mitbracht hab!« Er zog die Joppe weg, die das Kind verhüllte, und Franzerl, aus dem Schlummer aufgeschreckt, guckte mit verschlafenen Augen in der Stube herum und auf die Mutter.
»Franzerl!« schrie Modei in Freude, sprang auf Friedl zu, riß das Kind an ihre Brust, und während sie ihm das Gesicht mit Küssen überströmte, sprudelte ihr Jubel heraus: »Mein Franzerl! Franzerl! Liebs Schatzl, wie geht's dir denn? An Ewigkeit hab ich dich nimmer gsehen! Engerl! Und wie schön bist worden! Schau nur, Friedl! Dös liebe, nette, süße, kleine Gsichterl! Dö Äugerln! Dös Göscherl! Du mein liebs, liebs Kinderl du!«
Der Sturm dieser Zärtlichkeit war nicht nach Franzerls Geschmack. Das Kind schnitt ein Pfännlein. Und Friedl mahnte: »Geh, plag's net so! 's Kindl is müd und verschlafen. Drei Stund am Weg! Und so a Hitz dazu!«
»Ja, Herzerl!« flüsterte Modei. »Komm, jetzt mach ich dir recht a schöns Betterl. Da kannst nacher schlafen! Und wachst wieder auf, nacher sing ich dir Liederln, gelt, mein Herzl, mein liebs.« Ihr Blick suchte in der Stube. »Daherinn mag ich's net schlafen legen, der Herd macht so viel heiß, und alle Augenblick springt wer eini!« Sie trat auf den Kreister zu, zog eine Decke und das Kissen vom Heu, ging in die Kammer und richtete auf dem kühlen Backsteinboden dem Kind eine Schlummerstatt.
Friedl hatte Gewehr und Rucksack auf die Bank vor der Hütte gelegt. Nun kam er und lehnte sich an den Pfosten der Kammertür. »Weißt, 's Kindl hat am Herweg schon a bißl gschlafen. Aber beim Steigen hat's halt die richtige Ruh net ghabt und is allweil wieder aufgwacht. So a guts Kindl! Ich kann dir gar net sagen, was für a bravs Kindl dös is. Die ganze Mutter halt! Und drunt beim Kreuz, da hat's a bißl zum Weinen angfangt. Da hab ich mich mit ihm in Schatten eini ghockt und hab ihm Blümerl bracht. Und den Kuckuck hab

ich nachgmacht, ja. Und an Spielhahn, wie er falzt. Da war's nacher gleich wieder zfrieden. Und pappelt hat's, als ob wir schon hundert Jahr gut Freund wären mitanand. Und in d' Haar und in Bart hat's mi eini griffen mit die kleinen Handerln und hat mich beutelt, als ob's a Schulmeister wär. Und bei der Nasen hat's mich packt, und allweil hat's mich Atti gheißen, Atti, Atti –«
»Net so laut!« mahnte Modei. »Es schlaft schon ein!«
»Ja, und denk dir«, sprach Friedl flüsternd weiter, »dö Freud, dö d' Mutter ghabt hat, wie ich's bracht hab in der Fruh! Und wie mir eingfallen is, daß ich's Kindl auffitragen möcht zu dir, hat d' Mutter gstritten und hätt's am liebsten gar nimmer herlassen!«
Auf den Zehenspitzen trat Modei aus der Kammer und schloß mit leiser Vorsicht die Tür. »Dös freut mich von deiner Mutter. Jetzt wird s' mir mein Büberl aber doch a paar Tag lang lassen müssen!«
»Na na, Modei! Am Tag tut's schon, da heroben. Aber bei der Nacht is d' Luft a bißl scharf für so a kleins Dingerl. Bis um fünfe müssen wir wieder durch. Da komm ich grad noch vor'm Schatten heim.«
»Geh«, schmollte Modei, »jetzt hab ich mich doch schon so viel gfreut!«
»Sei gscheit, Madl! Weißt, jetzt hab ich 's Büberl, jetzt muß ich auch sorgen dafür.«
Mit frohem Lächeln sah Modei zu ihm auf und faßte seine Hand: »Schau, in der Freud hab ich ganz vergessen, daß ich dir a Vergeltsgott sag.«
»Geh, was fallt dir denn ein!«
»So viel Plag hast dir aufgladen! Den weiten Weg! Und so a Kindl hat a Gwicht!«
Friedl lachte. »Ja, der Arm is mir a paarmal eingschlafen. Wann ich aber denkt hab, wieviel Freud als d' haben wirst, da hat mir d' Muschkelatur gleich wieder pariert.«
Ein heißes Leuchten war in ihren Augen. »Friedl – soll's ausschauen, wie's mag – ich muß dir a Bußl geben!« Sie schlang den Arm um seinen Hals und drückte ihm einen herzhaften Kuß auf seinen Mund.
»No also!« Er preßte sie in Freude an sich. »Gut bist mir eh! Jetzt brauchst bloß noch ja sagen, und wir zwei sind Brautleut!«
»Hörst net auf!« Lachend entwand sie sich ihm, schob ihn hurtig zur

Hüttentür hinaus und sprang zum Herd, auf dem die kochende Milch mit Zischen überlief.

Draußen in der Sonne griff der Jäger mit den Fäusten in die Luft. »Jetzt hab ich mein Glück! Jetzt hab ich's! Und auslassen tu ich's nimmer!«

9

Als Friedl die Hütte umschritten hatte, fand er eine kleine Gesellschaft, die im Schatten des vorspringenden Daches beisammenhockte.

Auf einer Holzbank, die man aus der Almstube herbeigetragen hatte, saßen Punkl, Monika und ihre Freundin von der Scharfreiteralm, die Philomena. Die war so breit, wie ihr Name lang war. Vor den dreien stand der Tisch, dessen Alter erst eine Stunde zählte, zwei in den Boden gerammte Pfähle und ein darübergenageltes Brett. Auf dem Tisch, in dessen Mitte die mächtige Schüssel mit den frisch gebackenen, appetitlich aussehenden ›Schucksen‹ prangte, standen vier Kaffeetassen von verschiedener Qualität, die eine wollte nicht mehr gerade stehen, an zweien fehlte der Henkel, und bei der vierten ließen nur noch kleine Flimmerchen am Rande erkennen, daß sie vorzeiten einen schmalen Goldreif besessen hatte. Die vier Blechlöffel, die zwischen den Tassen lagen, zeigten eine schaufelartige Größe.

Der alten Punkl gegenüber, auf einer zweiten Bank, saß die andere Sennerin vom Scharfreiter, ein schlankgewachsenes, pfiffiges Mädel, die Binl, zwischen zwei Bauernburschen, dem Schnaderer-Hans von Winkel und dem Gauveitl-Gori von Achental. Während Lenzl auf dem Rasen ein bequemes Plätzchen gewählt hatte, deutete eine umgestürzte Wasserbutte an der Schmalseite des Tisches den Platz an, der für Modei bestimmt war.

In kummervollen Klagetönen, unter dem Schmunzeln der lauschenden Gesellschaft, erörterte Punkl die medizinischen Schwierigkeiten ihres leidvollen Daseins. »Ich sag's enk, Madln, laßts enk verwarnigen von mir, solang's noch Zeit is, und tuts an enker kostbare Gsundheit denken! Wann a Mensch da ebbes versaumt, da kommen zwidere Folgen. Die ganze Nerviatur verschlagt sich aufs Konstiduziament. Dös is a Naturgsetz, hat der Doktermartl gsagt. Und da

hab ich an argen Gsundheitsversaumnisfehler verübt. Soviel reuen tut mich dös. Und spaternaus wird's allweil rarer mit die Kurglegenheiten.« Sie seufzte tief. »Auf'n gestrigen Abend hätt ich soviel Zutrauen ghabt. Aber es hat halt net mögen, es hat net mögen.«
»Was mich anbelangt, ich sorg allweil fleißig für mei' Gsundheit!« erklärte Philomen mit ernster Breite. »Eh daß ich da ebbes versaum, bleib ich lieber amal von der Kirch daheim.«
»Ah, was, geh«, stichelte die Binl, »wer wird denn so unchristlich sein! Für'n Herr Pfarr muß man allweil ebbes übrig haben.«
Da gewahrte Lenzl den Jäger und sprang mit einem Jauchzer vom Rasen auf. »Ah, schau, der Friedl! Gar net träumen hätt ich mir's lassen, daß du heut noch da auffi kommst.« Er kicherte und wurde leise: »Ich wart schon allweil seit in der Fruh!«
Auch von den anderen wurde Friedl munter begrüßt. Nur Punkl schien in schlechter Laune zu geraten, weil sie durch den Anblick des Jägers an den unbarmherzigen Hies und an die Enttäuschung des verwichenen Abends erinnert wurde. »Du, dein Kamerad, dös is a schiechs Luder!« schimpfte sie erbost. »Äpfelschmarren kann er fressen. Aber sonst kann er nix.«
»Da tust d' Mannsbilder unterschatzen«, sagte Philomen, »wann s' mögen, können s' alles.«
Noch hatte Friedl mit Gruß und Handschlag die Runde nicht gemacht, als Modei den Kaffee brachte. »Sooo!« Sie stellte das Geschirr auf den Tisch. Die Punkl fuhr gleich mit der Nase schnuppernd in den Duft. Als sie zugriff, um die Tassen zu füllen, sah man es ihrem Eifer an, daß sie flinker den eigenen Genuß als den ihrer Freundinnen beschleunigen wollte. »Zucker! Zucker! Wo is denn der Zucker?«
»Geh, Lenzl«, sagte Modei, »drin am Herd steht er.« Lachend sprang sie dem Bruder nach und flüsterte: »Schau a bißl ins Kammerl eini! Aber stad!«
Als Lenzl zurückkam, schmunzelte sein Gesicht. »Jesses, Modei –«
Die Schwester tuschelte: »Sei stad und sag nix! Sonst rennt mir die ganze Gesellschaft eini und weckt mir 's Kindl wieder auf.« Sie wandte sich zum Tisch. »Also, greifts zu! Jeder muß selber schauen, daß er ebbes kriegt. Zureden, dös gibt's net bei mir.«
Punkl griff mit beiden Händen in den Schucksenberg. »Wer trutzt bei der Schüssel, der schadt sich am Rüssel. Essen muß der Mensch. Dös is a Grundbedingnus für alles, was Gsundheit heißt.«

Während die Gäste sich mit ihrem Kaffee und den frisch gebackenen Nudeln beschäftigten, über deren Vorzüglichkeit sie sich in langen Lobsprüchen ergingen, ließ sich vom Steig ein lautes Putzen und Schnaufen hören. Veri bog um die Hüttenecke, die leere Kraxe auf dem Rücken. Bedenklich schwankte der Alte hin und her. Gori sagte: »Mir scheint, der möcht seiltanzen und kann's noch net recht. Kerl, du hast ja an Rausch!«
»Ah!« verneinte der Alte energisch.
»A schöns Quantl mußt aufgladen haben«, meinte Monika, »wann du's net amal bis da auffi wieder ausgschwitzt hast!«
»Laß mir mei' Ruh!« brummte Veri, während er die Kraxe ablud und sich neben Lenzl in das Gras plumpsen ließ.
Friedl trat vor ihn hin. »Wann ich von dir nur amal an anders Wörtl hören möcht als dein ewigs ›Ah‹ und dein ›Laß mir mei' Ruh‹. Was denkst denn eigentlich du den ganzen Tag?«
»Nix!«
»A bißl ebbes mußt doch denken!«
»Wann du so dumm bist, ich net!«
Ein schallendes Gelächter. Und an Veris Worte knüpfte sich eine lange Debatte, ob der Alte mehr Ursache hätte, von sich zu sagen: Ich bin net so dumm, als ich ausschau! oder: Ich schau viel dümmer aus, als ich bin!
Veri kümmerte sich wenig um die Unterhaltung, die auf seine Kosten geführt wurde. Lang ausgestreckt lag er auf dem Rasen, hielt die Hände unter dem Nacken verschlungen, guckte mit steifen Augen in den blauen Himmel und machte einen Versuch, zu pfeifen, sooft der Gauveitl-Gori an den Saiten der Zither zupfte, die er neben sich auf der Bank hatte.
»Was is denn, Gori?« sagte Monika. »Zupf net allweil unterm Tisch! Leg s' auffi, die Klampfern, und spiel a bißl ebbes! Und gsungen muß werden! Nacher wird's erst fidel!«
»Was hast gsagt?« fragte Punkl.
»Daß man ebbes singen soll!«
»Ja, ja, wer fangt denn an?«
»Du, weil du die Schönste bist!«
Ein kokettes Lächeln grinste über das Gesicht der Alten. »Na, schön bin ich net, aber –«
»Tugendhaft, mager und wüst!« rief Monika lachend.
Gori hatte die Zither auf den Tisch gestellt und seinem Kameraden

zugenickt. Nun begannen die beiden jenes alte, im ganzen Hochland gern gesungene Lied vom Hütterl beim Baum am Bacherl.

»Bei eim Bacherl steht a Hütterl,
Bei dem Hütterl steht a Bam,
Und sooft ich da vorbeigeh,
Find und find ich halt net ham.

In dem Hütterl haust a Maderl,
Is so frisch als wie a Reh.
Und sooft ich 's Maderl anschau,
Tut mir 's Herzerl halt so weh!

Und dös Maderl, dös hat Äugerln,
Wie am Himmel drobn die Stern,
Und sooft ich d' Äugerln anschau,
Möcht ich halber narrisch wern!

Und ich kann's halt net vergessen,
Ob ich wach bin, ob ich tram,
Allweil denk ich an dös Hütterl
Bei dem Bacherl, bei dem Bam.«

In Friedls heitere Stimmung schien das Lied mit seiner fast schwermütigen Melodie nicht recht zu passen. Immer klopfte er mit den Fäusten auf die Knie, um den Takt des Liedes zu beschleunigen. »Ich glaub gar, ös zwei seids eingschlafen!« rief er den beiden Burschen zu, als sie das Lied beendet hatten. »Auf d' Alm ghört ebbes Lustigs!« Er griff nach der Zither. Da fuhr ihm was Flinkes und Schnaubendes auf den Schoß herauf. »Jesses, mein Bürschl!« Lang und rot ließ der Hund die Zunge zwischen den Zähnen heraushängen und keuchte, daß ihm die Flanken zitterten; dazu schnappte er freudig winselnd an der Brust seines Herrn hinauf, der den Kopf wenden und den Hals recken mußte, damit ihm Bürschl mit der zärtlichen Schnauze nicht ins Gesicht käme. »Du Tropf, du! Bist am End gar daheim durch d' Fensterscheiben aussi? Ich glaub, du hast es schon heraus, daß von mir keine Schläg net fürchten mußt? Aber jetzt mach weiter!« Lachend streckte der Jäger die Knie, so daß der Hund auf die Erde rutschte. Dann rückte Friedl die Zither zurecht und sang in flottem Tempo:

»Ich bin halt vom Gebirg,
Und ich hab a frisches Blut,
Und ich hab a treues Herz
Und schöne Federn auf'm Hut.
Schöne Federn auf meim Hut
Stehn mir sakrisch gut,
Und a Schnurrbart dazua,
Bin a lustiger Bua!«

Bei den letzten vier Zeilen hatte sich der Taktschlag der Melodie noch verschnellert, und während Friedl spielte und sang, patschten Lenzl und die beiden Burschen die Hände zusammen, und die Mädchen schlugen im Takt mit den Blechlöffeln an die Kaffeetassen.

»A Sennrin, dö hat's gern,
Hat's gern, wann einer kimmt,
Der neue Liedeln kann
Und schöne Sträußerln bindt;
Der schön jodelt und schön singt
Und sein Hütl lustig schwingt,
Der schön jodelt und schön pfeift
Und um d' Almen ummaschleift.

Der Bua klopft leise an
Bei der Sennrin ihrer Tür:
Liebe Sennrin, geh, mach auf
Und laß mich 'nein zu dir!
Ja ja, so sagt die Sennrin gleich
Komm eini, Herzensbua;
Wir kochen uns a Rahmsuppen,
Und alles haben mer gnua!

Sie bleiben da beisamm
In stiller Einsamkeit,
Bis fruh die Sonn aufgeht
Und bis der Kuckuck schreit!
Und wann der Kuckuck kugezt hat,
Geht's wiederum vom Platz,
Gschwind noch a Busserl oder zwei,
Und pfüet dich Gott, mein Schatz!«

Ein klingender Jodler, in den die andern einfielen, schloß sich an das Lied. Dann schwiegen plötzlich die Saiten, und der Jodler verstummte – von den Bergen hallte ein Schuß, und rollend ging das Echo über die Wände hin.
Weiß wie die Mauer, war Friedl aufgesprungen. Der da geschossen hatte, das war der Förster nicht und keiner von den Gehilfen. Die waren drunten in der Schützenhalle zu Fall! Friedls Augen blitzten über den Berg hinauf. Wo der Schuß gefallen war, das konnte nicht weit sein, kaum eine halbe Stunde von der Alm. Und nun sprang der Jäger wortlos vom Tisch und verschwand um die Hüttenecke.
Modei, als sie den ersten Schreck überwunden hatte, wollte ihm folgen. Da kam Friedl ihr schon wieder entgegen, die Büchse in der Hand, den Rucksack über die Schulter ziehend.
»Friedl? Was is denn?«
»Fort muß ich!«
Sie umklammerte seinen Arm. »Jesus! Wo mußt denn hin?«
»Fort, fort!« keuchte der Jäger, während sein Blick die Höhe suchte. »Ich muß! Der Förster – ja, der Förster wartet da droben auf mich. Und da wird er gschossen haben, weil ich so lang net komm!« Er wand seinen Arm aus Modeis Händen und sprang auf den Steig zu, der hinaufkletterte gegen die Berghöhe. Bürschl, der schlafend unter der Bank gelegen, fuhr knurrend auf und folgte in flinken Sätzen dem Jäger.
Regungslos stand Modei an der Hüttenecke. Da kam der Bruder zu ihr und flüsterte: »Dös war net der Förster!« Modeis Gesicht verfärbte sich.
Friedl war schon eine Strecke emporgestiegen; ohne die Hast seiner Schritte zu mindern, bückte er sich und legte um Bürschls Hals die Schlinge der Hundeleine, die in den Tragriemen des Rucksackes eingeknotet war. Und jetzt verschwand der Jäger im Bergwald.
Zwischen den ersten Bäumen blieb er stehen, streifte die Schuhe herunter und steckte sie in den Rucksack. Nun sah er die Patronen in seiner Büchse nach und lauschte vorgestreckten Halses hinein in den steilen, von hohem Gestrüpp durchwucherten Wald. Er hörte nur das leise Rauschen der Wipfel und das matte Gurgeln einer nahen Quelle. Doch der Hund, der an allen Gliedern fieberte, streckte den Kopf und spähte mit funkelnden Augen zwischen die Bäume, während seine zitternden Nüstern den Wind einsogen, der ihm durch die Büsche entgegenstrich. Friedl machte einen sachten Ruck an der Lei-

ne, und leise klang von seinen Lippen ein mahnender Zischlaut zu Bürschl nieder. Scheu wich der Hund hinter Friedls Füße zurück, schüttelte die Ohren und starrte wieder in die Büsche.
Langsam, Schritt für Schritt, jedes dürre Reis vermeidend, schlich Friedl unter den Bäumen hin. Seine Augen suchten, während er die Büchse schußfertig in den Händen hielt. Manchmal warf er einen unwilligen Blick auf den Hund, wenn unter Bürschls trippelnden Füßen das Reisig raschelte.
Die Stelle, wo der Schuß gefallen, konnte nicht mehr weit sein.
Dort drüben, nur ein paar hundert Schritt entfernt, wo sich die Bäume enger aneinanderschlossen und kleine Felswände sich heraushoben aus dem buschigen Grund, da hielten die Gemsen gern ihre Mittagsrast, wenn sie aus der Sonne niederzogen, um den Schatten zu suchen.
Je mehr sich Friedl dieser Stelle näherte, desto vorsichtiger wurde sein Schritt, desto achtsamer sein Aug und Ohr – desto unruhiger wurde aber auch der Hund.
Als der Jäger die erste der kleinen Felswände erreichte, gewahrte er auf feuchtem Grund eine frische Gemsfährte. Aus der Fährte mußte Friedl schließen, daß die Gemse in der Flucht gewesen, entweder aufgeschreckt vom Schritt des Wilddiebes oder schon getroffen von seiner Kugel. Ja, getroffen! An den Blättern eines Almrosenbusches hing in roten Tropfen der frische Schweiß.
Bürschl war kaum mehr zu halten; er hatte die Fährte schon angenommen und hing mit gesenktem Hals an der straff gespannten Leine. So ließ sich Friedl von dem Hunde langsam auf der Fährte fortziehen; während er die Blicke forschend voraussandte in jeden Busch, nach jeder Wandecke und in den Schatten eines jeden Baumes. Sein scharfes Auge war jetzt sein Leben.
Nun ein Laut, wie das Klirren einer Messerklinge, die auf Stein fällt. Und hinter dem Astgewirr eines Latschenbusches gewahrte Friedl einen beweglichen weißen Schimmer. Es konnte nicht anders sein, dort auf der Ecke kniete einer, der die Joppe abgelegt hatte und mit den Händen an einem Etwas hantierte, das vor ihm auf dem Boden lag. Wer war das? Ein deutliches Erkennen war durch die Büsche hindurch nicht möglich – aber eine Ahnung, nein, eine untrügliche Stimme nannte dem Jäger den verhaßten Namen.
Rasch entschlossen hob Friedl die Büchse. Schon wollte er die Lippen öffnen zum Anruf, da klang aus dem Busch das Röcheln eines

verendenden Tieres. Heulend machte Bürschl einen wilden Satz und überschlug sich im Rückprall der Leine. Friedl wankte. Taumelnd faßte er, um nicht zu stürzen, nach einem Ast. Hinter den Latschen da drüben tauchte ein Kopf herauf und ein Büchsenlauf – ein Blitz, ein Knall – und Friedl spürte ein Brennen an der linken Wange. Er fuhr mit der Hand ins Gesicht und fühlte das Blut, das zu rinnen begann.

Dort drüben brachen die Äste, und die Steine kollerten unter den Füßen des Raubschützen, der in wilder Flucht den Berghang hinunterstürmte.

Noch einen Augenblick stand Friedl regungslos. Dann riß er das Messer aus der Tasche, durchhieb mit einem Streich die Hundeleine, in deren Schlinge Bürschl sich würgte. Winselnd sauste der Hund den Büschen zu, und Friedl stürmte, seiner nackten Füße nicht achtend, durch den Wald hinunter, in dem die Sprünge des Flüchtigen verhallten.

10

Hinter Modeis Hütte saßen sie alle beisammen, denen Friedl sein lustiges Lied gesungen hatte. Freilich, mit dem Jäger war auch der rechte Frohsinn verschwunden. Die Art seines Abschiedes hatte allen zu denken gegeben. Aber keines sprach seine Meinung offen aus. Immer wieder stockte das Gespräch – und als Gori auf der Zither ein paar altersgraue Schnaderhüpfln zum besten gab, fand er wenig Anklang.
Modei war verloren für jede Unterhaltung. Kaum vermochte sie die Unruh zu verbergen, die an ihr nagte. Unter dem Vorwand, den Tisch zu räumen oder was zu holen, verließ sie immer wieder ihren Platz. In der Almstube stand sie klopfenden Herzens vor der Kammertür und lauschte, ob nicht das Büberl erwacht wäre – oder sie trat geräuschlos in den kleinen, kühlen Raum, ließ sich auf den Boden nieder, hauchte einen Kuß auf die im Schlummer glühende Wange des Kindes und blieb, bis ihre wachsende Unruh sie wieder aus der Hütte scheuchte. Einmal traf sie an der Hüttenecke mit dem Bruder zusammen. »Lenzl!« stammelte sie. »Ich halt's schier nimmer aus vor lauter Angst!«
»Was? Angst?« Seine Stimme hatte harten, fast boshaften Klang. »Um den ein' oder um den andern?«
Mit ihren trauernden Augen sah sie ihn schweigend an, tat einen schweren Atemzug und ging zurück in die Hütte.
Unter leisem Lachen streckte sich der Alte, hob die Fäuste und knirschte gegen die Berghöhe: »Wart, Mannderl! Heut kunnt der Tanzboden ebba noch ausrucken!« Wie ein Erwachender sah er um sich her und murmelte: »Wo bin ich denn wieder gewesen?« Beim Kaffeetisch hinter der Hütte fand er einen lustigen Spektakel. Da hatten sie den Veri und die Punkl hintereinander gehetzt. Vor Zorn pippernd, mit den Fäusten rudernd, knirschte die Alte: »Was? Ich,

sagst, ich soll schuld dran gwesen sein, daß selbigsmal vor a zwanzg a dreißg Jahr mit uns zwei nix füranand gangen is? Ah na! Ah na!«
»Laß mir mei' Ruh!« knurrte der Nachtwächter von ehemals.
»Ah na! Ich bin allweil a verstandsams Weiberleut gwesen. Ich hab allweil begriffen, was für a kostbars Gut die Gsundheit is. Aber du warst der Unverstand. Du Leimsieder, du gsundheitsfeindlicher! Gar net a bißl ebbes hast dir traut. Gar nix, gar nix, noch viel nixer als gar nix. Mach Reu und Leid und sag aufrichtig, ob's wahr is oder net!«
»Ah!« Diese erbitterte Verneinung aus seiner Torkelseele herausgurgelnd, wälzte Veri sich auf die Seite, vergrub das Gesicht in den Armen und wurde heftig vom alkoholischen Bock gestoßen.
Weil seine Schulterstöße anzusehen waren wie das Zucken eines Schluchzenden, verwandelte Punkls Empörung sich in klagende Rührseligkeit. »Gelt, siehst es endlich amal ein, wieviel ich deintwegen leiden muß?« Mit hohen Gicksern fing sie zu weinen an. »Wann den angstifteten Schaden wieder – gutmachen willst – nacher kann ich auch net so sein – und – in Gotts Namen –« Während sie schnuffelnd mit der einen Hand über Augen und Nase fuhr, streckte sie versöhnlich die anderen fünf Finger. »Da hast – mei' Hand – du reumütigs Mannsbild, du!«
Einen galligen Zug in der sonst so zufriedenen Säuferphysiognomie, wackelte der Bekneipte sich mühsam vom Rasen in die Höhe. »Mei' Ruh laß mir!« Die leere Kraxe wie ein Kinderwägelchen hinter sich herziehend, taumelte er über den Berghang hinauf.
Entgeistert guckte ihm die Alte nach. Als sie den lustigen Rumor der anderen hörte, drehte sie sich wütend um. »Was is denn jetzt dös für a dumms Glachter? Heut hat er halt a bißl z'viel aufgladen, der Meinig. Wann er morgen sein Räuscherl ausgschlafen hat, so wird er schon mit ihm reden lassen.«
Da gewahrte Monika den Lenzl, der die Hände als Sonnenschirm über den Augen hatte und immer gegen den Bergwald hinaufspähte. »He, du, was speggalierst denn allweil da auffi?«
»Ich? So schauen tu ich halt a bißl – kunnt sein, daß heut noch a Wetter kommt! A grobs!«
»Was? A Wetter?« lachte Gori. »Geh, du Narr! Aus'm Tirol glanzen die Berg ummi wie Glas. Und die verwunschene Alm schaut her, so weiß wie a frisch gwaschens Jungfernhemmed.«
Alle guckten sie zu der breiten Bergscharte hinauf, durch die aus

blauer Weite die Zillertaler Gipfel mit ihrem silberweißen Ferner herüberblickten. Und Philomen fragte: »Was muß denn auf der verschneiten Alm da drüben passiert sein, daß man's die verwunschene heißt?«

In erregter Heiterkeit antwortete Lenzl: »Dö Gschicht, dö hat sich vor tausend Jahr schon zutragen. Da mußt die Punkl drum fragen. Dö is selbigsmal schon Sennerin gwesen.«

Die Schwerhörige, mit dem Rest der Kaffeekanne beschäftigt, hatte ihren Namen vernommen: »Was hast gsagt?«

Philomen schrie ihr ins Ohr: »Dö Gschicht von der verwunschenen Alm sollst verzählen!«

»Ja, ja, dös is a schöne Gschicht. Tuts enk herhocken! Jaaa, da drüben, wo jetzt der ewige Schnee liegt, da is vor viele hundert Jahr die schönste Alm gwesen. 's Viech hat glanzt vor lauter Fetten, is kugelrund gwesen und hat Milli geben, ich kann gar net sagen, wieviel!«

Modei kam aus der Hütte. In ihrer quälenden Unruh hörte sie nicht, was am Tisch geredet wurde. Und immer irrten ihre Augen.

»Jaaa, Leutln, auf der selbigen Alm, da sind drei Sennbuben gwesen, einer a gottsfürchtiger, und zwei waren grausame Sünder.«

»Die schlechten sind allweil die mehrern!« nickte Philomen.

»Was dö alles trieben haben! Dös is gar net zum glauben. Mit Kaaslaibln haben s' d' Hütten pflastert aus Übermut, und Kegel haben's gschoben mit die Butterballen.«

»Dös hat net weh tan«, meinte Gori, »wann's dem Kegelbuben auf d' Füß gangen is.«

Die Punkl hatte sich bekreuzt um der Sünde willen, von der sie da erzählen mußte. »So haben sie's trieben, ja! Aber wann a hungriger armer Teufel kommen is, haben s' Steiner ins Wasser glegt und haben s' ihm geben als Nachtmahl. Oft hätt so a Verirrter verschmachten müssen, wann ihm der Gottsfürchtige net heimlich a Trumm Kaas zugschoben hätt. Deswegen haben ihn dö zwei Sündhaften wieder gmartert, den Gottsfürchtigen. Und dös hat sich gstraft.«

Die Spannung am Tisch erhöhte sich.

Den Zwiebelkopf zwischen die Schultern ziehend, machte Punkl sonderbare Bewegungen mit dem Zeigefinger. »Amal, auf'n Abend zu, is wieder a Fremder in d' Hütten kommen, a magrer, langer, langer, endslanger Kerl –«

»Jöises«, staunte Philomen, »der is ja so lang, daß er gar nimmer aufhört!«

»Rappenschwarze Haar hat er ghabt und zwei Mordstrumm Augen wie brennheiße Glutbrocken –«

»Net schlecht!« warf Binl ein. »Dös wär einer für der Punkl ihrer Gsundheit gwesen.«

»Und der hat gsagt –« Punkl fiel ins Hochdeutsche: »Üch habe ain Verlangän.«

Gori schüttelte den Kopf. »Wann er die Alte gsehen hätt, glaub ich kaum, daß er's gsagt hätt.«

»Üch habe ain Verlangän, hat'rrr gsagt, gäbet mür zu ässen und zu drünken! Und da haben ihm die zwei Sündhaften wieder Wasser mit Steiner geben. Und selber haben s' die größten Brocken Kaas verschluckt.«

In Monika rührte sich die barmherzige Seele. »Dö müssen schön Magendrucken kriegt haben.«

»Und auf amal –« Geheimnisvoll ließ Punkl den Zeigefinger kreisen. »Auf amal, da fangt er zum Lachen an, der lange, lange Lange –« Sie ahmte mit tiefer Stimme ein diabolisches Gelächter nach. Es klang, wie wenn ein Rehbock schreckt. »Und gsagt hat er:

Heut auf d' Nacht
Werds alle umbracht.
Zwei werden gschunden grausi,
Den dritten schmeiß ich durchs Hüttendach außi!

Und wie er's gsagt ghabt hat, da is er verschwunden – ffft – weg is er gwesen.«

Den Mädeln wurde gruslig zumut, und Monika konstatierte: »Dös war der Tuifi.«

»Jöises«, fieberte Philomen, »wird's da nach Schwefel gstunken haben.«

»Dös kannst dir denken!« nickte Punkl. »Und in der Nacht, wie's auf zwölfe gangen is, da kommt a schauderhafts Unwetter.« Ihre Hand machte eine flinke Bewegung im Zickzack. »A Blitz fahrt abi, und nacher tut's an Kracher –« Punkl schlug mit beiden Fäusten auf den Tisch, daß die Löffel hüpften und die Tassen klingelten. Im gleichen Augenblick fiel droben im Wald ein Schuß – jener zweite Schuß des Wildschützen – und wie Donner rollte das Echo über die Felswände. Die drei Sennerinnen kreischten in ihrem abergläubischen Schreck. Dann herrschte beklommenes Schweigen am Tisch, und eines guckte das andre an.

Modei tastete nach einer Stütze. »Schwester!« stammelte Lenzl und umschlang die Wankende. »Was hast du denn?«
»Mir is net gut!« Mit geschlossenen Augen fiel ihr Kopf auf die Schulter des Bruders.
»Was is denn mit der Modei?« fragte Monika und erhob sich.
»Nix, nix!« brummte Lenzl. »'s Madl is halt a bißl schreckhaft.« Er wandte sich zur Schwester. »Komm, ich führ dich in d' Stuben eini! Da kannst dich niederhocken in Ruh und a Tröpfl Wasser trinken.« Er führte sie um die Hüttenecke.
»Kunnt sein, sie hat a schlechts Gwissen?« kalkulierte Philomen. »Dös druckt allweil auf'n Magen, wann vom Tuifi d' Red is.« Ungeduldig schrie sie in Punkls Ohr: »Tu weiterverzählen! Gar net derwarten kann ich's, bis er ihnen 's Gnack umdraht!«
»Du!« flüsterte Gori seinem Kameraden zu. »Da droben, mein' ich, kunnt's ebbes geben haben!« Der andere zwinkerte mit den Augen und nickte.
»Wo war ich denn gleich?« Um die Sinne zu sammeln, faßte Punkl mit beiden Händen ihren Kopf. »Ja, also, an Kracher hat's tan, und d' Hüttentür springt auf, und der rappenschwarze, lange lange Kerl kommt eini –«
Monika schnatterte: »Mar' und Joseph!«
»Kommt eini! Und packt den Gottsfürchtigen bei die Haxen und schmeißt ihn aussi durchs Hüttendach. Aber gar nix hat er gspürt, der Gottsfürchtige. Und gahlings is er dringlegen im schönsten Gras, so gmütlich, grad als ob er einigfallen wär zu mir ins Bett.«
»Vor so ebbes soll mich unser Herrgott behüten!« sagte der Schnaderer-Hans von Winkel und bekreuzte sich fromm unter dem Staunen der anderen.
»Jaaa, Leutln«, erzählte Punkl, »und in die Lüft, da hat's zum schneien angfangt, daß alles weiß war in der Nacht. Und aus der sündhaften Hütten hat der Gottsfürchtige zwei schauderhafte Brüller ghört –«
»Jetzt hat s' der Tuifi in der Arbet!« pipperte die aufgeregte Philomen, die ebenso reichlich mit Phantasie wie mit Speck gesegnet war. »Jetzt hat er s' beim Gnack! Jetzt hat er s'! Herrgott, is dös ebbes Schöns!«
»Und alle Knöcherln hat er ihnen auf Bröserln druckt, grad daß man's hören hat können – gnaaak, draaak, gwaaak – und nacher is a Schnee gfallen, und Schnee und Schnee und Schnee –«

Monika schauderte: »Geh, hör auf, es tut mich schon völlig frieren!«
»Und Schnee und Schnee und Schnee! Und wo ehnder amal die schönste Alm war, da hast nix mehr gsehen als lauter Schnee. Den hat kei' Sonn nimmer gschmolzen, und z' mittelst im Sommer liegt er da, wann umundum alles blüht. Und heutigentags noch heißt man's die verwunschene Alm. Jaaa, Leutln, oft sagt einer, dös is net wahr! Aber ich glaub's, ich glaub's – ich glaub alles!« Hurtig fischte sie aus der Schüssel eine knusprige Nudel heraus und biß hinein, daß es krachte.
Kleinlaut sagte Monika: »Da mach ich a heiligs Glöbnis drauf – ich laß kein' nimmer bei der Hütten vorbei, a jeder kriegt ebbes zum Essen, a jeder därf schlafen bei mir.«
»Da komm ich heut noch!« schmunzelte der Hansl und bekam von seiner Binl einen festen Puff. »Weiter«, mahnte das Mädel, »heim, heim, heim! Mir brennt der Boden unter die Füß.« Auch die Philomen ließ ihren Gori nimmer aus und tuschelte ihm an den Hals: »Heut nacht bleibst bei mir in der Hütten. Sonst muß ich mich fürchten.« Sie bekreuzte sich ununterbrochen, so lang, bis alle zum Aufbruch fertig waren, ausgenommen die alte Punkl, die beharrlich hokken blieb und eine Nudel um die andre verschluckte. »Du«, schrie ihr die Monika ins Ohr, »kriegst denn gar net gnug?«
Traurig kauend, klagte die Alte. »Was hilft's mir? Gsund machen tut's mich doch net.«
Als die Wandergäste zur Hütte kamen, fanden sie Modei auf der Bank neben der Türe. »No, wie schaut's denn aus mit dir?« fragte Philomen. »Is dir a bißl besser?«
»Ah ja!« nickte Modei. Ein müdes Lächeln verzerrte ihren Mund. »Wollts denn schon fort?« Sie erhob sich und streckte die Hand. »An andersmal halt! Ich will enk net aufhalten. Ös habts an weiten Heimweg.«
Lenzl kam aus der Hütte, man schwatzte noch eine Weile, und dann wanderten die zwei Paare vom Scharfreiter über den Steig hinunter, während Punkl und Monika hinaufstiegen zu ihren Hütten. »Dö Gschicht hättst net verzählen sollen!« sagte das Mädel. »So schön lustig war's ehnder. Und jetzt! Völlig kalt is mir's in der Magengrub.«
Noch immer kaute die Alte. »Was hast gsagt?«
Monika preßte die Hand auf die Mitte ihres runden Leibes und brüllte: »Da drinn – ebbes Kalts tu ich allweil spüren, ebbes Kalts.«

»Ah naaa!« grinste Punkl verschämt. »So dumm bin ich net. A bißl ebbes versteh ich schon von der Lieb. Jaa, d' Lieb is ebbes Warms – sagen d' Leut.«
Die beiden verschwanden hinter den Latschenstauden, bis zu deren Nadelfahnen schon der Waldsaum sein langes Schattengezack herüberwarf.
Auch die Hütte war halb schon vom schleichenden Abendschatten umwoben.
Lenzl saß auf der Stubenschwelle. Flackernde Unruh in den Augen, lauschte er immer gegen die Kammer hin. Dort sang die Schwester. Das klang nicht wie ein Lied, es war wie ein leises Stöhnen in müder Qual. Nun schwieg die Stimme. Und nach einer Weile kam die Schwester und flüsterte: »'s Kindl schlaft wieder, Gott sei Dank!«
Der Bruder blieb stumm. Er sah nur die Schwester immer an.
Da trat sie aus der Hüttentür und krampfte die Hand in seine Schulter. »Lenzl! Halb umbringen tut mich d' Angst!«
»Ah so! Wegen dem zweiten Schuß, meinst?« Nach kurzem Schweigen sagte er hart: »Da brauchst net Angst haben! Der Blasi is a Feiner. Heut, am Sonntag, wird er gmeint haben, sind alle Jagdghilfen beim Scheibenschießen.« Er lachte dünn. »Da hat er sich a bißl täuscht. Aber Angst. Ah na! Dem Blasi passiert net so leicht was.«
Unwillig schüttelte Modei den Kopf. »Ich mein' ja net –« Sie stockte, und die Blässe ihres Gesichtes verwandelte sich in Glut.
Schmunzelnd erhob sich Lenzl, wandte der Schwester den Rücken und machte sich mit dem Brennholz zu schaffen, das unter dem Schutz des vorspringenden Daches zum Trocknen an der Hüttenwand aufgeschichtet war. Schnell und eindringlich sagte er: »Arg gern muß dich der Friedl haben. Sonst hätt er dös schwere Kindl net bis da auffi tragen.« Ein kurzes Lachen. »Oder meinst, es hätt sich der ander so plagt für dich?«
Lautlos preßte Modei den Arm vor die Augen und ließ ihn wieder fallen, von einem Schauer gerüttelt. »Ich muß in d' Hütten eini. Mei Kindl muß ich anschaun – oder ich halt's nimmer aus.« Sie wandte sich, blieb stehen, hob lauschend den Kopf und sah hinüber zu der Felshöhle, die gar nicht weit von der Hütte aus dichten Almrosenbüschen aufstieg.
Auch Lenzls Augen spähten da hinüber – Augen, in denen ein wildes Feuer brannte.
Droben, über dem Rand der Felsen, klang es wie flüchtige Sprünge

auf lockerem Gestein. Nun kam es näher. Jetzt tauchte ein Kopf aus den Stauden.
»Blasi!« schrie das Mädel erblassend.
Wie der Wilddieb herunterkam über die Wand, in der einen Hand die Büchse, mit der anderen da und dort nach einer Stütze haschend – das war kein Niedersteigen, es war ein Fallen und Stürzen. Kies und Erdstücke kollerten hinter ihm her, und pfeifende Steine schlugen in die Büsche. Und wie er aussah! An Brust und Armen war das Hemd zerrissen, und wo die Fetzen niederhingen, war die Haut bedeckt von blutigen Schrunden. Die Haare klebten ihm naß und wirr an den Schläfen, und das erschöpfte, mauerbleiche Gesicht war übergossen von Schweiß.
Keuchend wankte er auf die Hütte zu. »Modei! Verstecken mußt mich! Der Jager is hinter mir!«
Unbeweglich, mit verstörtem Gesicht, mit schlaff hängenden Armen, stand das Mädel gegen den Pfosten der Hüttentür gelehnt. Und neben ihr schrillte in grausamer Freude die Stimme des Bruders: »Haben s' dich amal! So hat's kommen müssen! Hörst es rumpeln über deim Haardach? Tanzboden! Tanzboden, heut kriegst an Arbet!«
Unter irrem Lachen krampfte Lenzl die Faust um den Arm der Schwester. »Lisei! Her da zu mir! Dir laß ich nix gschehen –« Seine erwachenden Augen irrten.
Atemlos hetzte Blasi über die Hüttenstufen herauf. »Mit jedem Schnaufer geht's um mein' Hals! Ich hab bloß noch a Schrotpatron in der Büchs –« Sein Blick huschte zum Wald hinüber. »Und der ander hat a Kugel im Lauf.« Er taumelte zu dem aufgebeugten Holz hinüber und stieß die Büchse hinter die Scheiterbeige. »Modei! Verstecken mußt mich!«
Sie sagte tonlos: »Ich wüßt net, wo.«
»Bei dir im Bett. Da sucht mich keiner.« Er wollte zur Hüttentür. Bevor er die Schwelle erreichte, sprang ihm Lenzl in den Weg und stieß ihn mit den Fäusten zurück. »Langsam a bißl! Solang ich da bin –«
»Du Narr! Meinst ebba, du zählst?« Mit der Linken packte Blasi den Alten am Genick, mit der Rechten preßte er ihm den Mund zu und stieß ihn rücklings in die Hüttenstube, in deren Dunkel die lallenden Laute des Gewürgten erstickten. Modei wollte den beiden folgen, wollte wehren – und hörte hinter der Hütte einen jagenden Schritt. Eine Sekunde stand sie ratlos. Dann flog es wie ein Blitz der Erinnerung und des Entschlusses über ihr blutleeres Gesicht. Rasch zog sie

die Hüttentür ins Schloß, riß Blasis Gewehr aus dem Versteck, klappte den Lauf auf, wie es ihr der Jäger einmal gezeigt hatte, zerrte die Patrone heraus, schleuderte sie hinunter in die Büsche und stieß das Gewehr wieder hinter die Scheiterwand.
Friedl erschien an der Hüttenecke. Beim Anblick des Mädels erzwang er seine Ruhe. »Modei?«
»Was?« Wie versteinert war sie.
»Kann sein – ich weiß net –« Da sah sie das Blut an seiner Wange, und vor Schreck versagte ihr fast die Stimme. »Friedl! Jesus! Was hast denn?«
Er versuchte zu lachen. »Was soll ich denn haben?«
Sie jagte über die Stufen hinunter, mit erloschenem Laut. »Du blutest!«
»Ich? Bluten?«
Wortlos streckte sie die Arme.
Friedl griff nach seiner Wange, sah die Hand an und lachte. »Is schon wahr – so a bißl!« Er ging zum Wassertrog und wusch das Blut von seinem Gesicht und lachte wieder. »Wird mich halt an Astl gstreift haben. Net amal gspürt hab ich's. Und fort muß ich wieder. Gleich. Der Förstner, weißt –« Während er hinübersprang zum Talsteig, schwatzte er über die Schulter: »Wann ich net da bin bis um fünfe, muß der Lenzl unser Büberl abitragen – auf der Alm derf 's Kindl über Nacht net bleiben, es kunnt sich verkühlen. Pfüe Gott derweil.«
Aus der Lähmung erwachend, sah Modei in tiefer Erschütterung den Jäger an, staunend in Qual und Freude. »Mensch! Was bist denn du für einer! Du bist wie der Christophorus.«
Lautlos öffnete sich die Hüttentür, Blasi sprang über die Schwelle, riß das versteckte Gewehr hervor und hob es an die Wange. Da schrillte hinter ihm die Stimme Lenzls mit gedrosselten Lauten: »Friedl! Decken mußt dich!« An Blasis Büchse knackte der Hahn. Und während Friedl sich wandte und das Gewehr zum Anschlag hinaufriß, starrte der Wilddieb in Bestürzung die versagende Waffe an, ließ sie aus den Händen fallen, sprang über die Stufen hinunter und brach vor Modei in die Knie. Das Gesicht in den Rock des Mädels wühlend, keuchte er: »Jetzt bin ich hin!« Und droben bei der Hüttenschwelle schrillte das Gelächter des Alten.
Unter tonlosem Laut bedeckte Modei das Gesicht mit den zitternden Händen.

Langsam ließ Friedl die Büchse sinken. »Ah so?« Sein Gesicht entfärbte sich, daß es wie Asche war. Nur der Blutfaden, der ihm von der Streifwunde über den Hals heruntersickerte, hatte Lebensfarbe. »Die alten Strick, scheint mir, heben noch allweil a bisserl.« Er lachte heiser. »So ebbes kann dem gscheitesten Menschen passieren – einmal in der Wochen muß er a Schaf sein. Und heut hat's mich troffen.« Er ging zur Hütte und drehte auf den Stufen das Gesicht über die Schulter. »Da kannst jetzt denken, was d' magst – ich tu, was ich muß.« Während er über die letzte Stufe hinaufstieg, griff er nach seiner Wunde und sah die Hand an. »Blut? Is schon der Müh wert drum!« Das Gewehr unter dem Arm, wollte er in die Hütte treten.
Von der Schwelle schrillte ihm die Stimme des Alten entgegen: »Friedl? Bin ich der Narr? Oder bist du einer? Mach kein' Unsinn! Pack ihn zamm, den Saukerl, den gottverfluchten!«
»Wie, ruck a bißl!« sagte der Jäger ruhig, schob den Alten mit dem Ellbogen beiseit und trat in die Sennstube.
Verdutzt hob Blasi den Kopf und sperrte die Augen auf.
Einen Schritt vor ihm zurückweichend, sagte Modei mit stählernem Laut: »Du – mach, daß d' weiterkommst. Der Wasboden, über den a richtiger Mensch gangen is, vertragt kein' söllenen, wie du einer bist.«
Blasi schnellte sich vom Boden auf, sprang zu den Stauden hinüber und blieb stehen. »Den hast dir aber gut dressiert! Paß auf, da komm ich bald wieder – wann's bei dir so ungfahrlich zugeht.« Lachend verschwand er hinter den Latschenbüschen.
Modei stand unbeweglich, mit dem Arm vor den Augen. Und über den Stufen droben setzte der Lenzl sich auf den Stangenzaun und hob die gespreizten Hände zum Himmel. »O du heiliger Unverstand!« Er ließ die Arme fallen und kicherte: »Jetzt hab ich allweil gmeint, daß ich verruckt bin. Derzeit sin's alle andern – und ich bin der einzige mit Verstand!«
Der Jäger kam aus der Sennstube, hemdärmelig, hinter dem Rücken das Gewehr, auf dem Arm das schlafende Kind, über das er die Joppe gedeckt hatte. Mit dem Fuß stieß er Blasis Büchse beiseite, die auf den Stufen lag. »Sooo? Hat er schon flinke Füß gmacht? Freilich, Kurasch muß der Mensch haben. In Gotts Namen – und 's Büberl trag ich wieder abi – es kunnt sich ebbes zuziehen da heroben.« Als er an Modei vorüberging, sagte er bitter: »Heut bin ich a bißl unglegen kommen, gelt? Von morgen an hast dei' Ruh vor mir. Pfüe Gott!«

»Aber Mensch!« kreischte Lenzl. »Sunst fallt dir gar nix ein?«
»Na!« Der Jäger ging hinüber zum Steig.
»Friedl!« schrie Modei mit erwürgtem Laut, rannte ihm wie eine Irrsinnige nach und umklammerte seinen Arm. »Laß dir doch sagen – Jesus, Maria –«
In Zorn befreite er sich von ihren Händen und wurde wieder ruhig. »Ja, ja, is schon gut! Um 's Kindl brauchst dich net sorgen. Dös is gut aufghoben bei meiner Mutter.« Er räusperte sich, als wäre ihm was in die Kehle geraten, und ging mit jagendem Schritt davon.
Modei wollte schreien und hatte keinen Laut mehr. Sie wollte dem Jäger nachlaufen, taumelte mit zitternden Knien und strauchelte. Lenzl kam von der Hüttentür gesprungen, half der Schwester vom Boden auf und führte sie. Als sie auf die Stufen hinfiel und in Schluchzen ausbrach, sagte er: »No also! Jetzt tröpfelt's Wasser. Der Himmel is blau – und doch is a Wetter da!« Sich aufrichtend, strich er langsam mit der Hand über seine Stirn. »Und was mit mir sein muß? Als wär mir ebbes aussigfallen aus'm Hirnkastl! Wie mich der Blasi drosselt hat – in der Stuben drin –, da hab ich allweil a Fuier gsehen. A großmächtiges Fuier!« Er machte eine wunderlich wilde Bewegung – wie einer, der ansetzt zu einem lebensgefährlichen Sprung. Dann löste sich plötzlich alle Spannung seines Körpers, und er hatte die Augen eines ruhig Erwachenden. »He? Schwester? Was is denn?« Er rüttelte sie an der Schulter. »'s Wasser tröpfeln lassen! Und sunst kannst gar nix?« Ein leises Lachen. »Hättst ihn halt net gehn lassen! Aber no, es wird schon so sein müssen, daß eim die besten Einfäll erst kommen, wann 's Glöckl schon gschlagen hat.« Er wandte das Gesicht zum Steig hinüber, und etwas Scheues, Feierliches war im Klang seiner Stimme. »Schwester! Jetzt weiß ich, was für an Menschen 's Allerschwerste is.«
Sie klagte: »'s Elend tragen müssen, dös man verschuldt hat?«
»Na, Schwester! 's Allerschwerste für an Menschen is, verstehn, was gut sein heißt.«
Während sie langsam das Gesicht hob, ging er hinüber zum Steig und blickte hinunter in die Waldtiefe. Der Jäger war nimmer zu sehen; nur den Klapperschlag seiner Schuhe auf dem steinigen Bergweg hörte man noch. Lenzl lachte ein bißchen. »Von der Sonn weiß ich's gwiß, morgen kommt s' wieder.« Über die Schulter sah er zur Schwester hinüber. »Und der Mensch, so oft's ihn abidruckt in die Nacht, der ruckt sich allweil wieder auffi. Drum muß er ebbes haben

in ihm, was mit der Sonn a Verwandtschaft hat.« Wieder spähte er hinunter in die schattige Tiefe. Dann schrie er einen klingenden Jauchzer in den Abend hinaus, dessen Himmel zu leuchten begann.

Diesen frohen Schrei hätte Friedl noch hören müssen, wenn seine Ohren nicht so taub gewesen wären, wie seine Augen blind. Er hetzte mit solcher Hast über den steilen Waldweg hinunter, daß er oft dem drohenden Sturz nur entging durch einen noch flinkeren Sprung. Nie des Weges achtend, immer mit dem Blick im Leeren, drückte er mit den Armen das wach gewordene, verschüchterte Kind an sich, als müßte er dieses kleine, hilflose Leben mit Gewalt hineinpressen in seine zuckende Seele. Unter seiner Stirne war ein Wirbel von Gedanken – keinen konnte er fassen und halten; an seinen Schläfen hämmerte das Blut; und die Streifwunde auf seiner Wange fing zu brennen und zu schmerzen an.

Als er zu einer Quelle kam, hielt er das Kind auf dem rechten Arm, tauchte mit der linken Hand sein Taschentuch in das Wasser und preßte es auf die Wunde. Das tat ihm wohl. Die Kälte des nassen Tuches beruhigte ein wenig das tobende Blut. Aber je freier sein Kopf wurde, um so dumpfer fühlte er eine lähmende Müdigkeit in allen Gliedern. Und immer schwerer wurde die Last des Kindes auf seinem Arm.

Immer wieder blieb er stehen und lehnte sich zu kurzer Rast an einen Baum. Er fand keine Ruh, es trieb ihn heim. Kalte Schauer liefen ihm über den Rücken. Und es war doch die Sonne, nachdem sie schon gesunken, in einer Bergscharte wieder aufgetaucht, und sie goß ihre warmen Strahlen auf ihn nieder durch das Gewebe der Äste!

Als könnte er diesen roten Glanz nicht ertragen, so schloß er immer wieder die Augen. Er tat es nur, um das Bild zu verjagen, das ihn quälte und nicht weichen wollte – das Bild des Mädels, dem die Angst aus den entstellten Zügen redete, die Angst um den Vater ihres Kindes, der sie verraten hatte – und dem zuliebe sie jenen verriet, dessen Herz ihr gehörte mit jedem Blutstropfen!

Dann wieder war ihm, als hätte er nur einen wüsten Traum, aus dem er plötzlich erwachen müßte, um die liebe Wirklichkeit und das lachende Gesicht seines Glückes zu schauen. Aber die harten Steine auf seinem Weg, die schreiende Qual in seinem Herzen, die brennende Wunde auf seiner Wange, das Kind auf seinen Armen – alles mahnte ihn: Das ist Wahrheit! Und dennoch konnte er die Wahrheit nicht fassen, nicht begreifen. Er wußte nur, was er getan. Warum er so getan und wem zu Nutz und Liebe – auf diese Frage fand er keine Antwort. Was mußte ihm nur da droben durch den Kopf gefahren sein, daß er im Augenblick der Entscheidung seiner geschworenen Rache vergessen konnte, seines Jägerblutes und seiner Dienstpflicht, die ihm gebot, den Wilddieb zu fassen und vor den Richter zu liefern!

Die Hälfte des Weges hatte Friedl schon zurückgelegt, und in der Tiefe sah er schon die dunklen Felsklüfte der Dürrach. Da hörte er hinter sich die leichten Sprünge eines Tieres. Er brauchte sich nicht umzuschauen, um zu wissen, daß es sein Hund war, der wohl droben im Bergwald die von Blasi erlegte Gemse aufgespürt und nach langem Harren und Totverbellen die Fährte seines Herrn gesucht hatte.

Friedl brachte es nicht über sich, dem Hund einen Blick zu gönnen. Bürschl trug die meiste Schuld, daß alles so gekommen war. Im ersten Groll, den Friedl gegen das Tier empfand, hätte er am liebsten die Büchse von der Schulter gerissen und dem Hund eine Kugel durch den Kopf gejagt! Doch er trug das Kind auf den Armen – und dann wieder schalt er sich selbst um dieser Regung willen. Er hätte vorausbedenken müssen, daß ein Laut des Hundes ihm gefährlich werden konnte. Und war es denn nicht gerade die Treue des Tieres gewesen, die es bellend aufspringen machte gegen den Feind seines Herrn?

Auch Bürschl schien mit der Zurücksetzung, die er erfahren mußte, nicht einverstanden. Winselnd stieß er immer wieder seine Schnauze an die Wade des Jägers.

»Hörst net auf!« So hatte Friedl schon ein paarmal hinuntergescholten zu dem Hund, dessen Zudringlichkeit ihn beim Gehen hinderte. Bürschl wollte nicht Ruhe geben. Unweit der Dürrachbrücke, wo rechts vom Pfad die Felsen sich niedersenken zur Tiefe des Bergwassers, während sie zur Linken steil emporsteigen, ließ Friedl sich endlich erweichen, beugte sich zu dem Hund hinunter, tätschelte ihm die fiebernden Flanken und hieß ihn durch eine Geste vorausspringen auf dem schmalen Weg.

Als der Jäger sich aufrichtete, hörte er über der Felswand ein Knistern und Rascheln. Er blickte hinauf und sah einen großen Felsblock sich neigen, von dessen Rand zwei Hände sich lösten und verschwanden. Mit lautem Schrei wich Friedl einen Schritt zurück und

deckte noch schützend seinen Arm über den Kopf des Kindes. Dann krachte und prasselte es nieder über die Steinecken der Wand, vor seinen Augen vorüber auf den Steig, den zerschmetterten Hund mit hinunterreißend in die Dürrachschlucht.
Auf Kopf und Arme waren dem Jäger die Steinsplitter geflogen, und ein schwerer Felsbrocken hatte seinen Fuß getroffen.
Grauen befiel ihn. Er jagte den Steig hinunter, wie von Sinnen, die Arme um das Kind geklammert.
Die Wälder sah er tanzen und die Berge laufen. Und als er die Häuser erreichte, machten sie Purzelbäume – alle gegen seinen Kopf hin über das Franzerl weg.
Da war seine Stube – seine Mutter – er streckte ihr das Kind entgegen – »Jesus Maria!« –, dann brach er zusammen und stürzte mit blutübergossenem Gesicht auf die weißen Dielen.

11

Benno hatte sich über Friedls Verschwinden beim Scheibenschießen bös geärgert. Und als auch die Preisverteilung am Nachmittag vorübergegangen war, ohne daß Friedl sich sehen ließ, hatte Benno verdrossen ein Wägelchen bestellt, um einen Ausflug nach dem Achensee zu machen. Dort unterhielt er sich so gut, daß er seinen Aufenthalt im sangeslustigen Rainerhof über fünf Tage ausdehnte. Dann wanderte er durch den Bergwald zurück nach Fall.

Es wurde späte Nacht, bis er seine Sommerstation wieder erreichte. Im Forsthaus war alles schon in Schlaf und Ruhe. Erst nach langem Klopfen öffnete ihm die Försterin das Haus.

»Da bin ich wieder! Schlaft denn der Förster schon?«

»Ah na! Der is gar net daheim. Im Rauchenberg muß er Aufsicht halten, seit der Friedl liegt.«

»Liegt? Der Friedl?«

»Ja! Was sagen S', Herr Doktor! Mit'm Friedl sind schöne Gschichten passiert! Am selbigen Abend, wie S' davonkutschiert waren – ich bin grad vor der Haustür gstanden –, da kommt der Friedl hergrennt von der Dürrachklamm. Kein' Hut hat er ghabt, über und über blutig im Gsicht, a Kindl am Arm – und auf kein' Ruf hat er ghört, und fortgrennt is er, allweil zu, und eini in seiner Mutter ihr Haus. Natürlich, der Förster und ich, wir springen gleich ummi. Und drüben in der Stuben steht dös alte Weibl, 's Kind am Arm, vor lauter Schrecken halber narret. Und der Friedl liegt am Boden im Blut und macht kein' Muckser nimmer!«

»Ach, du lieber Himmel!«

»Ja, dös sind Gschichten gwesen! Und kein Mensch hat sich denken können, was passiert is! Da hat's jetzt gheißen: zugreifen! Ich und mein Mann, wir haben den Friedl aufpackt und ummitragen aufs Bett. Und wie ihm der Meinige den Schuh vom Fuß zieht, is 's Blut

nur so gstanden drin, und der Fuß hat grausam ausgschaut. Gleich hat der Meinige einspannen müssen und einifahren auf Lenggries und den Dokter holen. Und der Friedl hat kein' Menschen nimmer kennt, vor lauter Fieber, und so liegt er jetzt schon im sechsten Tag.«
»Und weiß man, was da geschehen ist?«
»Wissen! Was heißt wissen? Freilich weiß man was – und weiß wieder nix! Der Friedl selber hat noch net reden können. Dafür reden d' Leut um so mehr. Dös Büberl drüben, wissen S', dös is der Modei ihr Kind. Und der Friedl hat ihr 's Büberl am Sonntag auf d' Alm auffitragen. Und jetzt sagen halt d' Leut, der Friedl müßt schon lang mit der Modei im Gspusi sein und wär der Vater von ihrem Kind. Aber was am Sonntag auf der Alm droben gschehen is? Auf'm Heimweg hat ihn halt a Steinschlag troffen. Aber d' Leut plauschen so hin und her, und a jeder denkt ebbes anders. Jetzt ich denk mir gar nix. Ich kann's abwarten. 's wird schon noch alles aufkommen! Also, gut Nacht! Und schlafen S' Ihnen ordentlich aus!«
Das wurde keine gute Nacht für Benno. Was er gehört hatte, ließ ihn nicht zur Ruhe kommen.
Am Morgen nahm er sich kaum Zeit für das Frühstück. Ohne Hut, in den Hausschuhen, sprang er hinüber zu Friedl. Als er in den Flur trat, kam die Bäuerin gerade aus der Kammer ihres Buben. In ihrem Gesicht stand der Kummer zu lesen mit allen Zeichen durchwachter Nächte. Und bei Bennos Anblick schossen ihr gleich die Tränen in die Augen.
»Wie geht's dem Friedl?«
»Ich dank schön, a bißl besser! Seit gestern am Abend hat sich's Fieber glegt. Aber schwach is er halt, arg schwach.«
»Darf man zu ihm hinein?«
»Ja, Sie schon! An Ihnen hängt er gar arg!«
Benno trat in die Krankenstube und drückte lautlos hinter sich die Tür wieder zu. Wenn auch draußen die Sonne niederglänzte über Fall und seine Häuser, so füllte doch ein tiefes Dunkel den kleinen, stillen Raum. Nur durch die schmalen Klunsen der geschlossenen Fensterläden stahlen sich feine Lichtbündel herein in die kühle Dämmerung und zeichneten goldene Linien und farbige Punkte auf die gegenüberliegende Wand.
Jedes Geräusch vermeidend, ging Benno zum Bett und hörte einen schweren Atemzug. Im Zwielicht sah er auf geblumten Kissen das

blasse, verpflasterte Gesicht des Jägers liegen, mit einem weißen Bund über Stirn und Augen.
»Friedl?« fragte er leise.
Keine Antwort. Es schien nur, als würde dem Kranken das Atmen leichter.
»Kennst du meine Stimme?«
Der Jäger nickte. Dann ein flüsterndes: »Gott sei Lob und Dank!«
»Ums Himmels willen, Bub, was ist denn geschehen mit dir?«
Der Atem des Kranken schien sich wieder zu erregen. Das Gesicht auf die Seite drehend, sagte er mühsam: »Der Dokter hat mir's Reden verboten.«
»Na also, dann folg nur schön! Ich bleibe bei dir.« Benno ließ sich neben dem Bett auf einem Sessel nieder. In das einförmige Ticken der Schwarzwälderuhr, die neben dem Türstock hing, mischte sich ein heiteres Kinderlachen, das von der Wohnstube durch die beiden geschlossenen Türen gedämpft herüberklang.
Da knarrte die Bettlade, und der Kranke hob sich halb aus den Kissen.
»Friedl? Willst du was?«
»A Tröpfl Wasser, ich bitt schön!« Der Jäger fiel wieder zurück auf die Kissen.
»Ich hol es dir frisch vom Brunnen herein.« Als Benno die Tür öffnete, fiel ihm das Licht von draußen hell ins Gesicht. Wohl traten seine Schuhe vorsichtig auf die Steinplatten des Flurs. Dennoch hörte Friedls Mutter in der Stube das Geräusch. Zehrende Sorge in den Augen, kam sie gelaufen und fragte, was denn wäre. Benno beruhigte sie. »Bleiben Sie bei dem Kindl, Mutter! Der Friedl braucht nur einen frischen Trunk. Den hol ich ihm schon.« Als er vom Brunnen zurückkam, stand die alte Frau noch immer auf der Stubenschwelle. Er nickte ihr lachend zu und trat in die Kammer des Jägers.
Mit dürstenden Zügen leerte der Kranke das Glas und flüsterte matt: »Gott vergelt's Ihnen tausendmal!«
»Schon recht, Friedl! Aber der Herrgott hat was anderes zu tun.«
»Man sollt's meinen, ja! Aber diemal muß ihm sei' ewige Fürsorg a bißl schief durchanand rumpeln. Sonst tät's anders zugehn auf der Welt.«
Benno drückte die zitternden Hände des Jägers auf die Bettdecke nieder. »Halte den Schnabel, Bub, und reg dich über die Weltregierung nicht auf! Unser Herrgott wird schon zurechtkommen.« Er

nahm seinen Platz wieder ein, blieb bis in die Nacht, gab die Krankenpflege nimmer aus der Hand und verließ die kleine, dunkle Stube nur, um zu essen und ein paar Stunden zu schlafen oder um einen Wunsch des Jägers zu erfüllen.

Zwei Tage vergingen. Und wenn die Besserung des Kranken merkliche Fortschritte machte, so hatte es den Anschein, als wäre es Bennos stete Gegenwart, die im Verein mit Friedls kräftiger Natur die Genesung förderte. Solange Benno neben dem Bett saß, lag der Kranke ruhig. Sobald aber Benno die Kammer verließ, wurde Friedl seltsam erregt und fragte die Mutter immer wieder: »Kommt er net bald?«

So viel Freude Benno über diese Anhänglichkeit des Jägers empfand, so wenig vermochte er sie zu begreifen. Er war immer gut und freundlich mit Friedl gewesen, aber das konnte das Herz des Jägers doch nicht so fest verpflichten. Die Lösung des Rätsels war, daß Friedl in Benno einen Vertrauten für alle Sorgen seines Herzens zu finden hoffte und nur den Mut nicht hatte, offen von seinem Kummer zu reden. Schließlich kam aber doch die Stunde, die diesen verschlossenen Brunnen der Schmerzen öffnete.

Es war gegen Abend. Durch die Ritzen der Fensterläden fielen die schimmernden Strahlen. Sie waren rot geworden, und ihre Lichter, die im Lauf der Stunden die ganze Wand entlang gewandert waren, lagen wie große Mohnblumen auf der weißen Bettdecke. In dieses rote Geflimmer hatte der Kranke seine beiden Hände gelegt. Sie sahen aus wie von Blut übergossen. Mit halbgeschlossenen Augen blickte Friedl auf dieses brennende Rot, während Benno erzählte, daß bei der lange dauernden Hitze sich auf den Almen die Seuchenfälle zu mehren begännen und daß man in den herzoglichen Jagden schon gefallenes Wild gefunden hätte. »Im heurigen Sommer hat die Sonne viel auf dem Gewissen!«

»Und es is doch so was Schöns ums Sonnenlicht! Von der Sonn, da kommt doch 's ganze Leben auf der Welt!« Friedl seufzte. »Aber freilich, wo Licht is, da findst auch den Schatten gleich bei der Hand. Da hab ich schon oft drüber nachdenkt. Der liebe Herrgott muß doch hundertmal gscheiter sein als aller Menschenverstand! Warum hat er's denn nacher auf der Welt so eingricht, daß alles Schöne sei' wilde Seiten haben muß und daß dem Menschen in der liebsten Freud der härteste Wehdam net erspart bleiben kann? Schauen S', Herr Dokter, wann ich so allein draußen war in die Berg, da hab ich oft so sinnieren müssen – und da sind mir oft Sachen eingfallen, wo

ich mich gfragt hab, wie unser allmächtiger Herrgott so ebbes zulassen kann. Es is grad, als ob er diemal mit seine Engel und Heiligen so viel Schererei hätt, daß er auf uns arme Menschenleut ganz vergißt.«
Benno fühlte sich seltsam berührt von diesen Worten. Das war Pessimismus in seinem naivsten Urzustand! Schon wollte er zu Friedl in einfachen, verständlichen Worten von dem Trost reden, den der Mensch gegenüber der dunklen Härte des Schicksals aus dem Bewußtsein des eigenen Wertes schöpfen muß. Da fühlte er seine Hand umfaßt. Und Friedl sagte: »Herr Dokter, ich hätt a Bitt!«
»Was denn, Friedl?«
»Wann S' so gut sein möchten und den Fensterladen aufmachen, daß ich d' Sonn a bißl sehen kunnt!«
»Aber gern!« Benno ging zum Fenster. Die Scheiben klirrten. Und die Läden knarrten in ihren Angeln, als Benno sie aufstieß, daß sie polternd an die Außenwand der Hütte schlugen. Breit und rot flutete die Abendhelle in das Stübchen und über Friedls Lager. Gerade dem Fenster gegenüber stand die Sonne, halb schon verschleiert von den Bäumen eines fernen Berggrates.
Vor der ersten blendenden Lichtfülle hatte Friedl die Hand über die Augen decken müssen. Als aber Benno wieder bei ihm saß, blickte der Jäger mit leuchtenden Augen in den Rotglanz des sinkenden Gestirnes.
»Schauen S' hin, Herr Dokter! Sieht's net aus, als ob von der Sonn 's dicke Blut niederfließet über Bäum und Felsen? Wann ich dös so betracht, da kommt's mir für, als ob uns der Teufel 's Licht net vergunnt und Tag für Tag die schöne Sonn abischießt vom Himmel. Und d' Sonn steigt hinter die Berg, wie d' Leut sagen, ins Meer – grad wie a kranker Hirsch, der 's Wasser sucht in der Nacht, daß er z' morgenst mit frische Kräft wieder aufsteigen kann nach der Höh.«
Friedl richtete sich in den Kissen auf, um die Sonne länger zu sehen, die langsam hinuntertauchte hinter die brennenden Baumwipfel.
Staunend hatte Benno das Gesicht des Jägers betrachtet, diesen dürstenden Mund, diese heißen, in Sehnsucht träumenden Augen. Der weiße Bund, der die Stirn des Kranken deckte, war vom Schein des Abends rot überhaucht. Doch was die sonst so blassen Wangen jetzt so glühend rötete, das war nicht nur die Sonne.
»Friedl? Wie kommst du zu solchen Gedanken?«
Ein müdes Lächeln zuckte um den Mund des Jägers. »Ich glaub, sie

kommen zu mir. Da druckt's mir allweil d' Seel und 's Herz a bißl zamm, und nacher hab ich so ebbes im Kopf drin.« Er deutete nach der Sonne. »Schauen S' hin, wie 's verblutet! 's letzte Tröpfl rinnt ihr aus! Und allweil tiefer geht's abi. Und die goldigen Wölkerln ziehen hinter ihr nach, als wären s' verliebt drein! Verliebt! Da – d' Sonn is drunt – und d' Nacht kommt. Pfüet dich Gott, du liebe Sonn!« Er sank in die Kissen zurück, und tiefe Atemzüge hoben seine Brust. »Grad so is mei bißl Glück versunken«, sprach er flüsternd vor sich hin, »versunken in d' Nacht! Grad, wie ich denkt hab, es scheint mir am allerschönsten!«

Aus diesen Worten klang eine Wehmut, die Benno ans Herz griff. Er glaubte, der Jäger meine seine Lebenssonne und fürchte, daß er nicht mehr genesen würde. Drum sagte er: »Geh! Wer wird denn so unvernünftige Gedanken haben! Es geht ja schon ganz gut mit dir! Laß nur noch acht Tage vorbei sein, dann springst du wieder auf deine Berge hinaus wie der Gesündeste!«

»Freilich, ja! Aber ich sag meim Leben kein Vergeltsgott net! Mei' Herzenshoffnung war mein Leben, und seit ich kein Bröserl nimmer hoffen därf, bin ich a Gstorbener, und müßt ich auch auf der Welt noch rumlaufen hundert Jahr! Weswegen hab ich denn dös verdient? Ich brauchet nix fürchten für mein Seelenheil, und wann mich unser Herrgott an Ewigkeit lang brennen lassen möcht für jeden unguten Gedanken, den ich gegen dös Madl im Herzen tragen hätt. Sie war mein Denken und Schnaufen, sie war mein Weg und Steg, sie war mein Auf und Nieder seit meiner Kindheit an. Muß man denn in der Welt sein Glück noch teurer zahlen, als wie's ich hab zahlen müssen? 's Madl und 's Kind – ich weiß net, wer mir da lieber gwesen is. Und am selbigen Tag noch, in der Fruh, da war ich der glücklichste Mensch von der Welt! Und auf d' Nacht –« Friedl bedeckte das Gesicht mit den Händen. »Ich hab's doch selber erlebt – und trotz wegen will's mir noch allweil net eini in mein' harten Schädl! Allweil und allweil rührt sich ebbes in meim Herzen und redt – und ich kann net glauben, wo ich doch glauben muß!«

»Aber Friedl? Was ist dir denn?« fragte Benno bestürzt, während er dem Kranken die Hände herunterzog.

Mit heißen Augen sah Friedl zu ihm auf. »Ah ja! Sö wissen noch net, wie d' Menschen sind! Und wie man bedankt wird auf unserer Welt. Ich will's Ihnen verzählen. Und wann S' alles wissen, nacher sagen S' mir an Rat. Ich selber weiß mir kein'.«

Mit erregten Worten sprach er weiter, und Benno lauschte der leidvollen Geschichte dieses treuen Herzens.
Die Schatten des Abends schlichen durch das Fenster herein. Als Friedl zu Ende gesprochen hatte, lag schon die tiefe Dämmerung in der Stube.
»Das ist freilich eine sorgenschwere Geschichte!« unterbrach Benno das lange Schweigen, das nach dem letzten Wort des Jägers entstanden war. »Aber dir macht sie keine Unehr, Friedl! Und schau, nach allem, was du mir erzählt hast, will es mir nicht in den Sinn, daß das Mädel so falsch an dir hätte handeln können, wie es freilich den Anschein hat. Wer kann wissen, ob sich der Blasi nicht auf irgendeine Weise den Eintritt in die Hütte erzwungen hat? Und schau – wer kann in der Hast und Aufregung immer gleich das Richtige finden. Menschen, die das können, sind selten. Und denk nur, was wär dir selber alles erspart geblieben, wenn du kurz entschlossen nach deiner Dienstpflicht gehandelt und den Blasi vor dem gespannten Gewehr heruntergeführt hättest zum Förster.«
Friedl wollte sprechen, aber Benno ließ ihn nicht zu Wort kommen.
»Das soll für dich kein Vorwurf sein! Ein Sprichwort sagt: Der hat gut reden, der weit vom Schuß ist. Ich kann mir vorstellen, was dir bei deiner Liebe zu dem Mädel da droben durch den Kopf gefahren ist. Und doch hast du getan, was ein anderer schwer versteht. Kann es so ähnlich nicht auch bei der Modei gewesen sein? Das ist doch leicht zu denken, daß ein Mädel bei so was stumm und ratlos wird vor Angst und Schreck. Vielleicht hat sie selber den Blasi in die Hütte hineingeschoben, um ein Zusammentreffen mit dir zu verhindern, bloß weil sie sich um dich gesorgt hat, um dich allein!«
Friedl umklammerte Bennos Hand. »Herr Dokter, wann ich Ihnen so reden hör, is mir grad, als ob mir jeds Wörtl an Zentner vom Herzen nähm! Am liebsten möcht ich noch in der jetzigen Stund auffispringen auf d' Alm und zum Madl sagen: ›Schau, an andrer hat besser denkt von dir als ich – sag mir, daß er recht hat, und durchs ganze Leben will ich's abbüßen in Lieb und Treu, was ich an dir versündigt hab!‹«
»Langsam, langsam, Friedl!« fiel Benno ein, der in Sorge war, daß er zuviel des Guten gesagt und in Friedl eine trügerische Hoffnung erweckt hätte. »Brennt bei dir schon wieder die Lieb mit der Einsicht durch? Hoff du fürs erste nichts, gar nichts! Aber nimm dir vor, mit

ruhigem Blut der Wahrheit nachzugehen, sobald du wieder frisch und gesund auf genagelte Sohlen kommst.«

»Wann's nur so leicht wär, Herr Dokter, ein' Tag um den andern so hinwarten müssen –« Friedl schwieg und blickte zur Tür hinüber.

Seine Mutter trat ein und brachte einen Teller mit Suppe. »So, Bub, da hast a bißl ebbes!«

Während Friedl aß, stand sie zu Füßen des Bettes und plauderte mit Benno über das merklich gebesserte Aussehen des Sohnes.

Nun reichte ihr Friedl den leeren Teller. »Wer is denn drüben beim Kind?« fragte er.

»Niemand. Es hockt am Boden und häuselt.«

»Geh, bring mir's a bißl ummi!«

Die alte Frau verließ die Kammer.

»Herr Dokter«, sagte Friedl, schwer atmend, »Sö haben mir a Wörtl gsagt, dös mir hart auf d' Seel gfallen is. Ich hätt nach meiner Dienstpflicht den Blasi runterführen müssen zum Förster! Und ich – ich hab ihn laufen lassen! Der Modei z' lieb. Schon selbigsmal am Heimweg hab ich mir denken müssen, daß ich mich am Dienst versündigt hab. Und seit ich aus'm Fieber aufgwacht bin, lieg ich allweil in der ewigen Angst, ob net der Förster jede Minuten da einikommt zur Tür und 's Verhören anfangt –«

»Da mach dir keine Gedanken!« unterbrach ihn Benno. »Der Förster ist heute gar nicht daheim, und wenn er kommt, will ich ihn abfangen und in aller Ruhe mit ihm reden.« Er stand vom Sessel auf. »Für heut haben wir schon ein bißl zuviel miteinander geschwatzt. Ich will hoffen, daß es dir nicht von Schaden ist. Schau jetzt, daß du schlafen kannst! Und mach dir keine unnötigen Sorgen! Es wird alles noch recht werden! Also, gut Nacht!«

»Gut Nacht, Herr Dokter! Und tausendmal Vergeltsgott!« In den Augen des Jägers leuchtete ein dankbarer Blick. »Aber gelt, morgen kommen S' wieder ummi zu mir?«

»Natürlich! Also gut Nacht jetzt!«

»Gut Nacht!«

Benno ging, während die Mutter das Franzerl brachte, das lachend und zappelnd die Ärmchen nach dem Jäger streckte. –

Am andern Morgen durfte Friedl für ein paar Stunden aufstehen. Die Wunde an seiner Wange fing zu verharschen an, so daß er den Verband ablegen konnte. Mit dem Fuß sah es noch übel aus; der schmerzte auch beim vorsichtigsten Auftreten noch empfindlich; das

käme nur von einer Sehnenschwellung, meinte der Arzt, die sich bei mäßiger Bewegung rascher beheben würde als in der Ruhe. –
Gegen Abend kam der Förster nach Hause. Benno, der ihn an der Tür erwartet hatte, ging ihm nicht mehr von der Seite. Und nach dem Abendessen, als die beiden mit ihren qualmenden Pfeifen allein waren, erzählte Benno dem Förster alles, was er wußte, und schilderte ihm die drückende Sorge, die dem Friedl das Jägergewissen beschwerte.
»Du mein Gott, ich kann ihm den Kopf auch net abireißen!« meinte der Förster. »Ich hab mir's eh gleich denkt, daß so a verruckte Liebsgschicht dahintersteckt. Und der Lenggrieser Dokter hat's natürlich kennt, daß der Friedl am Backen an Streifschuß hat. Wie mir die Alte gsagt hat, daß der Friedl am selbigen Nachmittag bei der Modei droben war, hab ich mir denkt, da mußt a bißl nachschauen! No ja, und da bin ich nacher auffi auf d' Alm. Meiner Seel, 's Madl hat mich erbarmt – so verweint hat's ausgschaut. Und kaum a Wörtl hab ich aussibracht aus ihr. Lang hab ich allweil so rumgredt, bis ich am End kurzweg gfragt hab, ob's wahr is, daß der Friedl am Sonntag heroben war. 's Madl hat bloß an Deuter gmacht. ›Und was war denn nacher?‹ hab ich gfragt. Da hat's mich angschaut mit kugelrunde Augen, hat d' Händ vors Gsicht gschlagen und hat zum Zittern angfangt wie an arme Seel, dö 's Fuier spürt und net weiß, ob's in d' Höll kommt oder bloß ins Fegfuier. Was hab ich da weiter machen können? Ich hab mir halt denkt: Wartst es ab, bis der Friedl selber redt! Und bin wieder abgschoben.«
»Haben Sie dem Mädel gesagt, was mit dem Friedl auf dem Heimweg passiert ist?«
»Gott bewahr! So gscheit war ich schon, daß ich den Schnabel ghalten hab. Dö Gschicht mit'm Steinschlag is mir net plausibel gwesen. Ich hab mir eh gleich denkt, da stinkt ebbes in der Fechtschul. Hat 's Madl a Schuld dran, so hätt ihr jeds unfürsichtige Wörtl bloß an Weg zum Aussilügen aufgwiesen. Kann aber 's Madl nix dafür – so hab ich mir denkt – und hat's ebbes mit'm Friedl, da kunnt 's an schauderhaften Schreck davon haben. Umsonst muß man d' Leut net plagen. 's Maulhalten ist gscheiter.«
»Und jetzt, da Sie alles wissen – was wollen Sie tun?«
»Dem saubern Herrn Blasi wird vor allem 's Handwerk glegt. Gleich morgen schick ich an Bericht nach Tölz eini! Also, sei' Büchsen hat er droben bei der Hütten liegenlassen? Wer weiß, ob er's schon gholt

hat? Jedenfalls schick ich bei Glegenheit den Hies drum auffi. Wann der Blasi ans Wiederkommen denken möcht, soll's ihm der Hies versalzen! Und jetzt kommen S', Herr Dokter, jetzt schauen wir mitanand a bißl ummi zu dem verliebten Heuschniggl!«
Als sie hinüberkamen und in die Stube traten, saß Friedl am Tisch und baute dem Franzerl ein schönes Kartenhaus.

12

Das waren stille, schwermütige Tage in der Hütte auf der Grottenalm.
Modei ging bleich und vergrämt umher; wortkarg tat sie ihre Arbeit, und wenn Punkl oder Monika in der Hütte zusprachen, bekamen sie nicht viel anderes zu hören als ein ›Grüß Gott!‹ und ›Pfüet dich!‹ Auch mit dem Bruder redete Modei nur, was die gemeinsame Arbeit verlangte. Und bei der Verstörtheit, die ihr Gemüt umklammert hielt, hatte sie keinen Blick für die seltsame Wandlung, die sich von Tag zu Tag immer deutlicher im Wesen des Bruders vollzog. Die Wahnbilder seines irren Erinnerns schienen in ihm erloschen zu sein. Immer befand er sich in einem Zustand verträumten Suchens, redete wunderliche, unzusammenhängende Dinge und wurde schließlich von einer verdrossenen Gereiztheit befallen, weil ihm dieses trübselige Zusammenleben mit der wortkargen Schwester täglich unleidlicher wurde. Und wenn er einen Versuch machte, von jenem Sonntag und seinen Folgen zu reden, wurde Modei noch stiller und verschlossener.
Oft, wenn er untertags auf die Schwester zutrat, mußte er sehen, wie sie hastig das Gesicht auf die Seite drehte, um ihre Tränen zu verbergen. Wenn er in der Nacht erwachte, hörte er sie leise weinen und beten. Nach schlaflosen Nächten hatte sie zerbrochene Tage, und die sonst so Fleißige wurde bei der Arbeit müd. Und kam jemand zur Hütte, hörte sie einen Schritt, so fuhr sie erblassend zusammen und stammelte: »Der Förster wieder? Oder der Hies?«
Als Lenzl eines Abends vom Weideplatz heimkehrte, fand er die Schwester am Herd, mit nassen Augen, ganz in sich versunken. Da fing er zu schelten an. »Is dös an Art und Weis? Statt daß dich a bißl zammklaubst, an vernunftbaren Schritt machst und dö ganze Sach wieder auf gleich bringst, derweil hockst den ganzen Tag umanand

und flennst und reibst dir d' Augen! Mit'm Wasserpritscheln is freilich nix profitiert!«
»Du hast gut reden!« sagte Modei mit erloschener Stimme. »Du spürst es net, wie's ich spür. Drum red mir nix drein! Dös hat mir halt unser Herrgott aufgladen als Buß. Und so muß ich's tragen!«
»Freilich! Weil unser Herrgott nix anders z' tun hat, als daß er d' Menschen plagt?«
Lenzl sah ein, daß hier nur ein einziger zu helfen vermöchte. Und der muß her, dachte er, soll's gehn, wie's mag! Ein paar Tage später, als er abkommen konnte, ohne daß die Arbeit Schaden litt, schlich er sich im Morgengrauen, während Modei noch schlief, aus der Hütte. Er erinnerte sich, von Friedl gehört zu haben, daß der Jäger in diesen vierzehn Tagen die Aufsicht auf dem Rauchenberg zu führen hätte. Es war das ein weiter Weg, den Berg hinunter bis ins Tal und drüben wieder hinauf bis zur Jagdhütte, die hoch da droben auf der Bergschneide lag. Der Schwester zulieb wäre Lenzl auch bis ans Ende der Welt gelaufen.
Er brauchte fünf Stunden, um das Ziel seiner Wanderung zu erreichen. An der Jagdhütte fand er die Läden geschlossen und die Tür versperrt. Da nahm er von einer alten Feuerstatt ein Stücklein Kohle und schrieb mit großen, steifen Buchstaben an die Hüttentür: ›Bin dagwest, i, da Lenzl. Komscht ummi, gell!‹ Damit Friedl auch sicher käme, schrieb er noch darunter: ›Weils grank is!‹
Dann schritt er die Bergschneide entlang zu der eine halbe Stunde entfernten Hochalm. Auch hier fragte er vergebens nach Friedl. Die Sennerin konnte ihm nur den guten Rat geben, sich bei den Holzknechten, die auf dem tieferen Gehäng des Berges arbeiteten, nach dem Jäger zu erkundigen. Als er auch bei den Holzleuten von Friedl keine Nachricht hörte, lief er kurz entschlossen durch den steilen Bergwald hinunter nach Fall. Am Waldsaum mußte er sich verstekken, weil der schwerbäuchige Grenzaufseher Niedergstöttner schnaufend und schwitzend auf dem Waldweg gegen die Schlucht der Dürrach hintappte unter kummervollen Selbstgesprächen, die jede Mühsal des buckligen Weges dreimal verfluchten.
Das Kapellenglöckl läutete die Mittagsstunde, als Lenzl hinter den Weidenstauden der Dürrach hinunterschlich zur Isar. Wie ein Fuchs, der einer Henne an den Hals will, pirschte er gegen den kleinen Garten, den Friedls Mutter mit ihren rastlosen Händen dem steinigen Hügel abgerungen hatte. Lautlos an den Heckenstauden entlanghu-

schend, spähte er durch das dichte Gezweig und kicherte vor sich hin: »Jetzt hab ich's troffen.«
An der Mauer saß der marode Jäger auf einem Bänkl und sonnte den heilenden Fuß, während seine dürstenden Augen immer in der blauen Höhe suchten. Auf dem Schoß hatte er das Fernrohr liegen. Das hob er immer wieder und richtete es nach den Rasenwellen der Grottenalm wie ein Jäger, der Gemsen sucht.
Da richtete Friedl sich plötzlich auf. Er hörte klappernde Schritte und eine keuchende Stimme, die immer, wie in atemloser Angst, die zwei gleichen Worte wiederholte: »Jesus, Maria – Jesus, Maria – Jesus Maria –«
Erschrocken zuckte der Jäger vom Bänkl auf, ohne seines kranken Fußes zu denken. »Mar' und Joseph!« stammelte er, weil er die Stimme zu erkennen glaubte. »Is denn dös net der Lenzl?«
Richtig! Der war's! Wie ein Besessener kam der Alte mit flatterndem Weißhaar von der Dürrach über die Straße hergelaufen und wollte am Gärtl des Jägers vorübersausen. »Jesus, Maria – Jesus, Maria – Jesus, Maria –«
»Lenzl!« Mit hinkendem Fuß machte Friedl ein paar wilde Sprünge gegen die Heckenstauden. »Um Christi willen! Lenzl? Was is denn? So komm doch her zu mir! So laß doch reden a bißl!«
»Ich kann net – Jesus, Maria!« keuchte der Alte und sprang. »Ich hab kei' Zeit net, ich muß zum Dokter aussi nach Lenggries. Mei' Schwester is soviel krank! Dö braucht a Trankl, a heilsams! Ich muß zum Dokter aussi – Jesus, Maria –« Und weg war der Alte, verschwand an der Straßenbiegung, sprang aber nicht ›aussi nach Lenggries‹, sondern huschte kichernd in die Stauden der Dürrach und lief geduckt hinüber gegen den Waldsaum.
Als Friedl allein war, fingen ihm die Hände so heftig zu zittern an, daß er sie hinter den Hosengurt stecken mußte. Wie ein Verrückter humpelte er zur Haustür hinüber, trat langsam in die Stube, warf einen Sorgenblick auf das schlafende Büberl und sagte ruhig: »Mutter, jetzt mußt mir a Krügl Bier ummiholen. So viel dürsten tut mich!«
Das alte Weibl zappelte flink davon. Als sie mit dem Krügl vom Wirtshaus kam, war keiner mehr da, der Durst hatte und trinken wollte. Auch Friedls linker Nagelschuh war verschwunden; nur der rechte stand noch unter dem Ofen. Und verschwunden waren des Jägers Hut, sein Rucksack, seine Büchse und sein Bergstock. »O, du

heilige Mutter!« stammelte die alte Frau erschrocken, rannte vors Haus und fing zu schreien an.
Das konnte Friedl noch hören, obwohl er den Triftsteg an der Dürrach schon erreicht hatte. Ohne das Gesicht zu drehen, sprang er wie einer mit gesunden Beinen. Drüben über dem Wasser, auf dem steigenden Waldweg ging es langsamer. Alle paar hundert Schritte mußte er stehenbleiben, um den schmerzenden Fuß rasten zu lassen. Und weil der plumpe Filzschuh, den er am kranken, dick verbundenen Fuß hatte, beim Steigen immer rutschte, mußte Friedl sich hinsetzen, eine Schnur aus dem Rucksack nehmen und den lockeren Filzkübel verläßlich an den Knöchel binden. Ein paar Schlingen der Schnur legte er auch um die Sohle, damit er einen festeren Tritt bekäme. Als er, zitternd vor Ungeduld, sich erhob, blickte er über den steilen Bergweg hinauf, den er zu überwinden hatte. Und da gewahrte er in der Höhe, nicht weit von der Grottenalm, eine sonderbare Sache. Da droben war ein feines Blitzen und Gefunkel, als spiegele sich die Sonne in vielen beweglichen Glassplittern.
Dieses Funkeln und Strahlenschießen kam von den Uniformknöpfen und vom Bajonett des schwerbäuchigen Grenzaufsehers Niedergstöttner, der sich mit Schwitzen und Fluchen über den ganzen Waldsteig hinaufgezappelt hatte und der Alm schon nahe war.
Er hatte, um Luft zu bekommen, die grüne Uniform aufgeknöpft, nicht nur den Rock, auch die Hose. Die großschirmige Mütze hatte er an das Bajonett seines königlich-bayrischen Grenzkarabiners gehängt, den er bald auf die rechte, bald auf die linke Schulter lupfte. Ein großes, geblumtes Taschentuch, fleckig durchfeuchtet, bedeckte als Sonnenschutz die Glatze und warf noch einen Zipfelschatten über das erhitzte, krebsrote Vollmondgesicht. Trotz seiner dritthalb Zentner war Herr Niedergstöttner von quecksilberner Beweglichkeit. Und ebenso flink, wie er die kurzen dicken Beine rührte, schwatzte er beim Steigen die Monologe seiner Bergverzweiflung vor sich hin.
»Tuifi, Tuifi, Tuifi, is dös a Hitz! Und schnaufen muß ich, grad schaufen, schnaufen, schnaufen!«
Hurtig kletterte er über die letzten Steigstufen hinauf, drehte sich um, guckte in die Tiefe und fand, wenn auch ein bißchen asthmatisch, das Lachen eines Glücklichen.
»Gott sei Lob und Dank! Jetzt bin ich heroben! Is dös an Arbeit gwesen! Verfluchte Berg, verfluchte Berg!« Er zerrte das Taschentuch

von der Glatze, trocknete Gesicht und Hals, dehnte sich wie ein Schlangenmensch vor dem Auftreten und zog das Knie in die Höhe. »Die ganze Muschkelatur hint aussi is mir krämpfig. Allweil d' Füß heben, allweil d' Füß heben! Unser Herrgott muß an böshaftigen Hamur ghabt haben, wie er die Berg derschaffen hat! Verfluchte Berg, verfluchte Berg! Und an Durst kriegt man, Jöööises, an Durst, an Durst, an Durst! Da wär jetzt a Maßerl fein, a Maßerl fein, a Maßerl fein!« Sehnsüchtig guckte er auf dem Almfeld herum und betrachtete Modeis stille Hütte. »He da! Was is denn! Is dö bucklete Welt da heroben ausgstorben, und gibt's denn da gar net a bißl ebbes, was kühl is? Aaaah, da is ja a Brünndl, a Brünndl, a Brünndl!« Er zappelte auf den Brunnen zu und legte lachend das Gewehr ab. »Wasser! Brrrr! A schauderhafte Sach! Da ghört a Kurasch dazu, a Kurasch, a Kurasch, a Kurasch.« Hurtig steckte er das Dampfnudelköpfl in den Brunnentrog, pritschelte und spritzte, scheuerte die zinnoberfarbene Glatze und schüttelte die Tropfen von sich ab, was ihm leicht gelang, da er keine Haare hatte, in denen das Wasser hätte hängenbleiben können.

Weil er eine Sennerin von der Almhöhe herunterkommen sah, knöpfte er als Kulturmensch unverweilt die klaffende Hose zu, machte säuberliche Amtstoilette und setzte die Mütze auf.

Mit der ledernen Salztasche um die Hüften, kam Modei müd und versonnen über das Weidefeld herunter. Als sie die Uniform sah, erschrak sie, daß ihre Lippen weiß wurden. Dann merkte sie, ein Grenzaufseher, kein Gendarm. Und mit halber Ruhe konnte sie sagen: »Grüß Gott, Herr Grenzer! Was schaffen S' bei mir?«

»Aufschreiben, aufschreiben, wieviel als d' Vieh hast.« Niedergstöttner zog ein Ungetüm von grünledernem Notizbuch heraus. »Aber sag, du saubers, du herzliebs Maderl, hast net ebba aus gottsgütigem Zufall a Flascherl Bier da heroben? Für a Flascherl Bier kunnt ich dem Tuifi heut mein ewigs Leben verschreiben.«

»Mit Bier kann ich net aufwarten. Aber a Schüssel Milli wann S' mögen?«

»Milli?« Der Grenzer schnitt in groteskem Schreck eine Grimasse, die jedem Zirkusclown einen Beifallssturm eingetragen hätte. »Marrriandjosef! Sprich dös gfahrliche Wörtl nimmer aus! Sonst trifft mich a Verstandeslähmung, und um fall ich und bin a Leichnam, a Leichnam, a Leichnam!« Er richtete einen klagenden Blick zum Himmel, erledigte unter drolligen Scherzen das amtliche Ge-

schäft, notierte die Zahl der Ochsen, Kühe, Rinder und Schafe, aus denen Modeis Almherde bestand, verwahrte das Notizbuch wieder, trocknete mit dem Taschentuch das Dampfnudelköpfl und setzte sich auf den Brunnentrog. »So viel plagen muß sich der Mensch! Malefiz Arbet! Wie schön wär d' Welt, wann d' Arbet net wär, dö gottverfluchte Arbet.«
»Nach jeder Arbet kommt a Ruh.«
»Net wahr is, aaaah, net wahr is! Nach der Arbet kommen d' Schweißtröpfln, a höllischer Durst und der Muschkelkrampf.«
»Seids ös von der Station in Fall drunt? Lang müßts noch net da sein, weil ich enk noch nie net gsehen hab.«
»A paar Wochen erst, a paar Wochen. Ehnder, da bin ich z' Münka gwesen, z' Münka, in der Haupt- und Rrrrassidenzstadt, beim Oberzollamt.« Niedergstöttner bekreuzte sich, wie es eine alte Bäuerin bei heftigem Blitzschlag macht. »Daaaa hat's Arbet geben! So viel, wie der Hund Flöh hat! Und d' Arbet vertrag ich net, ich vertrag's halt net! Wann's einer vertragt, da kann er Minister werden. Ich hab's net dersitzen können. 's Hirn is mir allweil kleiner worden und 's Fundament allweil breiter, allweil breiter. Und so a sitzende Betätigungsweise – jöi, jöi, jöi – da tut sich allweil Salz entwickeln im Inkreisch, zwischen Nabel und Schattseiten. Und da hast nacher allweil Durst, allweil Durst, Durst, Durst, Durst. Drum haben mich die Gottsöbersten da aussi versetzt nach Fall. Dö haben gmeint, da heraußen tät ich weniger bimseln, weil 's Bier so schlecht is, weißt. Ja, Schnecken, Schnecken! Da heraußen muß ich noch viel mehrer dürsten, weil ich allweil schwitzen muß, allweil schwitzen, allweil schwitzen.«
Modei konnte ein bißchen lachen. »Aber sonst gfallt's enk bei uns da, gelt?«
»Ui jeeeegerl, jegerl, jegerl! Schau mei Ranzerl an, mei Ranzerl! Und söllene Berg dazu! Und allweil muß ich auffi, allweil auffi, auffi, wie a verlassene Wanzen an der nackten Kirchenwand! O du heiliger, heiliger Geist der Schöpfung! Deine Welteinrichtung hat verdächtige Buckeln.«
Das Mädel tat einen schweren Atemzug. »Ich kann mir noch ebbes Härteres denken als wie 's Bergsteigen.«
»Soooo? Und wann ich ausrutsch? Und wann's mich abireißt? Dös is ja gar net zum ausdenken, was ich da für a Loch ins Tal einischlag. Söllene grauslichen Gfahren haben s', dö verfluchten Berg, dö ver-

fluchten Berg! Da muß einer schon aufpassen, der 's Bergsteigen los hat! A Jager, a Jager, der kann doch 's Bergsteigen, net? Und jetzt schau amal an, was dem Jager von Fall passiert is, dem Jager von Fall!«

»Jesus«, stammelte Modei erschrocken, »was is denn mit'm Friedl?«

»Friedl heißt er, ja Maderl, Friedl, Friedl, Friedl!«

Verstört umklammerte Modei den Arm des Grenzers. »Um Herrgotts willen, so red doch, Mensch!«

»Der Jager, weißt, der Jager, der Jager, der hat a Kindl abitragen vom Berg, a Kindl, a Kindl a kleins –«

Sie nickte in der Angst. »Ja, ja –«

»Und drunt bei der Dürrach hat ihn a Steinschlag troffen, a Steinschlag am Fuß. Und allweil, allweil, mit'm halbert verdruckten Fuß, da is er noch allweil gsprungen und heim mit'm Kindl und heim und in d' Stuben eini zur Mutter. ›Nimm 's Kindl!‹ sagte er, und da hat's ihn hinghaut am Boden – Jesses, Maderl, was hast denn, was hast denn? Du bist ja kaasweiß im Gsicht! Was hast denn?«

Modei, nach Sprache ringend, lallte einen unverständlichen Laut. Dann griff sie mit den Händen ins Leere, schrie den Namen des Bruders, jagte zur Hütte hinunter und verschwand um die Balkenmauer.

Niedergstöttner guckte mit kreisrunden Augen. »Hab ich ebba da a Rindviecherei gmacht? Ja? Mir scheint, mir scheint, mir scheint.« Zu dem ehrlichen Kummer, der in seiner sanften, mit Speck wattierten Bierseele Einzug hielt, gesellte sich der Jammer über den weiteren Verlauf seines Amtsweges. Zu Punkls Hütte ging es steil in die Höhe. Bei der Musterung dieses Weges machte Niedergstöttner ein Gesicht wie ein Kater, wenn er Salmiak riechen muß. »Allweil wieder auffi, auffi, auffi und auffi! Hat denn d' Welt nach auffi gar keine Grenzen, gar keine, gar keine?« Während er zu krabbeln anfing, klagte er noch: »O du armseligs Mitglied der königlich-bayrischen Zollnarretei!« Als er den Hüttenzaun erreichte, blieb er blasend stehen. »He da! Was is denn? Rührt sich da gar nix, gar nix, gar nix?«

»Waaaaas?« klang in der Stube der heisere Alt der Sennerin. »Hat da a Kalbl plärrt? Oder kommt ebbes Menschligs?« Punkl erschien auf der Schwelle. Der überraschende Anblick von drei Zentnern unbezweifelbarer Männlichkeit verwandelte die Säure ihres Zwiebelgesichtes in grinsende Freude. »Jesses, a Grenzer!« Sie buckelte, als

wäre ein königlicher Prinz bei ihr erschienen. »Dös freut mich aber! Grüß Gott, grüß Gott! Mit was kann ich aufwarten?«
»Aufschreiben muß ich, aufschreiben, wieviel Vieh als d' hast!«
»Jesses, Jesses, so a liebs Mannsbild!« staunte die Alte. »Zu dem kunnt man Zutrauen haben.« Wieder buckelte sie. »Grüß Gott, Herr Grenzer!« Sie zappelte ihm entgegen, stützte den Schnaufenden und schob ihn nach aufwärts. »Gschwinder a bißl! Aufkochen tu ich, aaaah, grad nobel! Und in der Kellergruben hab ich noch a drei, vier Flascherln Bier.«
»Was!« Der Erschöpfte machte eine Zuckbewegung, wie durchrissen von einem elektrischen Strom. »A Bier hast? A Bier? A Bier?«
»Fünf, sechs Flascherln, jaaaa!«
So einladend kann auch Evas Apfel auf den Adam nicht gewirkt haben. In Niedergstöttner flammte eine zärtliche Begeisterung. »O du Herzkäferl, du benedeits! An Kniefall mach ich! Dir verschreib ich mei' Seel! A Bier, a Bier! O Himmelreich, o Paradeis, Paradeis, Paradeis, o irdische Glückseligkeit!«
Die drei zollämtlichen Zentner tauchten am Arm der überirdisch grinsenden Jungfrau in den Dusterschein der Sennstube.

13

Bei Modeis Hütte gellte wieder und immer wieder ein Schrei in die Sonne: »Lenzl! Lenzl!«
Nur das Echo an den nahen Felsen, nie eine Antwort.
Verzweifelt, wie in sinnloser Verstörtheit rannte und suchte das Mädel. »Is auf der Weid net! Is net im Stall! Is bei die Schaf net! Wo is er denn? Lenzl, Lenzl!« Zitternd an allen Gliedern, kam sie zur Hüttentür, taumelte gegen die Balken und preßte den Arm über die Augen. »Ich bin schuld! An allem bin ich schuld! Und wann er jetzt leiden muß –«
Denken konnte sie nimmer. Ohne zu wissen, was sie tat, dem Trieb des quälenden Augenblicks gehorchend, sprang sie in die Stube, riß das Arbeitsgewand herunter und kleidete sich, als wär's für den Kirchgang. Ihr Hütl über die Zöpfe hebend, trat sie aus der Hüttentür, hetzte die Stufen hinunter und hatte einen Schrecken, der sie völlig lähmte.
In verwittertem Anzug und dennoch schmuck, umschimmert von der Nachmittagssonne, stand der Huisenblasi zwischen den Stauden. Lächelnd sagte er: »Grüß dich Gott, Sennerin!«
Ein klangloser Laut in der Stille. »Du?« Das Hütl fiel dem Mädel aus der Hand und kollerte über den Rasen.
Blasi lachte. »Hast dir an andern verhofft?« Langsam trat er auf Modei zu. »Oder haltst ebba dös für a Wunder, daß a Mannsbild, a gsunds, zu der guttätigen Sennerin kommt – bei der's kei' Gfahr net hat – und die sein Schatz is?«
Da wurde sie ruhig, streckte sich und sah ihn mit zornfunkelnden Augen an. »Du mußt dich verschaut haben in der Gegend. Die Monika hat ihren Burschen. Und bei der Punkl wirst ebba doch net ans Fenster mögen?« Sie wollte gehen.
»Du, wart a bißl!« Er sprang ihr in den Weg und musterte sie

schmunzelnd. »Zu dir komm ich. Die alten Zeiten a bißl auffrischen.«
»Alte Zeiten?« Das war ein Ton, aus dem der Widerwille klang. »Fahrt dir net 's Blut ins Gsicht? – Mach, daß d' weiterkommst! Ich hab an Gang.« Sie wandte sich gegen den Steig.
»Öha! Langsam!« rief er und verstellte ihr wieder den Weg.
Hart fragte sie: »Was willst?«
»Ich muß dir doch a guts Wörtl sagen dafür, weil mir am ungfahrlichen Sonntag so an freundschäftlichen Schutzengel gmacht hast! A rassigs Weiberleut bist! Kreiz Teifi noch amal!« Er lachte. »Wie du den Jager von Fall am Schnürl hast!«
Dunkel schoß ihr die Zornröte in die Stirn. »Mein Weg gib frei! Ich sag dir's zum letztenmal! Mit dir hab ich nix mehr z' reden.«
»Aber ich noch a bißl ebbes mit dir!« Er drängte sie Schritt um Schritt gegen die Hüttenstufen hin. Und immer behielt er den heiteren Ton. »Vergelts Gott, Schatz! Soviel haushälterisch bist! Grad wie mein Vater! Der schnürt mir den Geldbeutel zu, und du hilfst mir Patronen sparen. Aber allweil kunnt's dir net nausgehn mit der Knauserei. Und willst den Jager von Fall schön sicher durchfretten bis zur Hochzeit, so laß ihm an eiserns Gwandl machen, gelt! Ich bin net allweil so kugelarm. Und meiner Kugel springt er so gschwind net aus'm Weg als wie so eim Brocken Stein.«
»Jesus!« Modeis Gesicht verzerrte sich. »Den Stein hast du ––« Sie schlug die Hände vor die Augen. »Und so an Menschen gibt's auf der Welt?«
»D' Jager sind wie Schwaben und Russen. So an Unziefer dertrappt man, wo man's derwischen kann. Schad, daß man diemal daneben trappt.«
Sie sah ihn an, mit irrendem Blick. »Blasi! Dein Kind hat er tragen.«
»Mein Kind?« Er zuckte die Achseln. »Protokolliert hab ich's noch allweil net, daß ich der Vater bin.«
Aus verstörten Augen rannen ihr langsam Tränen über die blassen Wangen. Sie wandte sich ab gegen die Hütte hin und drehte das entfärbte Gesicht über die Schulter. »Gstorben bist mir gwesen. Und begraben. Mir! Schon lang. Von heut an is meim Kind der Vater verfault. Und wann's mich fragt amal, nacher weiß ich nimmer, wie er gheißen hat.« Modei machte einen müden Schritt. »Schlecht wird mir, wann ich dich anschau. Geh, sag ich dir!«

Ein wunderliches Staunen in den Augen, spottete Blasi nach kurzem Schweigen: »Ah na! Jetzt bleib ich erst recht. So gut wie heut hast mir noch nie net gfallen. D' Weibsbilder sind allweil am feinsten, wann ihnen 's Blut a bißl aufwurlt. Ja, jetzt hab ich wieder an Gusto auf dich.« Er faßte mit eisernem Griff ihren Arm. »Und hätt's auch kein' andern Verstand, als daß ich dem Jager die süße Schüssel versalz.« Lachend riß er das Mädel an sich.
Ekel und Entsetzen lähmten ihre Zunge. Mit verzweifeltem Widerstand suchte sie sich loszureißen. Ihre Kraft erlahmte unter dem Druck dieser stählernen Arme. Kaum, daß sie noch ihr Gesicht vor Blasis Lippen zu schützen vermochte. Sie wollte schreien. Seine Hand erstickte ihren ersten Laut. Und lachend zerrte er sie gegen die Stufen hin, während sie den Haarpfeil aus den Zöpfen riß, die ihr über die Schultern fielen.
Da keuchte Lenzl über den Steig herauf, ohne Hut, mit dem klirrenden Bergstock, das kleine Hirtenfernrohr am Gürtel. »Was is denn da?«
Den Kopf drehend, ließ Blasi das Mädel fahren.
Wie ein Besessener hetzte Lenzl auf den Burschen zu. »Du Herrgottsakermenter! Rühr mir d' Schwester noch amal an mit deine drecketen Pratzen – und ich renn dir den Bergstecken durch und durch.«
Atemlos, das Haar ordnend, sagte Modei: »Da brauchst dich net plagen! In d' Hütten hätt er mich net einibracht. Da hätt er schon ehnder mein Haarpfeil im Hals drin ghabt.«
Erheitert war Blasi ein paar Schritte zurückgetreten. »Ui jegerl! Da kunnt's ja gar gfahrlich werden, da heroben. Und da schau an! Der Lenzl als Hulaner mit'm Spieß! Oder bist ebba gar der dümmste von die sieben Schwaben?« Er lüftete auf nette Art das Hütl. »No also, pfüe Gott für heut! An andersmal wieder.« Und gemütlich sagte er zu dem Alten: »Geh, du, hol mir mei Büchsli aussi, dös ich beim letzten Bsuch vergessen hab!«
»So?« knirschte Lenzl in bebender Wut. »Und sonst willst nix? Da kannst abschieben! Dö Büchs, dö kriegt bloß a Jagdghilf oder der Förster.«
Blasi schoß einen funkelnden Blick auf den Alten. Dann verzog er den Mund zu einem spöttischen Lächeln. »Is a teuflisch guts Gwehrl! Da kann der Jager sei' Freud dran haben. Muß ich halt nachschauen, ob mei' alte Büchs da drüben im Lahnwald unter die Steiner net ro-

stig worden is seit'm Hahnfalz. Ohne Gamsbock geh ich heut net heim.« Schmunzelnd sah er die Sennerin an. »Wann einer fallt, so bring ich dir d' Nieren. Dö kannst dir bachen im Schmalz.« Leise lachend sprang er in die Stauden.
»So ein' mußt anschaun!« Lenzl fieberte vor Zorn. »Und da sagt man, unser Herrgott hat d' Leut derschaffen! So a Gottslästerung! Unser Herrgott muß sich schön geärgert haben, wie der erste Haderlump aussigwachsen is aus der Mistgruben.« Ruhiger werdend, stellte er den Bergstock fort und legte den Arm um die Schwester. »Geh, komm! Tu dich a bißl niederlassen! Zitterst ja an Händ und Füß.«
Sie ließ sich zu den Stufen führen. »Wegen dem da, meinst? Ah na! Heut plagt mich ebbes anders –« Da sah sie die müde Erschöpfung im erhitzten Gesicht des Bruders. »Was hast denn? Wo bist denn gwesen den ganzen Tag?«
Er kicherte. »So umanandsteigen hab ich halt müssen – bei der Hüterei.«
»Gott sei Dank, daß daheim bist!« Sie erhob sich. »Heut auf'n Abend mußt mei' Arbet machen. Ich hab an Weg.«
Lenzl stutzte. »Was? An Weg hast? Wohin denn?«
»Nach Fall muß ich abi. Es leidt mich nimmer. Ich muß –« Die Stimme zerriß ihr. »Dem Friedl is ebbes Unguts zugstoßen. A Grenzer hat mir's verzählt.«
Erst erschrak der Alte. Dann fand er ein Lachen. »Geh, laß dich net anschmalgen! Is ja net wahr!«
Die Schwester sah ihn eine Weile schweigend an. »Weißt denn du was davon?«
»No ja – im Wald drunt hat a Holzknecht so narrisch dahergredt, daß ich selber derschrocken bin. Aber wie ich nacher ummikommen bin am Rauchenberg –«
»Du? Und am Rauchenberg?«
»A Träupl Schaf hat sich verloffen, auf'n Rauchenberg ummi. Dö hab ich suchen müssen, ja, und da bin ich net weit von der Jagdhütten gwesen, hab 's Spektiv aufzogen, hab ummigschaut – und da is er gmütlich vor der Hütten gsessen, der Friedl, und hat in der Sonn sei Pfeifl graucht.«
Tief aufatmend, sagte Modei: »Dem Herrgott sei Lob und Dank!« Sie sah hinüber zum Rauchenberg. »Wie d' Leut aber lügen können!«

»Jaaa!« Lenzl schmunzelte. »Dö lügen wie druckt wann's sein muß.« Modei wollte in die Hütte treten und wandte sich wieder, von einem Mißtrauen befallen. »Lenzl –«
»Was?«
Sie sprach nicht weiter, sondern blickte zu den Stauden hinüber, in denen Blasi verschwunden war. Der hatte doch auch gesagt, daß Friedl dem fallenden Stein aus dem Weg gesprungen wäre. Sie bekreuzte sich aufatmend, und wieder suchten ihre Augen den blauen, plumpen Buckel des Rauchenberges. Eine wehe Trauer schnitt sich um ihren Mund. »So a Sprüngl, so a kleins!« Ein versunkener Laut. »Und kommt net ummi!«
Lenzl mußte das Lachen verstecken. »Er wird halt kei' Zeit net haben.«
Modei nickte. »Für mich!« Sie holte ihr Hütl, das zwischen den Steinen lag. »Gschieht mir schon recht. Wer 's Taubenhaus net verwahrt, der muß riskieren, daß der Marder alles auffrißt, was lebendig bleiben möcht.« Müden Schrittes, noch einmal die Augen zu dem blauen Berg hinüberwendend, trat sie in die Sennstube.
Nachdenklich nahm Lenzl den Kopf zwischen die Hände. »Sakra, sakra – dö arme Seel, dö verzehrt sich ganz – was tu ich denn da? Soll ich a Wörtl reden, oder muß ich den Schnabel halten?« Auf der untersten Hüttenstufe sitzend, schlang er die Arme um das Knie und sann ins Blaue hinaus. Nach einer Weile raunte er vor sich hin: »So is dös allweil – hat sich a Wetter verzogen, so scheppert's noch lang, wann d' Luft schon sauber is und a jedweds Blüml wieder sei Köpfl hebt.« Nun saß er unbeweglich und stumm, einen seltsam kindhaften Blick in den Augen, ein scheues Lächeln um den welken Mund. Wie Staunen und Spannung erwachte es in seinen erschöpften Zügen, wie der Ausdruck eines Menschen, der auf etwas wunderlich Klingendes in seinem Innern hört. Dann fingen seine Augen zu gleiten an und hafteten an vielen Dingen, als sähe er sie zum erstenmal. Nun plötzlich ein Aufzucken, ein Erinnern. »Höi, Schwester!«
Sie kam aus der Hütte, schon wieder in ihren Arbeitskleidern. »Was?«
»Dös muß ich dir sagen: Sei gscheit, Schwester! Und tu dich net kümmern! Solang der Mensch noch schnauft, geht 's Leben allweil wieder auf a Lachen zu.«
»Geh, du!« Sie sah ihn verwundert an und sagte müd: »Amal, da hast mir versprochen, daß d' Sonn allweil wiederkommt.«

Er lächelte. »So schau halt auffi! Steht s' net droben?«
»No ja, freilich – aber du meinst es allweil anders als wie ich.«
»Sooo?« Lenzl kicherte heiter. »Ah ja, d' Menschenleut! Sooft man so a dumms Häuterl anschaut, muß man lachen. In Geduld kann der Mensch auf alles warten, was ihm weh tut. Aber d' Freud? Da meint er allweil, dö muß gleich bei der Hand sein.«
In Staunen schwieg das Mädel eine Weile. »Lenzl?«
»Was?«
»Reden tust – ich weiß net, wie – als tätst völlig an andrer sein, als d' allweil gwesen bist.«
Er nickte ernst. »Gelt, ja?« Und faßte sie mit raschem Griff bei einer Rockfalte. »Schwester! Komm! Hock dich her a bißl zu mir!« Als Modei neben ihm auf der Stufe saß, begann er leise und langsam zu reden wie ein Träumender. »Den ganzen Tag her such ich allweil ebbes in meim Hirnkastl und kann's net finden. Und alls is mir anders, als wie's gwesen is. D' Leut und die ganze Welt und d' Luft in der Höh – alls schaut sich anders an. Sein tuts mir, als wär ich noch halb a Kind und als hätt ich gschlafen, ich weiß net, wie lang. Und ebbes hat mich aufgweckt. Und da merk ich, daß ich an alter Mensch bin, möcht allweil traurig sein und muß doch lachen drüber, als ob ich a Kindl wär.« Er kicherte vor sich hin.
In Schreck und Freude stammelte Modei: »Jesus – Lenzl –«
»Dös hat angfangt am selbigen Abend, weißt, wo ich deintwegen so schauderhaft derschrecken hab müssen. Und wie mich der Blasi bei der Gurgel ghabt hat, daß ich gmeint hab, ich muß dersticken – da hat mir allweil a schiechs Fuier vor die Augen bronnen. Und allweil hab ich a Stimm ghört – a Stimm, wie d' Mutter ghabt hat, weißt – und dö Stimm hat allweil gschrien: ›D' Schwester mußt aussitragen, d' Schwester mußt aussitragen!‹« Sich zurückbeugend, sah er sie an und lachte herzlich. »Wie dich ausgwachsen hast! Heut kunnt ich dich nimmer tragen.« Er wurde wieder ernst, und seine Augen suchten. »Jetzt mußt mir ebbes sagen, Schwester! Allweil is mir so a Wörtl im Verstand, und ich weiß net, wo ich hin muß damit –«
»Was für a Wörtl?«
»Hast mir net du amal die letzten Täg her ebbes verzählt – von eim Tanzboden?«
Mit erweiterten Augen sagte sie zögernd: »Freilich, ja – da hab ich gredt davon.«
»Tanzboden? Gar nimmer einfallen tut's mir. – Wie war denn dös?«

»So gredt haben wir halt – vom selbigen Unglück.«
Lenzl furchte sinnend die Augenbrauen. »Was für an Unglück?«
»Wie –« Die Stimme wollte ihr nicht gehorchen. »No ja, wie der Tanzboden einbrochen is!«
»Wart a bißl!« Er nickt eifrig. »Jetzt kriebelt mir im Hirnkastl ebbes in d'. Höh. Du meinst den Tanzboden, der einbrochen is und a paar Leut derschlagen hat?«
Scheu stammelte Modei: »Den Grubertoni –«
»Jetzt haben wir's! Ja! Der arme Teufel! Jetzt fallt mir alles wieder ein. Und zwei Madln hat man wegtragen müssen. Net? Auf eine kann ich mich noch ganz gut bsinnen. So a kleine. Mit lustige Äugerln.« Er sah ins Leere, ernst, doch ruhig. »Ja, Schwester, so geht's! Junge, lustige Leut! Und laufen der süßen Freud nach. Und gahlings is d' Nacht da. Und alles hat an End.« Mit raschem Griff umklammerte er die Hand des Mädels. »Schwester! Solang er noch schnaufen därf, der Mensch, muß er sich anhalten an der lieben Freud – 's kunnt allweil die letzte sein.«
Die Heilung des Bruders erkennend, sprang Modei auf und hob unter Weinen und Lachen die Arme. »Vergelts Gott! Jesus! Vergelts Gott! Tausendmal Vergelts Gott!«
»Schwester?« Verwundert guckte Lenzl an ihr hinauf. »Was hast denn?« Flink erhob er sich.
Erschüttert und in Freude klammerte sie den Arm um seinen Hals. »Dös mußt ja doch selber spüren –«
»Was?«
»Dein Verstand is wieder licht. Dös merk ich, Bruder – dös muß ich doch merken –«
»Verstand? Und merken? Was?« In drolligem Mißtrauen sah er die Schwester an und begann zu lachen. »O du Schlaucherl! Spannst a bißl ebbes? Gelt, von die ganz Dummen bin ich keiner. Und heut – Schwester – allweil glaub ich, heut bin ich einer von die ganz Gscheiten gwesen. Und wie's mir eingfallen is in der Fruh, da hab ich a Freud ghabt – ich kann dir's gar net sagen!« Wieder das muntere Lachen. »Ah, der hat gschaut – wie ich so gsprungen bin auf der Straßen. Und allweil: Jesus, Maria, Jesus, Maria! Und derschrocken is er – aaah, dös is ihm gsund! Da schmeckt ihm nacher d' Freud um so besser.«
In Modei, als sie den Bruder so unverständlich reden hörte, erwachte die Sorge wieder. »Lenzl? Was denn? Was denn?«

»Öha, langsam!« scherzte er. »Net gar so pressieren! A bißl Geduld mußt allweil haben.« Schmunzelnd guckte Lenzl zum Steig hinüber. »Aber lang wird's nimmer dauern. Da kunnt ich wetten drauf.« Er sah die Schwester an und zwinkerte lustig mit den Augen. »A Mordstrumm Weg hab ich machen müssen. Und hungern tut mich. Seit der Fruh hab ich nimmer aufs Essen denkt. Hast net a Bröckl für mich?«
Halb noch ratlos, zwischen Sorge und Freude sprang Modei über die Stufen hinauf. »Aber freilich, ja! Gleich koch ich dir ebbes auf. Und 's Allerbeste, was ich hab.« Sie raffte ein paar Scheite Brennholz zwischen die Hände und verschwand im Dunkel der Hüttentür.
Der Alte lachte. »Und an Trunk muß ich haben. An festen. Wie Fuier is mir der Durst im Hals.« Er ging zum Brunnen. »Da drunt im Faller Tal, da hat's a Hitz ghabt zum Verschmachten.« Er trank am Brunnenstrahl. Dann guckte er sinnend in den Wasserspiegel des Troges. »So ebbes Gspaßigs! Da schaut an alts und a lustigs Gsicht aus'm Wasser aussi. Mit weißgraue Haar und mit schieche Falten. Und wie ich 's letztmal einigschaut hab, da hab ich zwei junge, traurige Augen ghabt. – Ah na! So kann's net sein! – Bin ich amal jung gwesen? – Es kommt mir so für, als wär ich schon alt auf d' Welt kommen. Und hätt a Ruh ghabt vor allem, was für junge Leut a Plag is.« Versunken in Gedanken, immer murmelnd ging er zur Hütte, blieb stehen, sah zu den Stauden des Waldsaums hinüber und wurde unruhig.
Da drüben wand sich der Jäger Hies aus den Büschen heraus, mit Bergstock und Büchse, den Kopf gebeugt, immer zur Erde spähend. Von seiner munteren Art war nichts an ihm zu gewahren. Eine eiserne Härte war in seinem Gesicht, in jeder Bewegung, die er machte. Und immer näher kam er den Hüttenstufen.
Lenzl richtete sich auf und tat ein paar flinke Sprünge gegen den Jäger. »Hies!«
Der Jagdgehilf zuckte mit dem schwarzbärtigen Kopf in die Höhe. »Ah so, du bist da? Grüß dich Gott!«
In Erregung fragte Lenzl: »Wen suchst denn da?«
»An Hirsch hab ich gspürt.«
»— – An Hirsch?«
»Ja. Und an ganz guten.« Der Jäger lächelte. »Wann ich den derwisch – der freut mich.« Es blitzte in seinen Augen.
»Hast dich net ebba verschaut? D' Hirsch kommen so weit net abi. Bei der Hütten mögen s' net grasen. Den Leutgruch derleiden s' net.«

»D' Leut stinken halt.« Ein kurzes und hartes Lachen. »Den Hirsch, den spür ich. Dös redst mir net aus.« Der Jäger wandte sich gegen den Waldsaum, den Stauden zu, zwischen denen der Huisenblasi verschwunden war.
»Hies!« Flink, nach einem Sorgenblick zur Hüttentür, huschte Lenzl gegen den Jäger hin.
»Was willst?«
Der Alte flüsterte: »Hast vom Friedl ebbes ghört – vom selbigen Sonntag, mein' ich?«
Der Jäger lachte. »A bißl ebbes, ja!«
»Meinst, der Friedl hat an Unsinn gmacht?«
Es zuckte spöttisch um den schwarzbärtigen Mund. »A jeder macht's halt, wie er muß.«
»Und du? Wie tätst es denn du nacher machen?«
Die Gestalt des Jägers streckte sich. »Da müßt mir erst amal a gute Glegenheit dastehn auf hundert Gäng. Nacher kunnt ich dir's gnau sagen – wie's ich mach.«
Da mahnte der Alte ernst: »Geh, Hies sei gscheit! Ruh schaffen? No freilich, ja! Aber a Hirsch is a Hirsch, a Gams is a Gams – und a Mensch bleibt allweil a Mensch.«
»So? Meinst? Aber diemal kommt's halt, daß man Viech und Mensch nimmer recht auseinanderklauben kann. Und daß eim 's Viech no allweil besser gfallt als so zweifüßige Kreatur.« Der Jäger schob sich zwischen die Stauden und tauchte um eine Felskante.
Lenzl streckte die Hände. »Jesus, Hies, so laß dir doch sagen –« Er wurde stumm. Und nach kurzem Schweigen raunte er in Erregung vor sich hin: »Meinetwegen! Was geht's denn mich an. Ich bin net der Weltregent. Wann's unser Herrgott anders haben will, soll er's halt anders machen. Er wird's halt einrichten, wie's ihm taugt. Auf sei' ewige Gerechtigkeit kann man sich allweil ausreden.«
Von der Höhe, die hinaufstieg zu den anderen Hütten, klang in der Sonnenstille die kreischende Stimme der alten Punkl: »Monika! Monerl! Hast net an Grenzer gsehen?«
Dann die lachende Stimme des Mädels: »Was soll ich gsehen haben?«
»Ob net an –« Der Alten schien die Luft zu entrinnen. Dann pfiff sie im höchsten Diskant: »Herr Jesses, so sag mir doch, hast net an Grenzer gsehen?«
»Was schreist denn a so! Ich hör ja ganz gut.«

Lenzl guckte und trat zur Hüttenecke. Ein paar Schritte hinter dem Almbrunnen standen die beiden Weibsleute beisammen, in der Sonne leuchtend wie goldene Figürchen.

»Weißt, a Grenzer«, schnatterte Punkl, »a Grenzer is bei mir in der Hütten gwesen. So a liebs Mannsbild! Ah, der hat mir gfallen! Und gleich hab ich ihm a fünf a sechs Flascherln Bier aus'm Keller auffigholt. Und derweil wir so gredt haben mitanand – no ja, und diemal a bisserl medazinisch, weißt – da hat er gahlings gmeint, ich soll ihm a frisch gmolchene Milli einiholen vom Stall. Was braucht er denn a frisch gmolchene Milli, hab ich mir denkt, wann er bei mir a Bier haben kann? Und alls, was er mag? Aber no, wann a Mannsbild, a liebs, ebbes haben will, da tut man's doch gleich. Gelt ja? Und wie ich mit der frisch gmolchenen Milli einikomm in d' Hütten, is mei Grenzer nimmer da! Is nimmer da! Und gar nimmer zum finden is er! Jesses, Jesses, ich kann mir gleich gar nimmer denken, was da passiert sein muß! Geh, komm! Und hilf mir a bißl suchen!«

Die Monika lachte. »Is er ebba so zwirnsfadendünn, daß er hart zum derschauen is?«

»Ah na! Der hat a noblige Breiten.«

Erheitert wollte Lenzl zum Brunnen hinüber. Da hörte er hinter sich in den Stauden ein Gekoller von Steinen, ein Rumpeln und Rascheln.

Die fiskalische Mordwaffe über der Hemdbrust, unter dem linken Arm den Uniformrock und den Bergstecken, in der rechten Hand eine Bierflasche, rutschte der Grenzaufseher Niedergstöttner schwitzend und mit angstvollen Augen aus den Stauden heraus und flüsterte: »Stad sein, stad sein, stad sein! Verrat mich net, Mensch! Dös Weibsbild därf mich net finden, net finden, net finden!«

Im gleichen Augenblick gewahrte Punkl den Alten an der Hüttenecke und kreischte: »Höi! Du da drunten! Lenzerl! Hast an Grenzer gsehen?«

Abwehrend fuchtelte Niedergstöttner mit der Bierflasche. »Verrat mich net! Um Gottschristi Barmherzigkeit willen! Verrat mich net! Dö hat mich – hat mich – hat mich für an Doktor ghalten, weißt! Ah na! Da dank ich schön!« Er zappelte sich aus den Stauden heraus, setzte die Flasche an den Mund, nahm einen Stärkungsschluck und hopste in der Sonne hurtig über das Almfeld, den tiefer stehenden Bäumen zu. Es war ein sehr auffallender Vorgang. Punkl konnte die springenden drei Zentner nicht übersehen. »Mar' und Joseph!« ze-

terte sie. »Da hupft er ja!« Der Sinn dieses flinken Ereignisses konnte ihr nicht verschlossen bleiben. »O Jöises, Jöises«, klagte sie, »fünf Flascherln hat er ausbichelt, 's sechste hat er noch mitgnommen -- und so viel Zutrauen hab ich ghabt. Wann d' Mannsbilder söllene Feiglinge sind – da gib ich's auf! Da muß ich krankhaft bleiben bis an mein gottseligs Absterben!«
Lachend trommelte Lenzl mit den Fäusten auf seine Schenkel. »O du verruckte Welt! Der Ernst und d' Narretei und Tag und Nacht, a junge Freud und der letzte Schnaufer – und alls geht Ellbogen an Ellbogen!« Wie ein lustiger Junge, der Freude am Springen hat, tollte der Alte zum Waldsaum und guckte kichernd dem hemdärmeligen Zollkürbis nach, der zwischen den schütter stehenden Bäumen flink hinunterkollerte ins sichere, unmedizinische Tal.
Da drunten war, wenn der Sonnenwind schärfer aufwärts zog, das Läuten einer großen Kuhschelle und das Gebimmel von zwei kleinen Glocken zu hören. »Mar' und Joseph!« murmelte Lenzl erschrocken. »Da is die Blässin drunt! Und a paar von die Kalbln! No also, jetzt hab ich's! So geht's, wann einer herlauft hinterm Glück, statt daß er sei Schuldigkeit bei der Arbet tut!« Am Vormittag hatten die drei Stück Vieh, als sie unbehütet waren, den Almzaun durchbrochen und hatten sich verlocken lassen durch die saftigen Grasflächen, die vom Gehänge der Dürrachschlucht heraufschimmerten. »Dö muß ich auffitreiben! Und gleich! Da kunnt sich a Stückl verfallen!«
Seine Mahlzeit vergessend, die auf ihn wartete, hetzte Lenzl durch den steilen Wald hinunter mit dem gellenden Hirtenschrei: »Kuh seeeh, Kuh seeeh, Kuh seeeh!«

14

In der goldschönen Nachmittagssonne qualmte der blaue Herdrauch durch das wettergraue Schindeldach der Grottenhütte. An den Türbalken, die schon beschattet waren von der Ausladung des Daches, spielte der rötliche Flackerschein des Feuers, über dem die Pfanne mit Lenzls Mahlzeit dampfte.
Kaum ein Laut war in der flimmernden Stille des Almfeldes. Der Brunnen plätscherte leise, manchmal bimmelte irgendwo eine Kälberschelle, und von Zeit zu Zeit klang aus dem tieferen Wald herauf das Hämmern eines Spechtes. Drunten in der Talsohle rauschten die fernen Dürrachfälle so sanft, daß es sich anhörte, wie wenn eine Hand über starre Seide glitte.
Noch war der Himmel rein. Doch über den schattseitigen Waldgehängen begannen schon weißliche Wolken aus dem Blau herauszuwachsen, zarte Wolkenkinder, so fein wie Apfelblüten. Manche verschwanden wieder, andere erschienen und wuchsen zu luftigen Bällen, die sacht im Blau zu schwimmen begannen. Wenn zwei einander nahe kamen, schmiegten sie sich Seite an Seite, ließen nimmer voneinander und schmolzen in eins zusammen. Liebe und Sehnsucht auch da droben!
Nun ließ sich, erst ferne, dann immer näher, in gleichmäßigen Zwischenräumen von der doppelten Dauer eines Menschenschrittes, ein klirrendes Geräusch vernehmen, als käme über den Steig aus der Tiefe des Waldes einer langsam heraufgestiegen, der nicht auf zwei genagelten Sohlen wanderte, nur auf einer.
Mit suchenden Augen tauchte Friedls Gesicht aus dem Steingewirr der Steigstufen. Es war ihm anzusehen, welch eine schwere Mühsal dieser Bergweg für ihn geworden. An seinem rechten Fuß hatte sich der Filzschuh in eine so unförmliche Sache verwandelt, daß man den Jäger – wär' es Mitternacht und finster gewesen – für den berühmten

Hinkenden mit dem Pferdefuß hätte halten können. In der Sonne sah dieses Fußknappen eher drollig als unheimlich aus. Friedl, die Zähne übereinanderbeißend, gab sich auch alle Mühe, so fest und aufrecht wie möglich zu schreiten. In Unruh und Sorge spähten seine huschenden Augen. Als er den Rauch sah, der aus den Schindeln qualmte, dachte er: Eine barmherzige Nachbarin ist da, die Monika oder die Punkl, um für die Kranke zu kochen. Erst tat er noch einen tiefen Atemzug und trocknete die Perlen seiner Plage vom erhitzten Gesicht. Dann ging er auf die Hüttenstufen zu.
Aus der Sennstube scholl eine klingende Stimme: »Geh, Bruder, komm eini! Dei Mahlzeit is fertig.«
Dem Jäger war es anzumerken, daß ihm das Herz heraufschlug bis in den Hals. Dabei glänzten ihm die Augen in froher Erleichterung. »Dös Stimmerl is gar net krankhaft. Da kann's doch so weit net fehlen, Gott sei Lob und Dank!«
Nun wieder dieser gesunde Klang: »Wo bleibst denn, Lenzl? So komm doch eini!«
Erst jetzt fiel es dem Jäger auf, daß Modei mit dem Bruder redete, der in Lenggries beim Doktor war, um das ›heilsame Trankl!‹ zu holen. In Verwunderung weiteten sich Friedls Augen. ›Dös kommt mir a bißl gspaßig für –‹ Bevor er dieses Klarstellende zu Ende denken konnte, befiel ihn ein anderer Gedanke mit fürchterlichem Schreck: ›O heilige Mutter, dös Madl weiß nimmer, was mit'm Bruder is! Dös Madl fiebert!‹ Er machte ein paar Sprünge, bei denen er wieder die Zähne übereinanderbeißen mußte, kam bis zu den Hüttenstufen – und im gleichen Augenblick trat Modei, ein bißchen blaß, sonst aber kerngesund, aus dem schwarzen Türschatten in die goldwarme Sonne heraus.
Was den beiden beim gegenseitigen Anblick über die Gesichter blitzte? War es Freude, Verblüffung, Schreck? Oder alles zugleich?
»Friedl!«
»Modei!«
Zwei Namen, zwei Stimmen, und doch nur ein einziger Laut aus gleichem Gefühl. Dann standen sie stumm, und jedes hing mit dürstendem Blick an den Augen des andern, bis die Verlegenheit sich störend dazwischenschob. Im Verlaufe dieses Schweigens schienen sich die Empfindungen der beiden ein bißchen nach verschiedener Richtung zu entwickeln. Während Modei ratlos das Geheimnis des deformierten Filzkübels betrachtete, regten sich Verblüffung und

Mißtrauen im Jäger. Jener böse Sonntag, dem Bennos kluge Ratschläge den Giftzahn schon ausgebrochen hatten, wurde neuerdings bedrohlich. Friedl vergaß alle guten Vorsätze, und was nach diesem Purzelbaum in seinen taumelnden Sinnen noch übrigblieb, war eigentlich eine ganz vernünftige Sache, aber gerade deshalb für Glück und Liebe verhängnisvoll: die Feststellung des Tatsächlichen, die übelschmeckende Witterung einer Unwahrheit. Ein bißchen rauhtönig brach der verdutzte Jäger das Schweigen: »Mit deiner gfahrlichen Krankheit kann's doch net gar so gfahrlich ausschauen? Weil schon wieder so munter auf die Füß bist?«
»Krankheit?« fragte sie scheu. »Wieso? Was meinst denn da? Wie kommst denn drauf, daß ich krank sein soll?«
Er wurde heftig. »Is dös am End gar net wahr?«
Sein Ton und die Bitterkeit dieser Worte machten sie hilflos. »Mit 'm besten Willen, da weiß ich nix davon.«
»Soso? Und da schreit man auf der sonnscheinigen Straßen: ›Jesus Maria, Jesus Maria!‹« Ein kurzes Lachen. »Mir scheint, da bin ich wieder amal 's gutmütige Rindviech gwesen – und kann wieder umkehren.« Friedl wandte sich rasch. »Pfüe Gott!«
Erschrocken die Hände streckend, jagte Modei über die Stufen herunter. »Mar' und Joseph!«
Friedl war blind und taub. Wesentlich verständiger benahm sich in diesem Augenblick der grausam mißhandelte Filzkübel, der sich als hilfreicher Freund erwies, indem er rutschte. Der Jäger machte eine gaukelnde Bewegung, brach auf der leidenden Seite halb ins Knie, verbiß den quälenden Schmerz und versuchte zu lachen.
»Hast dir weh tan?« stammelte das Mädel in Sorge. »Am Fuß?«
»Ich?« Dieses Fürwort erinnerte im Klang an das ›Ah‹ des ehemaligen Nachtwächters von Lenggries. Dabei guckte Friedl halb über die Schulter, noch immer krampfhaft lachend. »Meine Füß derleiden schon a bißl ebbes.« Er wollte wandern. Das ging nicht. Mit blassen Lippen sagte er: »Gleich marschier ich wieder. Aber a Recht zum Rasten hat der Mensch allweil, wann der Weg weit is. Und an kühlen Trunk muß ich haben – mir is, als müßt mir einwendig alles verbrennen.« Er schleppte sich zum Brunnen hinüber. Modei blieb ratlos stehen und sah ihm nach, sah immer den knappenden Fuß an. Dabei gewahrte keins von den beiden, daß am unteren Saum des Almfeldes die Blässin und zwei Kälber aus dem Wald heraufgaloppierten. Die Blässin rasselte mit der großen Schelle, eins von den Kälbern bim-

melte. Das andre kam stumm gesprungen – es war irgendwo im Wald, bei der Dürrach drunten, an einer Staude hängengeblieben und hatte den ledernen Schellengurt vom Hals gerissen.
Mit Steinen werfend, hetzte Lenzl hinter den drei eingeholten Flüchtlingen her. Und gleich gewahrte er das Paar beim Brunnen. Sich duckend, kicherte er seine Freude vor sich hin und huschte gedeckt zur Hütte hinauf. »Mir daucht, da muß ich noch a bißl schieben. Bei der Lieb liegt allweil der Verstand überzwerch.«
Friedl hatte Gewehr und Bergstock an die Brunnensäule gelehnt, ließ sich hinfallen auf den Trog, schöpfte Wasser mit der hohlen Hand und schlürfte gierig.
Da sprang das Mädel auf ihn zu und riß ihm die Hand von dem Lippen. »Du! Dös tust mir net! In d' Hitz eini so a kalts Wasser trinken.«
»Ah was! Der Schlag wird mich net gleich treffen. So verzartelt bin ich net. Mich haben ganz andere Sachen net umgworfen.« Ein wehes Schwanken war in seiner Stimme. »Und 's Wasser is allweil ebbes, wo man sich drauf verlassen kann. Wann 's Wasser klar is, weiß man: Da därfst trinken davon. Und wann's trüb is, kennt man sich auch gleich aus. Da is nie ebbes Unsicheres dran, wo man net weiß, was man sich denken soll.« Weil er an ihren Augen sah, wie nah ihr diese Worte gegangen waren, stammelte er erschrocken: »Deswegen brauchst net so traurig dreinschauen. Ebbes Bsonders hab ich mir net denkt dabei. Bloß a bißl beispielmaßig hab ich gredt. Und jetzt hab ich mich gut abkühlt, jetzt kann ich wieder marschieren.« Nach dem Gewehr greifend, erhob er sich.
»Na, Friedl!« Sie war ruhig geworden. »So därfst mir net fort – mit dem armen Fuß –«
Er wurde ungeduldig. »Fuß, Fuß, Fuß? Was willst denn allweil mit meim Fuß? Der is schon lang wieder gut.«
»Wie kann er denn gut sein, wann noch allweil kein' Schuh net tragen därfst?«
»Muß denn der Mensch an Schuh tragen? Dös ghört noch lang net zur ewigen Glückseligkeit. Im Himmelreich laufen d' Leut mit die nacketen Füß umanand. Oder hast vielleicht in der Kirch schon amal an Engel gsehen mit gnagelte Schuh oder mit Röhrenstiefel?« Weil ihm das Stehen sauer wurde, hockte er sich wieder auf den Brunnentrog, blickte kummervoll in den Sonnenglanz und sagte, um Modeis Sorge zu beschwichtigen: »Mein, a bißl aufgangen hab ich mich halt.«

Was war an diesem Wort, daß es in Modei eine so tiefe, deutlich merkbare Erschütterung hervorrief? Und dann huschte ein stilles, schönes Lächeln über ihr vergrämtes Gesicht. »Friedl!« sagte sie leise. »Dös war wieder eins von deine Wörtln.«
»Meine Wörtln?« maulte er und betrachtete sie verdutzt. »Ich weiß net, was d' meinst. So ebbes kann jeder sagen.«
»Na, Friedl!« Immer froher wurde ihr Lächeln. »So ebbes sagst bloß du, sonst keiner.«
»Geh, laß mich aus!« In Unbehagen rührte Friedl die Schultern. »Und wann ich amal sag, ich hab mich aufgangen, so hab ich mich aufgangen. Da schlupft einer gern in an Filzschorpen eini, der net druckt. Und von Fall bis da auffi, dö lausigen drei Stündln, da braucht man doch lang kein' gnagelten Schuh.«
»Von Fall? Bis da auffi?« Jetzt erlosch ihr Lächeln. »Kommst denn du net vom Rauchenberg ummi?«
»Ich? Na. Ich komm von daheim.«
»Jetzt kenn ich mich aber gar nimmer aus.«
»Da geht's dir grad so wie mir.«
Schwer atmend legte Modei den Arm an die Stirn, als befände sich die Ursache dieser sonderbaren Dunkelheiten unter ihren Zöpfen. »Ganz verschoben is mir alles – und wann's wahr sein tät, daß dich bloß aufgangen hast, so müßt mich der ander anglogen haben.«
»Anglogen?« Friedl wurde unruhig. »Was? Wer?«
»A Grenzer hat mir gsagt, wie mein Kindl tragen hast, da is dir –« sie konnte nicht weitersprechen, »da is dir a Stein über'n Fuß gangen – hat er gsagt.«
Wütend fuhr Friedl auf: »So a schafhaxeter Ochsenschüppel! Was muß denn der söllene Sachen reden und muß dich aufregen für nix und wieder nix.« Er wurde ruhiger. »Ich hab mich aufgangen. Punktum. So sag ich und so bleibt's.«
»Friedl!« Nun fand sie ihr glückliches Lächeln wieder. Dabei wurden ihr die Augen feucht. »Lügen? Dös heißt doch net: gut sein.«
Dem Jäger fuhr das Blut in den Kopf. »No ja, wann schon meinst, es muß a Stein gwesen sein, in Gotts Namen, so war's halt einer. Steiner gibt's genug in die Berg. Da is schon oft einer gfallen. Deswegen brauch ich noch lang net lügen. Deim Kindl is nix passiert. Dös is rund und gsund. Und dös is d' Hauptsach. Und geht sich an andrer überm Stein auf, so hab halt ich mich unterm Stein aufgangen. Da wird der Unterschied net so schauderhaft sein. Marschieren kann ich

auch schon wieder. Dös wirst gleich merken.« Er wollte aufstehen.
»Du!« In Sorge faßte Modei seinen Arm und hielt ihn fest. »Jetzt tust mir sitzen bleiben! Auf der Stell!«
So verblüfft, daß sein Gesicht sich völlig veränderte, guckte Friedl an ihr hinauf. »Ah, die schau an!« Er befreite seinen Arm. »Aufbegehren tät s' auch noch! Und sagt, ich tu lügen! Sagst vielleicht du allweil d' Wahrheit? Vom letzten Sonntag –« Dieses rote Kalenderwort zerdrückte ihm die Stimme. »Da will ich net reden davon. Kunnt allweil sein, daß er recht hat – der Herr Doktor – mit seim guten Menschenglauben.« Friedl schien sich dem einsichtsvollen Augenblick mit Gewalt entreißen zu wollen. »Aber heut wieder? Dös mit deim Kranksein? Is dös ebba net glogen gwesen?«
»O du heiliger –« klagte Modei. »So red doch endlich amal a Wörtl, dös man verstehn kann! Wer soll denn krank gwesen sein?«
»Du!«
»Ich? Wer hat denn dös gsagt?«
»In Fall drunt hat mir's der Lenzl einigjammert übern Zaun.«
Zuerst ein hilfloser Blick, dann ein frohes Aufleuchten in Modeis Augen. Und ihre Hände griffen zum leuchtenden Himmel hinauf. »O, du heilige Mutter! Jetzt glaub ich dran, daß er sei' lichte Vernunft wieder hat!«
»So? Da kannst dich noch freuen drüber?« murrte Friedl in Zorn. »Und ich bin erschrocken, daß ich gmeint hab, jetzt hab ich kein Tröpfl Blut nimmer in der Haut. Schier narrisch bin ich worden. Und im Filzschorpen hab ich auffi müssen zu dir – da hat nix gholfen –« Immer heißer wurde seine Empörung. »Und so kann mich einer anlügen! No, Gott sei Lob und Dank, Madl, weil nur gsund bist! Aber so lügen können! So lügen!«
Da klang es mit lustigem Kichern um die Hüttenecke: »Wann ich net glogen hätt, wärst ja zum Madl net auffi, du Narr!«
Beklommen staunte Friedl: »Heut stellt sich d' Welt am Kopf! Der da – und sagt Narr zu mir!« Er sah zu dem kichernden Alten hinüber. »Wer von uns zwei der Gscheitere is –«
»Friedl!« fiel Modei unter glücklichem Lachen ein. »Da kunnt man heut doch a bißl in Zweifel sein.«
Das heitere Lachen der beiden schien den Jäger noch um den letzten Rest seiner klaren Besinnung zu bringen. »Mir is net lacherisch z'mut. Und ich sag dir's, Madl –«
Sie legte ihm die Hand auf die Schulter, und ihre Augen glänzten.

»Brauchst mir gar nix nimmer sagen. Alles weiß ich schon. Dein Filzschuh hat mir alles verzählt.«

»O, du verruckter Strohsack!« schimpfte Lenzl. »Laß doch amal sein' Fuß in Ruh. Und wann er net selber 's richtige Wörtl findt, so mußt ihm halt ebbes sagen, was Verstand hat!«

»Ja, Friedl!« Modeis Stimme bekam einen Klang, daß dem Jäger die Hände zu zittern begannen. »Dös muß ich dir sagen – weil ich weiß, daß dir alles a Freud wird, was für mich a Freud is. Friedl, heut is ebbes Heiligs hergfallen über uns. Ebbes Glückhafts hat sich zutragen mit meim Bruder –«

»Jöises, Jöises!« Lenzl schlug die Hände über dem Kopf zusammen. »Jetzt fangt s' von mir zum reden an! Dös is ja doch zum Verzweifeln!« Mit klappernden Schuhen kam er über die Hüttenstufen herunter.

Ratlos stotterte Friedl: »Was hat er denn, der?« Und Modei lachte leise: »Verstand hat er.«

Jetzt stand der Alte vor den beiden und schalt: »An Ewigkeit wart ich schon allweil drauf, daß eins von enk zwei 's richtige Wörtl findt. Oder muß dös ebba so sein in der Welt, daß 's Allerleichteste allweil 's Allerhärteste wird? Bloß fragen brauchst: Wie is denn dös gwesen am Sonntag? Und 's ander, dös braucht bloß sagen: So! Und alles is gut. Aber na! Net zum derleben! Der Mensch is allweil an ungscheiter Lapp. Und soll er noch ganz vertäppen, da muß ihm d' Lieb noch an Schubbser geben und muß ihm den Verstand durchanand beuteln wie 's Millifett im Butterfaßl. Meiner Seel, der Narr muß kommen und nachhelfen.« Er griff in den Hosensack. »Du! Da schau her!« Auf der flachen Hand hielt er dem Jäger eine Schrotpatrone vor die Nase hin.

»Jesus!« stammelte Modei in Schreck und dennoch aufatmend. Und Friedl fragte perplex: »Was macht er denn da schon wieder für an Unsinn? Dös is ja a Schrotpatron –«

»Dö ich gfunden hab, ja! Da drüben in die Stauden. Wo s' d' Schwester einigschmissen hat – am Sonntag. Verstehst jetzt bald?«

Bis in den Hals erblassend, richtete Friedl sich auf. »Modei?«

Weil sie wortlos stand, versetzte Lenzl ihr einen derben Puff an die Schulter. »Herrgott, so sag's ihm doch amal!«

Sie schüttelte den Kopf. »Ich kann net reden!« Mit brennendem Gesicht, den Arm vor die Augen schlagend, ging sie hinüber zu den Hüttenstufen.

»Dö Patron hat d' Schwester dem andern aussigrissen aus der Hinterladerbüchs, derweil er sich gewalttätig verstecken hätt mögen in der Hütten drin!« Der Alte lachte. »Verstehst noch allweil net?«
»Mar' und Joseph! Und ich!« Nach einigen zwecklosen Armbewegungen faßte der Jäger seinen Kopf zwischen die zitternden Fäuste und fing zu hinken und zu humpeln an, immer flinker. »Jesus, Jesus, was bin ich für a Narr!«
Lenzl kicherte: »Wie halt a jeder einer is, der umanandwuzelt auf zwei Menschenfüß!«
Noch ehe Friedl die Hüttenstufen erreichen konnte, sprang Modei erschrocken auf ihn zu. »Um Gotts willen! Wie kannst denn so umanandhupfen! Mit deim kranken Fuß!«
»Macht nix! Macht nix!«
»Geh, dös muß dir ja schauderhaft weh tun!«
»Was? Weh tun? Is ja net wahr!« Er fand das Lachen seines Glückes. »Wohl tut's mir, wohl tut's mir.« Jauchzend machte er mit seinem Filzkübel einen Sprung wie der schneidigste Schuhplattltänzer. »Mir is, als müßt ich versaufen in lauter Freud! Und alles draht sich, und die ganze sonnscheinige Welt is wie an ewige Seligkeit! Madl, jetzt hab ich dich! Madl, jetzt laß ich dich nimmer aus!« Mit beiden Armen griff er zu und riß die Stammelnde an seine Brust mit so heißer Kraft, daß sie stöhnen mußte.
Dann sprachen die beiden kein Wort mehr. Als wäre das Glück, das auf ihre Herzen gesunken, zu gewichtig, um es aufrecht zu tragen, so fielen sie auf die Hüttenstufen nieder, stumm, eins an die Brust des anderen gewachsen.
»So!« nickte Lenzl. »Dö zwei brauchen mich nimmer.« Er guckte zur Hüttentür. »Jetzt kunnt ich mir d' Mahlzeit schmecken lassen! Ah na! Dös hat noch Zeit! Ebbes Schöns, dös muß eim allweil wichtiger sein als wie der Magen. Das Glöckl muß her!« Er meinte die Schelle, die eines von den beiden Kälbern im Wald bei der Dürrach drunten verloren hatte. »So viel fein is dös Glöckl im Almgläut allweil gwesen! Dös Glöckl muß her! Und wann i suchen müßt bis eini in d' Nacht. Ich kunnt net schlafen, wann ich mir denken müßt, dös feine Glöckl is hin. Ah na! Dös Glöckl muß her! Und heut noch!«
Einen Jauchzer gegen die Sonne schreiend, sprang er hinunter zum Waldsaum.
Das sahen die beiden auf den Hüttenstufen nicht. Wohl hatte der klingende Schrei sie aufgeweckt aus ihrer stummen Versunkenheit.

Doch sie lösten sich nur voneinander, um Aug in Auge und Hand in Hand zu bleiben. Keine Zärtlichkeit fiel ihnen ein. Sie dachten nicht daran, sich zu küssen, fühlten nur, daß sie einander gehörten, Herz an Herz, für Leben und Sterben. Das zu wissen, war ihnen von allem Guten das Beste. Und als sie ruhiger wurden und sich ausgesprochen hatten, blieben sie noch immer so sitzen, Wange an Wange, und träumten mit leuchtenden Augen hinaus in den schönen Tag.

Von seiner Schönheit sahen sie nicht viel. Die ganze grüne, steinere Welt, die da in der Sonne um sie her war, versank ihnen als etwas Leuchtendes im ruhigen Traum ihres neugewonnenen Lebens und ihres gefesteten Glücks.

Kleine weiße Wolken schwammen hoch im Blau, an ihren westlichen Rändern wie beschlagen mit goldenen Buckeln. Und ihre Schatten glitten sacht über das Almfeld und über die Felswände. Das war anzusehen, als hätte die Erde, die um alle Dinge des Lebens weiß, in der Sonnenfreude dieser schönen Stunde auch dunkle, schwermutsvolle Gedanken.

15

Hundertmal war Hies auf dem moosbewachsenen Waldboden von der Fährte abgekommen, die er verfolgte. Und immer, in seiner verbissenen Beharrlichkeit, hatte er sie wieder gefunden auf zertretenem Gras, an aufgeschürften Mooslappen, an abgestoßenen Steinchen oder auf einem feuchten Erdfleck. Und wenn auch in dieser Fährte der Abdruck der neun Nagelköpfe fehlte – Hies kannte die Form dieses Fußes auch ohne das verräterische Zeichen von einst.
Weiterspürend von Schritt zu Schritt, war Hies hinübergekommen bis zu den Wassergräben des Lahnwaldes, dessen steile, lichter werdende Gehänge sich hinuntersenkten zu den Schluchten der Dürrach. Hier wucherte dichtes Berggras, durchfilzt vom vorjährigen Laub der Buchen und Erlen. Vom strengen Verfolgen einer Fährte konnte da keine Rede mehr sein. Und was hätte Blasi hier suchen sollen? Die Äsungsplätze der Gemsen lagen höher, die Tagstände des Hochwildes tiefer, wo der Wald wieder dichter wurde. Blasi hatte diesen Weg wohl nur genommen, um den Steig zu vermeiden, und war schon auf dem Heimweg. Sonst hätte er diese Richtung nicht eingeschlagen. Ob's nicht ratsamer wäre, steil durch die Deckung einer Wasserrinne hinunterzugleiten? Da konnte der Jäger noch als erster die Dürrachbrücke erreichen, die Blasi passieren mußte. Solang es noch heller Tag war, würde der Wildschütz diesen Weg nicht einschlagen, erst nach Anbruch der Dunkelheit. Da blieb dem Jäger noch reichlich Zeit, um zur Schlucht hinunterzuklimmen und einen geschützten Lauerposten bei der Brücke zu wählen.
Schon wollte Hies von der Bergrippe, über die er sich hinübergeschlichen hatte, schräg hinunterklettern in den steinigen Wassergraben. Da vernahm er aus den tiefer liegenden Büschen ein Geräusch, wie wenn ein Tier im dürren Laub und im Reisig scharrt. Blitzschnell duckte sich der Jäger. Sorgsam seiner Deckung achtend, schlich er

im Graben abwärts, von Stein zu Stein, bis er mit dem Staudenbukkel, von dem er das Geräusch vernommen hatte, in gleicher Höhe war. Den Hut in die Joppentasche stopfend, machte er die Büchse schußfertig und schob zuerst den Lauf seiner Waffe, dann seine Stirn und die Augen über den Grabenrand hinaus. Auf dreißig Schritte, hinter dem Schleier der Buchenäste, gewahrte er einen Körper, der sich bewegte. Nun sah er in einer Lücke des Staudenwerks den sonnfleckigen Schimmer eines Mannsgesichtes und erkannte an dem aufgezwirbelten Schnauzer den Huisenblasi, der auf der Erde kniete, mit den Händen das dürre Laub beiseite räumte und unter den Steinen ein kurzläufiges, mit Tuchlappen umwickeltes Gewehr hervorzog. Unter einem Lächeln wilder Freude nahm der Jäger die Büchse an die Wange. »Lump, verdammter! In d' Höh mit deine Pratzen! Oder es kracht!«
Blasis entfärbtes Gesicht tauchte über die Stauden herauf, nur einen Augenblick, dann verschwand es wieder. Die Deckung der Büsche nützend, warf der Wilddieb sich platt auf den Boden hin und wälzte sich flink in die Deckung einer Steinmulde. Als Hies, den übereilten Anruf bereuend, mit schußfertiger Büchse dem Geräusch entgegensprang, hörte er den Huisenblasi hinter den Stauden schon über den Berghang hinunterflüchten.
Mit jagenden Sprüngen hetzte der Jäger hinter dem Fliehenden her. Mehr und mehr verringerte sich die Entfernung zwischen den beiden. Hies, der den Wilddieb ohne nutzbare Waffe wußte, brauchte sich nimmer zu decken und konnte auf geradem Weg durch den Wald hinunterstürmen, während Blasi, um Schutz zu finden, im Zickzack von Staude zu Baum und von Baum zu Staude huschen mußte. Schon hörte Hies den keuchenden Atem des Fliehenden. Auf zwanzig Schritte sah er ihn über eine schmale Blöße rasen, ohne das Gewehr, das der Wilddieb auf der Flucht in die Büsche geworfen oder im Versteck zurückgelassen hatte. Jetzt ein Kollern von Steinen, ein lärmender Aufschlag. Blasi war verschwunden, war über die Felskante auf den Steig hinuntergesprungen.
Eine Sekunde der Überlegung. Dann wagte auch der Jäger den stubenhohen Sprung, gewann den Steig und rannte den schmalen Pfad entlang, zur Rechten die immer steiler und höher werdende Felswand, zur Linken die tiefe Dürrachschlucht. Der Fliehende, schon vierzig oder fünfzig Schritt voraus, war nur manchmal für einen Husch zu sehen, weil der Steig in kurzer Wendung sich immer wie-

der herumdrückte um eine Steinkante. Doch immer hörte Hies die klirrenden Sprünge, häufig den rasselnden Atem des Erschöpften. Und jetzt, unter dem Klappern und Klirren der hetzenden Nagelsohlen und unter dem Knattern und Pfeifen der Steine, die hinuntersausten in die Dürrachtiefe, war immer wieder und immer schneller, immer näher ein feiner, hübsch klingender Laut zu vernehmen, wie das Geläut einer kleinen, gutgeschmiedeten Kälberschelle. Wilde Freude verzerrte das Gesicht des hetzenden Jägers, dem die Kräfte auch schon zu entrinnen drohten. Er wußte, das war eine Hilfe. Kam da ein Stück Almvieh über den schmalen Steig herauf, dann war der Weg gesperrt, der fliehende Wilddieb eingeschlossen und gefangen.

Als Hies herumkeuchte um eine Felskante, sah er den Wilddieb auf halbe Schußweite in ratloser Verzweiflung gegen die Felswand taumeln. Auch der Huisenblasi schien zu wissen, was das hübsche, feine Gebimmel hinter der nächsten Steigwendung für ihn bedeutete – und sah den Jäger kommen, hatte die Augen eines Fieberkranken und wußte nur diese einzige Rettung noch, er mußte das bimmelnde Kalb, das von da drunten kam und auf dem schmalen Steinpfad nicht wenden konnte, durch einen jähen Schreck verstört machen und hinausstoßen über den Steig. Einen Felsbrocken aufraffend, jagte der Huisenblasi gegen die Wendung des Pfades und dem hübschen Gebimmel entgegen.

»Halt, du!« brüllte der Jäger. »Zum letztenmal halt! Oder hin bist!« Er hob die Büchse. Da erschien an der Biegung des Steiges, hinter dem Fliehenden, ein hemdärmeliger Mensch, ein weißhaariger Almhirt, der eine feinklingende Schelle an ledernem Gurt um die Brust hatte, gleich dem Bandelier eines Trommlers. »Jesus! Der Lenzl!« Und erschrocken senkte der Jäger seine Büchse.

Dem Huisenblasi fiel unter keuchenden Sprüngen der Stein aus der Hand. »An d' Wand hin, Lenzl, druck dich an d' Wand hin, um Tausendgottswillen!« schrie er mit gellender Stimme.

Und der Jäger kreischte: »Halt ihn auf! Halt ihn auf, den Lumpen!« Dann rannte er mit dem Aufgebot seiner letzten Kraft, bis der Schreck ihm die Knie lähmte. Er hatte noch ein halb höhnisches, halb erschrockenes Auflachen des Hirten, einen flehenden Schrei des Huisenblasi und ein heftiges Gebimmel der feinen Schelle vernommen.

Nicht weit von der Stelle, wo der schwere, von Blasi ins Rollen ge-

brachte Felsklumpen den Schweißhund des Friedl zerschmettert und in die Tiefe geschleudert hatte, waren Blasi und Lenzl gegeneinandergestoßen. Was da geschah, vermochte der Jäger nicht zu erkennen. Wollte Lenzl dem Huisenblasi die Flucht versperren? Oder wollte er ausweichen, sich an die Steinwand pressen, um dem Fliehenden freien Weg zu schaffen? Und verhängte sich der Schellengurt, die feintönende Glocke an der Joppe, an den Hosenträgern, an der Hemdbrust des Vorüberhuschenden? Die beiden waren plötzlich ein ringender, keuchender, unentwirrbarer, mit gellenden Lauten kreischender Knäuel. Sie taumelten und schlugen mit den Armen, verloren den Boden, einer riß den andern mit sich, und unter schrillem Doppelschrei, in den sich ein halb ersticktes Gerassel der Schelle mischte, stürzten die beiden Aneinandergekrampften in die schattenblaue Tiefe.
Zwischen dem Gepolter und Sausen fallender Steine vernahm der Jäger einen dumpfen Aufschlag. Vor Grauen wirbelten ihm die Sinne, daß er sich gegen die Felswand lehnen mußte. Diese Verstörtheit dauerte nur ein paar Augenblicke. Dann sprang der Jäger hinüber zur Unglücksstelle, warf sich auf die Knie und beugte sich über den Absturz. »Lenzl!« schrie er. »Lenzl! Lenzl!« Das Rauschen des Bergwassers war die einzige Antwort, die aus der Tiefe heraufkam. »Heiliger Herrgott!« lallte der Jäger und bekreuzte das aschfarbene Gesicht. »Dös hab ich net wollen.« Er schien sich über das eigene Wort zu ärgern und knirschte einen Fluch in die Zähne. »Freilich, so is dös allweil auf der Welt! Wann einer an Unsinn macht, so raunzt er a jedsmal: Dös hab ich net wollen.«
Er begann über die Wand hinunterzuklettern, kehrte aber wieder um, weil er sich sagen mußte, daß er allein da drunten, wenn Hilfe überhaupt noch möglich war, nicht helfen konnte. Und weil er die nächsten Menschen in den Almhütten wußte, rannte er über den Steig hinauf, den letzten Rest seines Atems erschöpfend. Die Gedanken, die ihn auf diesem Weg begleiteten, begannen ihn verdrießlich zu machen. Allen inneren Kampf, den sie ihm verursachten, wehrte er mit dem galligen Wort von sich ab: »Ah was! Is halt a Marterl mehr auf der Welt! Und a Lump und a hirnkranks Mannsbild weniger!« Der Hies war keine mit überflüssigen Sentimentalitäten belastete Seele. Doch als er in der schönen Goldsonne des beginnenden Abends hinaufkam auf das Almfeld und die zwei jungen Menschen in ihrem träumenden Glück vor der Hütte sitzen sah, da gab es ihm

doch, wie der Volksmund zu sagen pflegt, einen Riß. Auch fuhr ihm erst jetzt die Erkenntnis durch den Sinn, daß es die Schwester war, an die er die erste Botschaft vom Unglück des Bruders auszurichten hatte. An den Huisenblasi dachte der Hies schon nimmer, der war für ihn erledigt. Während Hies im Goldschimmer des Abends auf die Hütte zuging, nahm er schwül schnaufend den Hut herunter, so, wie er es immer tat, wenn er an einem Feiertag zu Lenggries in die Kirche mußte.

Modei löste sich aus dem Arm des Jägers. »Da kommt einer!« sagte sie leise. Unter einem Lächeln, das ihr Gesicht verjüngte, strich sie mit beiden Händen langsam über ihre glühenden Wangen.

Friedl, der im Gesicht seines Kameraden zu lesen wußte, sprang erschrocken auf. »Jesus! Hies! Wie schaust denn aus! Hat's ebbes geben?«

»A bißl ebbes, ja!« Der Jäger warf sich auf einen Steinblock hin, Mühsam pumpte seine Brust. Als er Atem hatte, sagte er's mit zwanzig Worten, von denen er meinte, daß sie barmherzig wären.

Modei konnte das Entsetzliche nicht fassen. Der Umschlag aus der Freude in den Jammer war zu jäh über sie hergefallen. Sie zitterte unter stummen Tränen, als Friedl sie umschlang und an seinem Herzen hielt. Auch er vermochte eine Weile nicht zu reden. Dann sagte er zu dem Jäger: »'s Madl is die Meinige, weißt!« Und sagte zu Modei: »Komm, Herzliebe! 's Klagen hilft da nix. Da muß man helfen.« Seine ernste Festigkeit und der zärtliche Klang seiner Worte gaben ihr Mut und Kraft. Sie nickte. Und nun konnte sie gleich an alles denken. »Der Hies muß rasten. Ich spring zu die andern Hütten auffi und hol den Veri und d' Monika und der Punkl ihren Hüter. Und du, Friedl – Jesus, dein kranker Fuß!«

»Der vertragt schon a Bröserl. Ich spring zum Grottenbach ummi. Da schaffen zwei Holzknecht. Die haben alles, was man braucht!« Weil Modei seine Hand nicht lassen wollte, sagte Friedl: »Da ummi geht's abwärts. Da tu ich mich leicht. Und mit die Holzknecht komm ich gleich auf'n Dürrachsteig.« Er humpelte flink davon.

Als die acht Menschen eine halbe Stunde später an der Unglücksstelle zusammentrafen, schrie Modei wie von Sinnen einen gellenden Laut in die rote Glut des Abends. Friedl mußte sie stützen. »Herzliebe sei stark! Jetzt heißt's den Kopf in die Höh halten!« Er legte Gewehr und Rucksack ab und teilte jedem seine Arbeit zu. Monika und Modei mußten mit den Beilen der Holzknechte zu einer gangbaren

Waldstelle laufen, um Fichtenzweige für eine Tragbahre abzuhauen. »Der Hies und a Holzknecht bleiben auf'm Steig. Der ander Holzknecht mit die zwei Hüter muß über d' Wand auffi – da haben 's mehr Platz, haben Bäum zum Einspreißen und haben mehr Kraft zum Halten und Ziehen. Ich, weil ich a bißl schwach auf die Schuh bin, ich laß mich anseilen.«

»Aber Mensch!« warnte Hies. »Dös ist die härteste von aller Plag!«

»Mein Fuß kann rasten dabei.« Mit einer Doppelschlinge, die nicht würgen konnte, band sich Friedl das Ende des langen Seiles um die Brust und nahm noch ein zweites Seil in den Rucksack. Dann gab er den Hut fort, sprach mit leiser Stimme ein Vaterunser und warf noch einen Blick nach der Waldstelle, von welcher Modeis Beilhiebe herüberklangen.

Das Seil wurde straffgezogen, Friedl rutschte vom Steig ins Leere und schwebte über dem Abgrund, mit gespreizten Füßen von der Steinwand sich abstemmend, um ein Aufscheuern des Seiles an den Felskanten zu verhüten.

In der Tiefe, bis übers Knie im Wildwasser stehend, mußte er zuerst die Hände über die Augen decken, um das Grauen des Anblicks zu überwinden, der sich ihm bot.

An einem halb aus dem Wasser ragenden Fels hing Blasis Leichnam, bis zur Unkenntlichkeit zerschmettert; das gurgelnde Wasser spülte weg über seinen Kopf; die starre Faust umklammerte einen zerfetzten Ledergurt mit einer breitgequetschten Schelle, die von den schießenden Wellen gegen den Stein gesprudelt wurde und noch immer klingen wollte.

Hinter dem Fels lag Modeis Bruder, bis zu den Hüften ins Wasser getaucht, mit dem Rücken und den im Nacken verschlungenen Armen gegen die Steinwand gedrückt. Seine Augen waren geschlossen, Blutschaum quoll aus den Mundwinkeln und sickerte über den Hals.

Friedl watete durch den schäumenden Bach auf Lenzl zu, hob den leblos Scheinenden auf seine Arme und trug ihn zu einer freieren Stelle des Ufers. Auf den Knien liegend, riß er sein Halstuch herunter, tauchte es in das kalte Wasser, wusch dem Lenzl das Gesicht und schrie vor Freude, als ein tiefer Atemzug die Brust des Ohnmächtigen schwellte.

Droben rief eine Stimme: »Um Gottes willen, was is denn?«

»Der Lenzl lebt!« schrie Friedl hinauf und sah, daß der Blutende die Augen öffnete. Die glitten langsam in der Schattendämmerung der engen Schlucht umher und blieben am Gesicht des Jägers haften. Ein mattes Lächeln. »Mir scheint – da kenn ich mich aus – da hat's an End mit der Sonn – und d' Nacht is da – und d' Schwester – d' Schwester –« Die Stimme erlosch im Rauschen des Wassers. Ein Seufzer. Und die Augen schlossen sich wieder.
Jäher Schreck befiel den Jäger, und erschüttert stieß er vor sich hin: »Gscheiter, er wär a Narr blieben!« Die Brust des Bewußtlosen atmete weiter. Und Friedl hoffte wieder. Gebete stammelnd, riß er aus seinem Bergsack den Strick heraus, den er mitgebracht hatte, band den Lenzl an die eigene Brust, schnürte die schlaffen Arme des Ohnmächtigen um seinen Hals, rüttelte am hängenden Seil und schrie zur Höhe: »Auf!«
Straff spannte sich das Seil im Zug der doppelten Last. Ruck um Ruck schwebten die zwei empor, und Friedl mußte seine ganze Kraft und Besinnung aufbieten, um beim Schwanken und Drehen des Seiles jeden Aufprall an die Felsen zu verhindern.
Als man die beiden bis zum Schluchtrand hinaufgezogen hatte, wanden die über der Felswand Stehenden das Seil um einen Baum, so daß der Holzknecht und Hies auf dem Steig die Hände frei bekamen, um den Jäger mit seiner Last über die Steinkante heraufzulupfen. Als Friedl das Seil von seiner Brust löste, flüsterte Hies: »Und der ander?«
»Da mußt unsern Herrgott fragen!« sagte Friedl ernst. »Wir müssen schauen, daß wir den Lenzl heimbringen. Jeder Verzug is Gfahr für sein Leben.«
Hies und der Holzknecht trugen den Bewußtlosen über den Steig hinunter bis zur Dürrachbrücke. Als sie ihn dort ins Gras legten, kam die Schwester, Stangen und Zweige schleppend. Sie warf sich neben dem Bruder zu Boden und preßte zuckend das Gesicht an seine Schulter.
Während die letzte Rotglut des Abends auf den Gipfeln und hohen Wänden brannte, band man im dämmrigen Waldschatten eine Tragbahre zusammen.
Die zwei Hirten stiegen zu ihren Hütten hinauf, und Monika sagte zu Modei: »Um's Vieh brauchst dir kei' Sorg net machen. Ich bin schon da. Und alls wird in Ordnung sein.« Bei der Brücke blieben nur die beiden Holzknechte, um auf die Mannsleut zu warten, die

ihnen Friedl zur Hilfe heraufschicken wollte von der nächsten Kohlstätte; dann sollten sie in der Nacht den anderen aus der Tiefe heben und hinaustragen nach Lenggries.
Die beiden Jäger schleppten die Bahre. Das ging langsam. Sie hatten harte Plage, bis sie glatteren Weg bekamen. Und Friedl, auch auf der besseren Straße, mußte alle hundert Schritte rasten. Immer wollte ihn Modei ablösen. Das litt er nicht. »Dich braucht der Lenzl.« Neben der Bahre gehend, tauchte sie, sooft eine Quelle kam, das Tuch ins Wasser und kühlte die glühende Stirn des Bruders. Und immer betete sie, während ihr die Tränen über die Lippen kollerten.
Beim schweren Tragen mit dem zerweichten, häufig rutschenden Filzschuh zitterte Friedl immer merklicher. ›Vergelts Gott‹, dachte er, ›weil's nur allweil finster wird! Da kennt sich 's Madl net aus.‹
Als die viere auf fünf Füßen und einem halben unter spärlichen Sternen nach Fall kamen, war es schon so still und dunkel, daß niemand den Zug gewahrte, der sich langsam dem Haus des Jägers näherte.
Während Modei und die erschrockene alte Frau in Friedls Kammer den Bewußtlosen betteten und wuschen, sprang Hies zum Förster hinüber. Und Friedl brachte noch die hundert Humpelschritte bis zum Wirtshaus fertig, um Benno zu bitten, er möchte nach Lenggries zum Doktor fahren und dem Huisenbauer ein barmherziges Wörtl sagen.
Schweigend, ohne eine Frage zu stellen, sah Benno immer den Jäger an, der sich mit der Schulter an die Mauer lehnte und von der Gewohnheit der Störche befallen war.
»Komm, Friedl! Laß dich führen!«
»Ich find schon weiter. Fahren S', Herr Doktor! Dös pressiert.«
Als Friedl heimkam, war er mit seiner Kraft zu Ende, fand in seiner Kammer nimmer bis zum Bett und fiel auf die Ofenbank. »Wie geht's ihm denn?«
»Ich glaub, net schlecht!« flüsterte Modei, den Umschlag des Ohnmächtigen wechselnd. Und die Mutter sagte: »Auswendig sieht man gar net viel. Aber einwendig muß ihm ebbes fehlen. Allweil wieder kommt Blut. Beim Waschen is er aufgwacht und hat gfragt nach dir. Aber gleich war's wieder aus. Da muß man Geduld haben – und muß an alles denken.« Sie wollte ihren Sohn den schlammstarrenden Filzklumpen vom Fuß herunterschälen.
Eine Hand schob die alte Frau beiseite. »Mutter, dös mußt mir lassen!«

Als Modei den heißen, von Blut überkrusteten Fuß des Jägers zwischen ihren Händen hielt, begann sie heftig zu zittern, beugte jäh das Gesicht hinunter und küßte das schwarz gewordene Blut.
»Jesus, Madl«, stammelte Friedl erschrocken, »was tust denn?«
»Was ich müssen hab!« Sie hob die nassen, schimmernden Augen zu ihm auf.
Er tat einen wohligen Atemzug und sagte leise, mit einem aus der Tiefe seines Herzens klingenden Laut: »Dös heilt mich.«
Ein Rascheln in den Kissen drüben. Ein sachtes Gleiten der dürren sonnverbrannten Hirtenhand, die auf der wollenen Decke lag. Lenzls Augen blieben geschlossen. Nur der blutende Mund bewegte sich: »Mei Glöckl, gelt – dös feine Glöckl – dös hast mit auffibracht?« Das Zucken seiner Lippen wurde ein Lächeln. »Grad hab ich's läuten hören – so ebbes Schöns!« Dieses frohe Lächeln erlosch nicht mehr. Es blieb und wurde wie Wachs, wie weißer Marmor.